Goldregen

Goldregen

von Anja Krystyn

Die Deutsche Nationalbibliothek verzeichnet diese Publikation in der Deutschen Nationalbibliografie; detaillierte bibliografische Daten sind im Internet über http://dnb.d-nb.de abrufbar.

1. Auflage 2020
Copyright © 2020 Der Verlag Dr. Snizek e. U., Messerschmidtgasse 45/11, 1180 Wien
Tel. + Fax: 0043/1/478 74 54, office@der-verlag.at, www.der-verlag.at
Alle Rechte, insbesondere das Recht der Vervielfältigung und der elektronischen Verbreitung sowie der Übersetzung, sind vorbehalten.
Coverfoto und Portrait: Harald Lachner
Lektorat: Rudolf Wildzeisz
Gestaltung und Layout: office@xl-graphic.at, Walter Fritz
Printed in EU
ISBN: 978-3-903167-12-4

von Anja Krystyn

1.
Ein voller Terminkalender steigert das Selbstwertgefühl. Je vollgepackter der Tag, umso begehrter der Mensch. Ständiges Tun im Staccato-Tempo ist zum wichtigsten Merkmal des aufrecht gehenden Homo sapiens geworden. Welch Segen, dass wir endlich den Sinn unseres Daseins gefunden haben! Du kannst alles, wenn du nur willst. Viele Dinge in kurzem Zeitabstand erledigen, in verschiedenen Disziplinen gut, in manchen perfekt sein, Neues sofort erkennen, schnell begreifen, ebenso schnell vergessen, flexibel sein im Kopf und im Charakter, nichts erwarten, alles erfüllen. Und all das nicht heute, sondern vorgestern. Sonst noch was?

Sie verfluchte die Rolltreppe. Das Monster aus vordigitaler Zeit versagte immer dann, wenn sie es am dringendsten brauchte. Statt der Rollstufen gähnte vor ihr ein schwarzes Loch mit Poster „Außer Betrieb". Alles abmontiert, hoffentlich zwecks Verschrottung. Die normale Frau benutzte in diesem Fall den Fahrstuhl, um nach oben zu gelangen. Wer auf engem Raum mit fremden Menschen Panikattacken bekam, war nicht normal.
Sie hetzte durch die Tür des Notausgangs ins seitliche Treppenhaus. Zwei Stufen auf einmal zu nehmen, brachte sie längst nicht mehr außer Atem. Welcher Verrückte hatte die Idee gehabt, im obersten Stock des Einkaufszentrums einen Radiosender einzurichten? Sechster Stock in fünfzig Sekunden war ein zu brechender Rekord. Der persönliche Code am Eingang musste mit ruhiger Hand eingetippt werden, sonst schlug die Tür Alarm. Wieder vier Sekunden weg. Die Empfangsdame des Senders grinste süßlich, was nichts Gutes verhieß. Im engen Gang zum Studio roch es noch muffiger als sonst. Endlich kam die riesige Glasscheibe, dahinter die Grimasse des Regisseurs,

die sich bei ihrem Anblick sofort entspannte. Trotz der schalldichten Wand konnte sie sein erleichtertes Schnaufen hören. Noch acht Sekunden. Die Signation ertönte, „Caro´s Cocktail" dröhnte in die Haushalte, Smartphones und Autoradios. Die Hörerzahlen schossen nach oben.

Carolas Herz raste. Ihr Sprung in die Studiokabine landete exakt beim Mikrofon. Der automatische Griff nach den Kopfhörern schnappte ins Leere, jemand hatte sie in den Spalt hinter die Bildschirme gelegt. Wo war Bobi, verdammt noch mal? Ihr Job war es, vor der Sendung alles einzurichten.

Endlich klemmten die Kopfhörer an den Ohren. Erleichtert lehnte sie sich an den Stehsessel, dessen korrekte Position eigens für sie am Boden markiert war. War sie heute zu hektisch oder hatte jemand die Markierung entfernt? Sie zog das Mikrofon zu sich.

„Unser heutiger Cocktail ist etwas versalzen!", rief sie atemlos. „Beim Trinken ist mir die Zunge am Gaumen kleben geblieben. Ich hoffe, Sie haben süß zu Mittag gegessen, herzlich willkommen!"

Hinter der Glasscheibe zeigten die Daumen des Regisseurs nach oben, bravourös gemacht! Ob das auch die Kollegen in der Redaktion gesagt hatten? Schon wieder hatte sie die Sitzung verpasst und die Moderation ohne aktuelles Briefing des Chefredakteurs begonnen. „Stillt sie immer noch?", lautete Spechts obligate Bemerkung, der ansonsten null Toleranz gegenüber Unpünktlichkeit hatte. In seinem Team arbeiten zu dürfen war ein Privileg, das er den Redakteuren jeden Morgen in unterschiedlichen Varianten vorbetete. Hundertzwanzig Prozent Einsatz und absolute Pünktlichkeit waren das Mindeste, um als Redakteur länger als drei Monate bleiben zu dürfen. Bis jetzt durften alle länger bleiben, trotz Drohungen und verbaler Rauswürfe. Der junge Privatsender befand sich auf dem besten Weg, den österreichischen Radiomarkt aufzumischen. Unangepasst, politisch unkorrekt, nah an den Menschen und deren Wut auf die unverschämte, sie ausbeutende Welt. Die Hörer durften alles sagen, aber in höflichem und freundlichem Ton. Mit diesem Konzept hatte die kleine Truppe binnen eines Jahres beachtliche Marktanteile von den alten Radiosendern erobert.

„Wissen Sie, was das Schärfste ist?", fragte Carola ins Mikrofon. „Dass unsere digitale Welt sich zur tragischen Komödie entwickelt. Die Revolution am Arbeitsplatz fordert nur Opfer. Sind Sie auch eines? Trauen Sie sich nur nicht, es zu sagen? Sprechen Sie, ich höre zu."
Ihre Atmung beruhigte sich langsam. Endlich war der Stehsessel in der richtigen Position. Die Anrufknöpfe im Regieraum begannen zu leuchten. Einen Spruch musste sie noch nachlegen.
„Heute früh schrieb mir eine Hörerin, ich zitiere: Seit bei uns alles digitalisiert worden ist, haben vier Leute gekündigt. Oder wurden gefeuert. Ohne Erklärung, ohne persönliches Gespräch, einfach durch ein digitales Raster ausgesiebt. Seither ist die Atmosphäre am Arbeitsplatz vergiftet. Jeder gegen jeden. Ist das unsere Zukunft?"
Der erste Anruf kam aus dem Auto.
„Warum lesen Sie solchen Unsinn vor?", dröhnte die erboste männliche Stimme. „Das sind Ansichten von Hinterwäldlern. Die digitale Revolution bringt der Menschheit das goldene Zeitalter."
„Herrlich, wo ist das Gold?", fragte Carola.
„Bei Ihrem Radiosender zum Beispiel. Ihr Gerede wird in astreiner technischer Qualität in die ganze Welt transportiert. Ob das gut ist, weiß ich nicht. Sie sollten darauf achten, was Sie den Leuten erzählen."
Eine Hörerin sprang dazwischen.
„Merken Sie nicht, dass wir uns zu digitalen Idioten machen lassen? Wieder mal sind es die Männer, die alles Neue unreflektiert übernehmen. Hauptsache, sie können sich damit profilieren. Die Nebenwirkungen tragen wie immer die Frauen."
„Moment", unterbrach Carola. „Keinen Genderhass bitte. Welche Nebenwirkungen meinen Sie konkret?"
„Dass Männer auf das Arbeitsklima pfeifen. Es stört sie nicht, dass jetzt alles noch schlechter wird. Warum kümmern sich meistens die Frauen um das Wohl aller? Öffnen das Fenster, besorgen Wasser, sind um gute Atmosphäre bemüht. Männern fällt dicke Luft nicht auf, nicht mal, wenn einer umfällt."
„Sie tun mir wirklich leid", konterte der Hörer. „Wenn Ihnen kein Mann Wasser besorgt, wird das seinen Grund haben. So, wie Sie reden, ist es ein Wunder, dass Sie noch nicht verdurstet sind."

Carola hob beide Daumen in Richtung Regie. Timo schickte ihr eine seiner Grimassen. Der Einstieg war gelungen, die ersten Streithähne hatten sich gefunden. Nicht gesehen zu werden, machte die Zunge der Hörer locker.

„Sie haben recht", stimmte sie dem Anrufer zu. „Auch ich bin im Studio manchmal am Verdursten, habe die falschen Kollegen. Und Sie, was tun Sie, damit Ihre Kollegen sich am Arbeitsplatz wohlfühlen?"

„Das besorgt meine bloße Anwesenheit. Wenn die Chemie stimmt, kann sich jeder sein Wasser selbst besorgen."

„Endlich einer, der kein Problem mit menschlichen Beziehungen hat", lobte Carola. „Geben Sie uns ein paar Tipps, um die Atmosphäre im Job zu verbessern."

„Einen extra Raum zum Boxen", schlug er vor. „Oder Triple Squash, geht auch für Anfänger. Für die Sanften gibt´s Ayurveda-Massagen."

Wütendes Hupen im Hintergrund, offenbar war er abrupt auf die Bremse getreten. Carola klickte die nächste Telefonleitung.

„Caro, Sie haben was verschlafen", verkündete die Anruferin. „Dass Frauen sich um das Wohl der anderen kümmern, ist Schnee von gestern. Heute sind weibliche Ellbogen angesagt. Jede will Erfolg haben und dabei mit Samthandschuhen angefasst werden. Wenn nicht, kriegen sie ein Burn-out. Lächerlich ist das."

Der Anrufer aus dem Auto gab nicht auf.

„Endlich kommt so was aus dem Mund einer Frau! Sie sind Unternehmerin, stimmt´s?"

„So was Ähnliches."

„Endlich kapiert ihr, wie die Wirtschaft funktioniert, dass jeder sich selbst um sein Wasser kümmern muss. Effizienz nennt man das."

„Sie haben echt den Durchblick", ätzte die Hörerin. „Und wenn einer es nicht haben will, weil er es scheußlich findet?"

„Die gehen ja zum Glück bald in Pension. Notfalls muss man sich vorher von ihnen trennen, zum Wohle aller."

„Das nenne ich Fortschritt", spottete die Anruferin. „Wer nicht mitkommt, wird aussortiert, ganz einfach. Das schafft echt gute Stimmung zwischen den Kollegen."

„Die Wirtschaft ist kein Wohltätigkeitsverein, liebe Frau. Heute zählen Kompetenz und Leistung, sonst fressen uns die anderen, mit und ohne warmes Arbeitsklima."

„Grauenvoll", rief sie. „Schade, dass Leute wie Sie nicht erfrieren."

„Was sind Sie so aggressiv?", konterte er. „Sind Sie arbeitslos? Von Management haben Sie jedenfalls keine Ahnung."

„Mehr als Sie auf jeden Fall, Sie sind ein Jobkiller."

„Sind Sie Unternehmerin?"

„Vierundzwanzig Stunden am Tag."

„In welcher Branche?"

„Ich bin Altenpflegerin."

Die Leitung knackte, er hatte aufgelegt. Carola hätte gern sein Gesicht gesehen. Werbung ertönte. Die Spots gaben ihr zwei Minuten Zeit, die Babysitterin anzurufen. Die kleine Melanie hatte sich beruhigt und nicht mehr erbrochen. Morgens war sie mit glühender Stirn und Pusteln im Mund aufgewacht. Carola musste immer wieder die nassen Hände auf ihre Wangen legen und leise singen. Sobald sie aufhörte, fing die Kleine sofort zu weinen an. Zum Glück war die Nachbarin rechtzeitig gekommen, um das zweite Mädchen in den Kindergarten zu bringen. Die Babysitterin wohnte einige Häuser weiter und hatte ausnahmsweise Zeit, bei der kranken Melanie zu bleiben. Der morgendliche Zeitplan war völlig durcheinander. Obwohl Carola alles perfekt organisiert hatte, wurde die Fahrt in den Sender zum rasenden Nervenkitzel.

Auf keinen Fall wollte sie die Schwiegermutter um Unterstützung bitten. Sich schon wieder das Gerede über Mütter anhören zu müssen, denen der berufliche Ehrgeiz wichtiger als das Wohl des kranken Kindes war, fände sie an diesem Morgen unerträglich. Jedes Mal das gleiche Theater, die Zwillinge wechselten sich im Fieber ab, sobald Oliver verreiste. Als hätten sie eine innere Uhr eingebaut, die mit dem Stundenplan der Eltern verlinkt war. Jetzt gab die Babysitterin Entwarnung, Melanie hatte normal zu Mittag gegessen und schlief friedlich. Die Regie schickte einen Anruf auf die Hotline.

„Das soll ein scharfer Cocktail sein?", polterte der Hörer. „Ist an Dummheit nicht zu überbieten. Ich überlege jede Sekunde, abzudrehen."

„Warum tun Sie´s nicht?", fragte Carola.
„Weil ich wissen möchte, welche dämlichen Zuhörer Ihre Sendung noch aufdrehen."
„Zuhörer wie Sie, was mich besonders ehrt. Geben Sie mir einen Tipp, wie wir intelligente Anrufer bekommen. Keine Dumpfquatscher, Sie wissen schon."
„Falls Sie mich meinen, ist der Dumpfquatscher Chef einer Firma und sagt Ihnen, dass der Arbeitsplatz kein Spielplatz ist. Führungskompetenz heißt, auch mal auf das Arbeitsklima zu pfeifen, wenn die Zeit drängt und der Auftrag wichtig ist. Wohlfühltropfen gibt es in der Apotheke. Hat sich der Dumpfquatscher klar genug ausgedrückt?"
„Absolut", frohlockte sie. „Die Anrufknöpfe glühen, dazu wollen sicher einige etwas sagen."
Sie scrollte den mittleren der drei neben ihr hängenden Bildschirme hinunter. Gleich mussten die nötigen Infos aus der Redaktionssitzung auftauchen, nach Wichtigkeit und Brisanz von ihrer Assistentin Bobi sortiert. So konnte sie alles bequem lesen und dazu aus dem Stegreif moderieren.
Heute war der Bildschirm leer. War Bobi krank? Eigentlich sollte sie, nicht Timo, die eingehenden Anrufe sortieren und die geistreich scheinenden in die Sendung weiterleiten. Hatte der Chefredakteur Bobi für andere Aufgaben abgezogen, um der Moderatorin eins auszuwischen? Spechts Eitelkeit war unberechenbar. Auf Dauer würde er nicht ertragen, dass Carola auf sein Briefing vor der Sendung pfiff. Die „brandaktuellen Statements von Leuten des öffentlichen Interesses" hörte sich jeder Redakteur pflichtbewusst an. Sie für verzichtbar zu halten, war ein Affront.
Carola hatte am Morgen keine Zeit für Eitelkeiten des Chefs. Die Presseagentur schickte die aktuellen Meldungen auf ihr Smartphone, lange bevor Specht davon Ahnung hatte. Er wusste und ignorierte es, ebenso wie das Faktum, dass vierjährige Zwillinge nicht mehr gestillt wurden.
Seine niedermachenden Ausbrüche waren im Team gefürchtet. „Sie können sich gern eine andere Redaktion suchen, Ihre Nachfolger stehen schon auf der Matte", lautete der alle gefügig machende Spruch.

Vor Carolas Hörerzahlen musste sein Zorn bisher kapitulieren. Dass heute im Studio nichts für ihre Sendung vorbereitet war, könnte die erste Warnung sein. Sie hatte etwas geahnt, als sie morgens mit bangem Herzen und rasendem Tempo in den Sender gefahren war.

Timo in der Regie hob warnend die Arme. „Gewinnerfrage!", hörte sie im Kopfhörer. Die meisten Anrufer wussten, dass der Werbespot zum Produkt gleich kommen musste. Erste am Telefon zu sein, war lebenswichtig, egal, was es zu gewinnen gab.

„Caro´s Cocktail heute mit Chili!", strahlte ihre Stimme ins Mikrofon. „Woher kommt die ätzende Chilischote ursprünglich? Die ersten drei Anrufer mit richtiger Antwort bekommen vom Haubenkoch ein Chili con Carne gratis serviert."

Das Telefonsystem war nahe am Kollabieren. Unglaublich, wie leicht die Leute zu motivieren waren, wenn ein Leckerli als Belohnung winkte. Erwachsene wie Kinder wie Hunde. Die Frage nach intelligenten Anrufern erübrigte sich. Das Tier im Menschen siegte immer. Aufgabe der Moderatorin war es, gescheite Inhalte in schmackhaft dumme Pakete zu schnüren.

So ging es endlos weiter, zwei Stunden lang. Das Grinsen des Regisseurs war ihr Barometer, für heute konnte sie zufrieden sein. Caro´s Cocktail blieb die beliebteste Mittagssendung des Landes.

2.
„Frau Melchior, bitte in die Redaktion!"
Spechts näselnde Stimme hallte durch das Treppenhaus. Er wusste, dass sie nie den Fahrstuhl benutzte. Vermutlich hatte er sie beim Verlassen des Senders beobachtet und gewartet, bis sie weit genug entfernt war, um ihn noch zu hören und viele Stufen hinaufsteigen zu müssen. Normalerweise hätte sie sich taub gestellt. Nach der Sendung gehörte die Zeit ihren Zwillingen, so hatte sie es mit Specht vereinbart. Allerdings mit der Auflage, morgens spätestens um zehn Uhr bei der Redaktionssitzung anwesend zu sein. Dass kranke Kinder sich nicht um Abmachungen kümmerten, musste selbst der Chefredakteur respektieren.

Ihre zweite Tochter vom Kindergarten abzuholen, war wichtiger als der Job. Valerie wartete bestimmt schon sehnsüchtig darauf, mit Mama allein etwas zu unternehmen. Carola wollte ihr heute eine besondere Freude machen, nachdem sie die letzten Tage mit den Mädchen nervös und ungeduldig gewesen war. Auf keinen Fall wollte sie die Schwiegermutter einspannen, die nur darauf wartete, dass sie versagte. Lisbeth nahm ihr übel, dass sie älter als ihr Sohn war, sich erst spät für Kinder entschieden und Oliver einfach gekapert hatte. Dass es genau umgekehrt gewesen war, kam für Lisbeth nicht in Frage. Die Schwiegertochter sollte bei den Kindern bleiben und Oliver den beruflichen Rücken freihalten. So machten es auch andere Frauen mit Uni-Abschluss, jünger und attraktiver als Carola.

Eigentlich sollte Oliver morgens die Zwillinge übernehmen. Hätte er auch getan, wenn er nicht schon wieder eine zweitägige Schulung außerhalb der Stadt abhalten müsste. Seine Firma befand sich in der Endphase der Digitalisierung, bei der er die Schlüsselrolle spielte. Diesen Karrieresprung durfte er auf keinen Fall verpassen. „Prioritäten setzen aufgrund höherer Gewalt" nannte man das in Wirtschaftskreisen. Nicht offiziell, da die Vereinbarkeit von Beruf und Familie als Gender-Gerechtigkeit längst eingeführt war, politisch korrekt und rein theoretisch.

Gab es eine höhere Gewalt als die Bedürfnisse eines Kindes? Carola kümmerte sich nicht um Theorien. Sich mit ihrem Talent beruflich zu verwirklichen, hielt sie für ein Menschenrecht. Kinder und Karriere unter einen Hut zu bringen, war nicht ihr frommer Wunsch, sondern die knallharte Realität. Dass diese nur mit täglichem Lebenskampf zu erreichen war, akzeptierte sie, egal ob jemand sie unterstützte oder nicht.

Bis jetzt war ihr der Spagat zwischen Mutter und Moderatorin perfekt gelungen. Ein Wunder in diesem Beruf, auf das sie nach der späten Babypause nicht zu hoffen gewagt hatte. Dass der Chefredakteur ihr diese einmalige Chance gab, rechnete sie ihm hoch an. Bis jetzt musste Specht seine Großzügigkeit nicht bereuen. Die Einschaltquoten lagen in zweistelliger Höhe, ein Rekordwert zur Mittagsstunde, der sich seit Beginn ihrer Sendung vor einem Jahr konstant gesteigert hatte. Die Hörer mochten ihre provokanten Ansagen zu Politik und sogenannter Moral. Erboste Anrufe mancher Hörer waren in Wahrheit Liebeserklärungen, die den kleinen Sender zunehmend in den Radiohimmel katapultierten.

Auch Specht profitierte davon. Er sollte ihr dankbar sein und sie nach der Sendung in Ruhe lassen. Sein Rufen im Treppenhaus war eine Provokation, die sie getrost ignorieren konnte.

Einige Sekunden blieb sie auf dem Treppenabsatz stehen. Dann tippte sie entnervt auf das leuchtend rote Feld ihres Smartphones. Die automatische SMS schwirrte zur Schwiegermutter. „Sorry, Notfall in der Redaktion, dauert länger, bitte hole Kleine vom Kindergarten ab, du bist ein Schatz."

Langsam stieg sie die Stockwerke wieder hinauf. Die Tür des Redaktionszimmers stand offen.

Warum wehrte sie sich nicht? Diesen Tonfall musste sie sich nicht bieten lassen. Ihr morgendliches Zuspätkommen durfte er kritisieren, da sie dagegen schon immun war. Es zu nutzen, um ihr einen Studiogast aufzuzwingen, ging auf keinen Fall. Noch dazu diesen Populisten, den sie verachtete. Ein schleimiger Politiker, dessen Aussagen die Leute vor den Wahlen manipulieren sollten.

Warum schmetterte sie Specht nicht einfach die Meinung in seine freundliche Fratze? Es wäre ein Leichtes, einige schlagfertige Antworten abzufeuern, um auch die Kollegen in der Redaktionssitzung mundtot zu machen. Alle priesen den geplanten Studiogast als aufsteigenden Politstar, vielleicht Mitglied der nächsten Bundesregierung. Er hätte zukunftsweisende Ansichten, sei eine verbale Kanone, genau wie sie. Und er hätte kurzfristig zugesagt, weil er von „Caro´s Cocktail", vor allem von ihr als Moderatorin begeistert sei. Eine tolle Chance, die sie sich nicht entgehen lassen dürfe. Specht fügte lächelnd hinzu, dass er vorher, natürlich nur ausnahmsweise, die Stichworte ihrer Moderation sehen wolle. Vielleicht hätte er ja noch einige hilfreiche Anmerkungen dazu.

Warum lehnte sie den Vorschlag nicht einfach ab? Stattdessen stumm und schuldbewusst dazusitzen, kam einer Kapitulation gleich. Einer

Blamage, die ihr selbst völlig unverständlich war. Plötzlich wurde die Atmosphäre im Zimmer unerträglich. Trotz des geöffneten Fensters hatte sie Angst zu ersticken. Spechts Worte bohrten sich wie giftige Pfeilspitzen in ihre Kehle, bereit, sie bis zur Atemlähmung zu vergiften.

Noch nie hatte er ihre Moderation vor der Sendung sehen wollen. Sein Misstrauen glich einer Zensur. Obwohl es sein gutes Recht war, als Chefredakteur die Inhalte zu kontrollieren, hatte er immer Vertrauen zu ihr gehabt. Sie wählte die Themen und bestimmte, wer ihr gegenüber am Mikrofon sitzen durfte.

Normalerweise hätte sie ihn angelächelt und einfach „Nein" gesagt. Stattdessen schossen ihr die Tränen hoch wie einem Kind, das man gemaßregelt hatte. Gleichzeitig legte sich lähmende Erschöpfung über ihren ganzen Körper. Der Kopf lag wie ein Betonklotz auf den Schultern, unfähig, sich einen Millimeter zu bewegen. Die Gedanken kreisten wie Gefangene hinter der eiskalten Stirn.

Warum saß sie eigentlich hier? Ihr sonst so klarer Verstand blockierte völlig. Sie begriff nur, dass es lebensbedrohend war. Die Stimmen um sie herum klangen wie heulende, den Notfall verkündende Sirenen. Mehrmals versuchte sie vergeblich, vom Tisch aufzustehen. Als sie endlich ihren Körper hochriss und grußlos den Raum verließ, heulten die Sirenen weiter.

Sie stolperte den Gang entlang zu den Waschräumen. Der kalte Wasserstrahl auf ihrem Nacken löste langsam den Krampf. Sie hielt den Kopf ins Waschbecken, bis die Gänsehaut den Körper zittern ließ. Zum Glück war niemand in den Toiletten, um die groteske Erfrischung zu kommentieren. Den Zynismus der Kollegen würde sie nicht ertragen.

„Hat Specht dir den Kopf gewaschen? Caro´s Cocktail wird ihm zu heiß, was?"

Sie klatschte die nassen Handflächen auf ihre Wangen. Die zerronnene Wimperntusche ließ sich nur mühsam mit Flüssigseife entfernen. Immerhin beruhigte die ganze Aktion den Tumult in ihrem Kopf. Mit den Fingern kämmte sie die nassen Haare und zog sie am Hinterkopf zum Knoten zusammen. Der Blick in den Spiegel zeigte ein klares,

kämpferisches Gesicht. Vom eitlen Specht würde sie sich nicht demütigen lassen. Dieser Kleingeist musste seine Autorität ausspielen, um die fachliche Unterlegenheit zu kaschieren. Sollte er sich ruhig aufplustern, ihre Position im Sender konnte er nicht erschüttern.
Sie streckte ihrem blassen Spiegelbild die Zunge entgegen. Das gewohnte Selbstvertrauen kam zögernd zurück. Mit einem tiefen Atemzug verließ sie die Toiletten in Richtung des Redaktionszimmers. Kurz vor Spechts Büro machte sie kehrt und ging langsam in Richtung Ausgang.

Die Nacht verlief unruhig. Immer wieder schreckte sie hoch, auf Geräusche aus dem Nebenzimmer lauernd. Der Atem der Zwillinge kam ruhig und regelmäßig durch die offene Tür. Kein Wimmern, kein Schluchzen, nicht mal ein kleiner Rülpser im Traum. Melanies Übelkeit hatte sich schon am frühen Abend beruhigt, sobald Valerie ihrer Schwester den Grießbrei ans Bett gebracht hatte. Sie aßen ihn mit einem gemeinsamen Löffel und schliefen bald darauf ohne Zähneputzen ein. Die Babysitterin sollte eigentlich über Nacht bleiben, falls Melanie wieder Fieber bekäme. Carola schickte sie früher nach Hause, um in Ruhe nachdenken zu können.
Gut, dass Oliver im Seminarhotel übernachtete. Sie hatte keine Lust, ihm von der Szene in der Redaktion zu berichten. Selbst wenn sie völlig normal, sogar lustig erzählte, würde er gleich merken, dass sie aufgewühlt war.
„Er ist ein Idiot, das wissen wir", würde er über Specht sagen. „Er will dich verunsichern, typisches Machtgehabe. Lass dich nicht fertigmachen. Er braucht diese Selbstinszenierung. Und er braucht dich."
Sie bewunderte Oliver für seine Gelassenheit. Niemals geriet er in Panik, selbst wenn die Schwierigkeiten in seiner Firma ihn zu überfahren drohten. Es gab keine Probleme, nur Lösungen, so lautete sein Motto. Sich hinsetzen, die Lage analysieren, die Leute gleich dazu, dann eine Liste mit Prioritäten machen und diese abarbeiten, ohne Hektik, ohne Stress. Als ob die Menschen nach digitalen Rezepten funktionierten.
Er würde ihre Panik lächerlich finden. Warum kam diese dann so hef-

tig? Sich vor ihm rechtfertigen zu müssen, würde sie noch unruhiger machen. Alleinsein war das Einzige, wonach sie sich sehnte.
Noch nie hatte sie sich in der Redaktion blamiert. Jetzt hatten die Kollegen endlich Grund zum Lästern. Als erfolgreiche Moderatorin war sie beliebte Zielscheibe von Kritik und Gerüchten, natürlich immer in Abwesenheit. Sie konnte sich ausmalen, was sie nach der Sitzung über sie geredet hatten. Dass sie nicht nur Spechts bestes Pferd im Stall, sondern seine Geliebte war, die vielleicht bald ausrangiert werden sollte.
Normalerweise interessierte sie das Gerede nicht, notfalls konterte sie jeden bösartigen Spruch. Dass sie heute in der Sitzung stumm geblieben war, sollte nicht noch einmal passieren. Ihre Moderation durfte sich Specht morgen live in der Sendung anhören, ohne die Details vorher auf seinem Schreibtisch zu finden. Lächerlich, so etwas von ihr zu verlangen. Ebenso stand fest, dass die Redaktionssitzung ungemütlich werden würde. Sie wollte allen klarmachen, dass sie nicht in einer Diktatur lebten, wo der Chefredakteur die Journalisten zu seinen Schoßhunden machen konnte.
War er vor seiner Zeit beim Radio wirklich zehn Jahre in den USA gewesen? Niemand wusste genau, was er dort gemacht hatte. Eher hätte er aus Osteuropa zurückkommen können, wo die Nachwehen der Diktatur noch kräftig zu spüren waren. Autokraten versuchten immer wieder, Journalisten nach ihrer Pfeife tanzen zu lassen, um die eigene Macht zu festigen. Die demokratische EU war zu gutgläubig oder zu feige, um wirklich schmerzhafte Sanktionen zu verhängen.
Wer sanktionierte Specht? Auch er hatte freie Hand, einzelne Karrieren zu vernichten. Kontrollierte ihn jemand? Sicher steckte er mit irgendwelchen politisch wichtigen Leuten unter einer Decke. Dass der Sender auf dem kontrollierten österreichischen Markt überhaupt die Lizenz bekommen hatte, grenzte an ein Wunder. Vielleicht war die berüchtigte Freunderlwirtschaft oder sogar Korruption im Spiel gewesen. Sei nicht paranoid, hörte sie Olivers stumme Worte, der Typ ist kein Monster, aber du bist eine Perfektionistin, die in der Redaktion für einen Moment die Kontrolle verloren hat. Na und?
Vor allem brauchte sie jetzt Schlaf, um morgen in Topform zu sein.

Die rasenden Gedanken wollten sich nicht beruhigen. Irgendwo im Bad mussten Schlaftabletten sein. Eigentlich waren es Beruhigungsmittel, die sie in der Babypause manchmal genommen hatte, um ein wenig Schlaf zu finden. Vielleicht waren sie noch nicht abgelaufen, falls doch, wirkten sie auch danach. Sie nahm das Babyphone vom Nachttisch und ging ins Bad.

3.
„Sie sollten Dr. Lukaschil respektvoll behandeln", sagte Specht ungewohnt freundlich. „Denken Sie daran, dass er in der nächsten Regierung ein Ministeramt bekommen könnte."
„Sicher nicht", erwiderte sie. „Die Blauen sind zum Glück aus der letzten Regierung gejagt worden, die kommen hoffentlich nicht so schnell wieder."
„Dr. Lukaschil ist kein Blauer", belehrte sie Specht. „Sondern ein türkiser Christlicher. Die neue Volkspartei, schon gehört?"
„Toll, warum redet er dann wie ein Rechtsextremer?", fragte sie. „Migranten in Lager sperren, kontrollieren, notfalls einsperren, ist das christlich?"
„Sie sind schlecht informiert, Frau Melchior. Restriktive Migrationspolitik dient nur der inneren Sicherheit."
„Eine schöne Vokabel, mit der man die Leute einlullen kann", sagte sie. „Für die innere Sicherheit hätte man schon lange einige blaue Politiker einsperren müssen, wegen Lügen, Postenschacher und Vorteilsnahme."
„Passen Sie auf Ihre Wortwahl auf", mahnte er. „Nichts ist diesen Leuten bewiesen, höchstens ihre besoffene Blödheit, in der sie Unsinn behauptet haben. Sich dabei auch noch filmen zu lassen, war das eigentlich Sträfliche. Dafür haben sie gebüßt und sind aus der Regierung geflogen. Das reicht doch, oder?"
„Klar, Schwamm drüber", spottete Carola. „Jetzt soll ich einen ins Studio einladen, der sich mit diesen Leuten ins Bett gelegt hat."
„Carola, bitte bleiben Sie sachlich", versuchte er es erneut. „Dr. Lukaschil ist ein fähiger Politiker."

„Auch dann bleibt er ein Lügner", beharrte sie. „In diesem Fall bekomme ich die Chance, unsere Nation vor einem Desaster zu bewahren."

„Ich bitte Sie." Specht verlor langsam die Geduld. „Das einzige Desaster wird sein, dass nach der Wahl keiner von seinen Leuten zu uns kommen wird. Wissen Sie, was das heißt?"

„Es heißt, dass in diesem Land alle eine Scheißangst vor den Mächtigen haben. Eine Kultur des Buckelns und Schleimens. Der vorauseilende Gehorsam ist unser nationales Kulturgut."

„Tolle Meinung, die Sie von unseren Landsleuten haben. Ihren Hörern wird das gar nicht gefallen."

„Denen gefällt genau das. Die Leute wollen die Meinung gesagt bekommen, je schärfer, desto besser."

Sie fühlte sich wieder als Herrin der Arena. Zum Glück hatte sie am Abend keine Schlaftabletten gefunden, dafür eine Packung Amphetamine. Die kleine Tablette am Morgen hatte genügt, um ihre Angriffslust zu wecken. Heute konnte Spechts autoritäres Gehabe ihr nichts anhaben. Sein bemüht charmanter Tonfall war sicher Taktik, die er mit seinem Assistenten Frank abgesprochen hatte. Am Ende sollte es so aussehen, als hätte die Moderatorin ihren Gast selbst ausgesucht. Konsens mit dem Colt im Rücken, dann sind alle zufrieden und keiner hat´s gesehen.

Darauf würde sie nicht hereinfallen. Ihre Sendung sollte nicht zur Wahlwerbung missbraucht werden. Die vor Specht kriechenden Kollegen konnten ihr den Buckel runterrutschen. Als ob das alle geahnt hätten, befand sich, außer dem Chef und seinem Assistenten, kein Kollege im Redaktionsraum. Das fehlende Publikum schien Specht zu verunsichern. Immer wieder sah er zur offenen Tür, als erwarte er draußen zuhörende Zeugen.

„Ihre Sendung ist nicht zum Moralisieren da", belehrte er sie. „Dass Politiker lügen, wissen wir. Man kann es auch professionelle Wahlwerbung nennen."

„Jaja, Lügen will gelernt sein", sagte sie.

„Den Leuten das zu sagen, was sie hören wollen, erfordert soziale Intelligenz", kam Frank zu Hilfe.

„Und was erfordert es, diese Sprüche zu glauben?", fragte sie.
„Wer auf Lügen hereinfällt, ist selbst schuld", meinte Frank. „Das Wahlvolk ist träge und denkfaul, na und?"
„Das soll ich in meiner Sendung unterstützen?"
„Als Moderatorin musst du niemandem Nachhilfe in Demokratie erteilen."
„Ihre Sendung soll die Leute unterhalten", ergänzte Specht. „Ihr Gast wird es auch tun und nicht über Katastrophen reden. Zu Mittag haben alle Pause und wollen angenehme Dinge hören."
„Klar, wenn ich die Wahrheit über diesen Typen sage, kotzt jeder in seinen Teller", bemerkte sie trocken.
„Sag mal, bist du betrunken?", rief Frank.
„Nüchterner als du", erwiderte sie.
„Betrunken oder unter Drogen", beharrte er. „Sonst wüsstest du, dass gute Studiogäste unser Kapital sind."
Wenn Frank aufgeregt war, kam sein amerikanischer Akzent noch deutlicher durch. Seine Eltern waren nach Philadelphia ausgewanderte Deutsche, die ihm ihre Muttersprache nur halbwegs beigebracht hatten. Die Vokale und das „r" klangen, als hätte er den Mund voller Kaugummi. Als Spechts Assistent war er extra aus den USA eingeflogen worden. Welche Qualifikation er sonst noch hatte, war für Carola nicht klar. Er sah gut aus, äußerte nie die eigene Meinung, vielleicht hatte er auch keine. Als Sprachrohr seines Chefs verteidigte er dessen Standpunkt bei jedem Thema. War er als Assistent hergekommen, als Spion, als Liebhaber?
Carola setzte ihr betont sachliches Gesicht auf.
„Unser Kapital sind wir selbst. Wir Medien sollen die vierte Macht im Staat sein, richtig? Somit sind wir verpflichtet, den Menschen die Wahrheit zu sagen, sie ihnen aufzudrängen, wenn es nötig ist."
„Und diese Wahrheit bestimmst natürlich du", witzelte Frank. „Findest du das nicht ein wenig lächerlich?"
„Für dich vielleicht. Kennst du den Unterschied zwischen Fakten und Fake News?"
„Den kennt jeder Idiot", gab er zurück. „Seit Donald Trump geht es um nichts anderes."

Frank sah triumphierend zu Specht, als ob beide sich abgesprochen hätten, wie man die widerspenstige Carola in die Zange nehmen sollte. Sie kam dem Stichwort zuvor.

„Das Internet ist das legale Vehikel zur Lüge", meinte sie. „Es verblödet die Leute zunehmend. Der Wahlkampf ist die maximale Verblödungsmaschine, ohne dass jemand es merkt. Sollen wir Journalisten dabei mitmachen?"

Frank sah fragend zu Specht, dem die Unterhaltung sichtlich auf die Nerven ging. Er begann, vor der Fensterfront auf und ab zu gehen, als gäbe es unten im Hof zustimmendes Publikum.

„Carola, ich verstehe Sie", begann er. „Aber was Sie machen wollen, ist investigativer Journalismus. Das sprengt das Format Ihrer Sendung."

„Ah ja, und was ist das Format meiner Sendung? Die Lügen meiner Studiogäste nachzuplappern? Vor ihnen zu buckeln und zu schleimen, um dem Sender nach der Wahl Vorteile zu verschaffen? Das ist Verrat an meinen Hörern."

„Auf welchem Planeten leben Sie?", höhnte er. „Lüge und Täuschung sind so alt wie die Menschheit. Wahrheit war schon immer eine Frage der Sichtweise."

Seine freundliche Geduld hatte sich schnell erschöpft. Aus der Distanz konnte sie sein schneller werdendes Augenzucken erkennen. Irgendetwas beunruhigte ihn. Das hatte sie schon am Vortag bemerkt, als er ihr den Studiogast einreden wollte. Von den fünf anderen Redakteuren hatte er sich vorher Rückendeckung gesichert, wissend, dass niemand widersprechen würde. Sie hatte sich von dieser verlogenen Meute völlig überrumpeln lassen. Ein Black-out, das sie heute wieder gutmachen wollte.

„Halten Sie das Wahlvolk nicht für so blöd", sagte sie. „Die Menschen haben ein feines Gespür für die Wahrheit. Die Hörer werden es merken, wenn ich ihnen schön gefärbte Fake News über diesen Gast auftische."

„Blödsinn", widersprach Frank. „Die Leute wollen belogen werden, weil sie bequem sind, weil sie ihr eigenes Weltbild bedient sehen wollen. Dieser Typ schwimmt bei den Umfragen ganz oben."

„Und warum? Denkst du darüber nach?"

„Das ist doch klar. Schau dem Volk beim Stammtisch aufs Maul, plappere es nach, dann bist du erfolgreich."
„Spinnst du? Ich soll mich an der Wahrheit versündigen, weil alle es tun?"
„Was soll das sein, die verdammte Wahrheit?", fuhr Specht sie an.
„Heutzutage ändert sie sich mit der Geschwindigkeit des Internet. Jeder kann seine eigene Wahrheit basteln. Alles ist eine Frage der Interpretation. Je passender sie für die Mehrheit ist, umso mehr Wählerstimmen kriegt der Politiker."
„Das finden Sie gut?"
„Egal, wie ich es finde, ich kann es nicht ändern. Wer klug ist, nutzt diese Tatsache für sich."
„Sind Sie im Nebenjob Produzent von Fake News für diesen Wahlkampf? Was zahlt Ihnen der Kandidat, der mein Gast sein soll?"
„Sei bitte sachlich", mahnte Frank.
„Genau das bin ich. Als Journalistin habe ich mich der Wahrheit verpflichtet. Ein Eid, den ich irgendwann heimlich geschworen habe."
„Wie lobenswert", ätzte Frank.
„Solltest du auch mal probieren. Es wäre dein Job, rein theoretisch, zu kontrollieren, ob wir gründlich recherchiert haben, ob wir objektiv berichten. Dafür hat unser Sender letztes Jahr den „Real News Award" bekommen, schon vergessen?"
„Diese Lorbeeren werden wir ganz schnell wieder verlieren, wenn Sie Dr. Lukaschil im Studio ohne Beweise angreifen."
„Nicht ohne Beweise." Sie nahm einen Papierstoß aus ihrer Aktentasche und wedelte damit vor Spechts Augen.
„Nach gründlicher Information bin ich zu dem Schluss gekommen, dass dieser Mann lügt. Dass er schon früher gelogen hat."
„Was soll das?", bellte Specht den Papierstoß an. Frank wollte ihr die Akten entreißen, die flatternd zu Boden fielen. Es waren leere Blätter. Sie lachte Frank an.
„Ich wollte nur testen, wie schnell dein Gehorsam ist."
Frank schnaubte.
„Der Beweis ist auf einem USB-Stick gesichert", beruhigte sie.
Spechts erstarrtes Gesicht erfüllte sie mit Befriedigung. Die nächtli-

che Panik hatte sich gelohnt. Nachdem sie keine Schlaftabletten gefunden hatte, streifte sie ziellos durchs Haus, um sich zu beruhigen. Beim Durchwühlen alter Papiere im Arbeitszimmer stieß sie auf einen verstaubten Aktenordner, den sie vor zehn Jahren angelegt und längst vergessen hatte. In den sauber abgehefteten Unterlagen tauchte immer wieder der Name Dr. Lukaschil auf, damals Geschäftsführer einer Baufirma. Große Geldsummen flossen über die Firma in angebliche Bauprojekte in Südosteuropa. Die genaue Herkunft der Gelder konnte die Geschäftsführung den Finanzbehörden nicht erklären. Aus irgendeinem Grund verliefen die Ermittlungen damals im Sand.
„Dieser Lukaschil hat Gelder ungeklärter Herkunft auf schwarze Konten transferiert, und das jahrelang", erklärte sie.
„Das ist heutzutage ein Kavaliersdelikt", lachte Specht
„Der professionelle Lügner würde es so nennen."
„Können Sie es klar beweisen?"
„Noch nicht, aber ich kann ihm so lange Fragen stellen, bis er klar antwortet."
„Oder aufsteht und das Studio verlässt. Das wäre Ihr Ende als Moderatorin."
„Oder seines als Politiker. Vielleicht sind meine Beweise sehr klar, zumindest werden sie ihn sprachlos machen. Wenn er aufsteht und geht, wirkt es wie das Eingeständnis von Schuld. Das wird er nicht riskieren und selbst Beweise für seine Unschuld liefern. Auf jeden Fall wird es ein riesen Spaß für die Hörer."
Spechts zuckende Mundwinkel verrieten inneren Aufruhr. Er schien unsicher, ob an dieser Affäre etwas dran war, das ihm persönlich schaden konnte. Warum war er so besorgt um diesen Studiogast? Soviel sie wusste, wählte er nicht dessen Partei. Mit Lukaschils früheren Geldgeschäften konnte er nichts zu tun haben, da er vor zehn Jahren angeblich in den USA gelebt hatte.
„Hören Sie, Frau Melchior", sagte er betont amikal. „Ich habe großen Respekt vor Ihrer Wahrheitsliebe. Genau deswegen werden Sie diesen Gast nur als vielseitig engagierte Persönlichkeit vorstellen und damit basta. Ohne Politik, ohne sogenannte Beweise, diesmal auch ohne Höreranrufe. Vorher werden Sie mir die Fragen zeigen, die Sie ihm

stellen wollen. Das meine ich ernst, sonst blamieren wir uns zu Tode. Und Sie sitzen das letzte Mal am Mikrofon. Ist das klar?"

4.
Alles lag an guter Organisation, die sich energisch und leichtfüßig bewerkstelligen ließ. Um sechs läutete der Wecker und ließ Carola zwanzig Minuten Zeit, um im Bett die nicht erledigten E-Mails vom Vortag abzuarbeiten. Fast zwei Drittel schaffte sie, bevor der Wecker ein zweites Mal schrillte, diesmal lauter und nerviger, falls sie zu sehr in die Mails versunken oder – noch schlimmer – über ihnen eingeschlafen sein sollte. Der zweite Weckruf war essenziell für den Tagesablauf der ganzen Familie.
Oliver musste in die Arbeit, die Töchter in den Kindergarten. Beides hing unmittelbar zusammen, da die Mädchen von Papa geweckt werden mussten. So gewann Carola eine Viertelstunde für sich, theoretisch, da Oliver kein Morgenmensch war. Seine Trägheit machte Carola nervös, sodass sie das Wecken der Kinder oft selbst übernahm. Das Schwierigste war, die Mädchen aus dem Bett zu holen, ohne unfreundlich oder gar grob zu werden. Besonders im Winter verhielten sie sich wie ihre beiden Landschildkröten, die sie im November, liebevoll in Heu eingewickelt, zum Winterschlaf in den Keller trugen. Dass Schildkröten weder irgendwann das Abitur machen noch Geld verdienen mussten, war dem kindlichen Hirn egal.
Dass Dauerschlaf in unserer Leistungswelt nicht entspannend, sondern lebensbedrohend war, erklärte Carola ihren Töchtern ebenso oft wie vergeblich. Das Theater blieb jeden Morgen das gleiche. Sobald die Mädchen aus den Betten waren, konnte sie zurück an ihren Laptop. Immerhin aßen endlich alle Porridge zum Frühstück, das Oliver mit warmer Milch unter geduldigem Rühren zubereitete. Die Wichtigkeit einer warmen, proteinhaltigen Mahlzeit konnte sie ihm lange nicht beibringen. Morgens minutenlang aufgekochte Milch zu rühren, hielt er für sündige Zeitverschwendung. Ein Nutellabrot tat es genauso, noch besser ein Schokoriegel, den man weder schneiden noch streichen musste.

Dass der Brei eine göttliche Speise sein sollte, den Körper samt Seele den ganzen Tag wärmend, hielt er für Carolas esoterische Einbildung. Porridge blieb ekliger Schleim, nicht mal für Schweine zumutbar. Erst nach seinem blutenden Magengeschwür, das ihn fast umgebracht hatte, änderte er seine Meinung. Wochenlang behielt sein Magen nichts außer einigen Kaffeelöffeln warmen Haferbreis. Seither übernahm er das Frühstück als heilige Aufgabe des Tages. Die erste Portion bekam Carola ans Bett serviert, während die Kinder sich ruhig um den Küchentisch versammelten. Irgendwie hatte Papa es geschafft, dass die heilige erste Stunde des Morgens ohne Streit verlief.
Carolas Wecker läutete zum dritten Mal, diesmal mit dem feierlichen Ton einer Posaune. Aufbruch! Zu diesem Zeitpunkt mussten die Kinder angezogen, die kleinen Rucksäcke und Jausenbrote gepackt, alle von Porridge angepatzten Kleidungsstücke gereinigt sein. Papa verfrachtete die Kleinen in den Kombi, um sie in den Kindergarten zu bringen.
Wie er es schaffte, das Haus im tadellos sitzenden Anzug mit perfekt gebundener Krawatte zu verlassen, war Carola jeden Morgen ein Rätsel. Sie musste alles schon am Vorabend vorbereiten, die Schultaschen kontrollieren, die Jausenbrote fertig in den Kühlschrank legen, das Obst in zwei kleine und zwei große Portionen aufteilen.
Ihr eigenes Outfit hing fein säuberlich auf der Rückenlehne des Stuhls im Schlafzimmer. Niemand durfte ihn wegräumen oder verrücken. Sie brauchte Ordnung, um in der Früh nicht total in Stress zu kommen. Oliver war im Vergleich zu ihr ein Wunder an Gelassenheit. Was getan werden musste, tat er ohne viel Aufhebens. Je stressiger die äußeren Umstände, umso ruhiger wirkte er. Nur das Nötigste war für ihn wirklich nötig, und das nur manchmal. Carola erledigte den Rest.

Heute ging alles besonders schnell. Nach vier Tagen Abwesenheit brachte Oliver die Zwillinge endlich wieder in den Kindergarten. Melanie war schlagartig gesund, als hätte es die fiebernden Tage nie gegeben. Der Morgen verlief unter fröhlichem Gejohle der Kleinen, die mit Papa immer Action erwarteten. Er war locker und machte keinen Stress wie Mama. Vor dem Kindergarten fuhr er mit ihnen schnell in seine Firma, auf deren großem Parkplatz sie spielen durften. Extra zu diesem Zweck hatte er den knallroten Ball besorgt, der immer im Kofferraum lag. So konnte er vor Bürobeginn in Ruhe die dringenden Dinge erledigen und von oben den ganzen Parkplatz überblicken, immer mit Blickkontakt zu den Kindern. Dieser Zwischenstopp dauerte nur ein paar Minuten, wie er Carola jedes Mal versicherte. Die wenigen Kollegen, die früher kamen, seien Kinder zwischen Autos gewohnt. Angeblich fuhren alle sehr vorsichtig.

Sie hielt Oliver für sehr verantwortungsvoll, dennoch machte sie sich Sorgen. Schätzte er das Risiko richtig ein? War sie altmodisch, sich als Mutter mehr zu ängstigen als er?

Heute musste sie ihm vertrauen, um ihren Plan durchziehen zu können. Sie bereute bald, das Auto genommen zu haben. In der Großstadt war es der reine Selbstmord. Am westlichen Stadtrand Wiens gab es viel Grün und wenige Autos, trotzdem staute sich am Morgen der Verkehr bei jeder Ampel. Die nur den Anrainern von Penzing bekannten Schleichwege waren an jeder Ecke von Autoschlangen blockiert. Jeder normale Mensch durchquerte die Stadt um diese Tageszeit unterirdisch. Die Termine, die sie heute unter einen Hut bringen musste, waren mit keinem Verkehrsmittel zu schaffen. Auch nicht in zwölf Stunden, die sie zur Verfügung hatte, außer, sie hoffte auf ein Wunder. Immerhin hatten solche unmöglichen Situationen den Vorteil, dass sie zu ihrer Höchstform auflaufen musste. Klarer Kopf, scharfe Konzentration, hohes Adrenalin.

Erste Station war der neunzehnte Bezirk, genau hinter den Hügeln. Kurze Luftlinie, langer Umweg per U-Bahn durch die Innenstadt. Dass es mit dem Auto über die Höhenstraße schneller ging, war ein schwacher Trost.

Die gute Nachricht war, dass der Studiogast für „Caro´s Cocktail" kurzfristig abgesagt hatte. Aus Zeitmangel, wie sein Sekretariat ihr frühmorgens auf der Mailbox mitgeteilt hatte. Es täte Dr. Lukaschil unendlich leid, er hoffe, sich bald für einen neuen Termin freimachen zu können. Man werde diesen rechtzeitig dem Büro des Chefredakteurs mitteilen. Den gleichen Spruch hatte sie schon an den beiden vergangenen Tagen gehört. Was dachte dieser Typ eigentlich? Dass ihre Sendung sein Revier war, in das er kommen konnte, wann es ihm passte?

Bestimmt hatte Specht ihn gewarnt, dass die Moderatorin keine weichgespülte Tussi war. Sie würde ihm unangenehme Fragen stellen, das stehe ihr laut Pressefreiheit zu, auch wenn alles aus der Luft gegriffener Humbug sei. Als Chefredakteur könne er ihr keinen Maulkorb anlegen.

Sollten sie alle ruhig hinhalten, heute hatte sie ohnedies keine Lust auf Wortgefechte mit einem Lügner. Morgens war auch noch ihr Laptop abgestürzt, auf dem sie Notizen für die Redaktionssitzung gemacht hatte. Beim mühsamen Wiederherstellen des Programms kam ihr die zündende Idee. Sie wollte überraschend einen Gast ins Studio mitbringen, der alle umhauen würde. Brandon Chewis drehte seinen neuen Thriller auf den Dächern Wiens. Ein moderner Held, eine schillernde Figur, die ganz anders tickte als die Provinzler in der Redaktion. Der Gedanke, ihn zu sich ans Mikrofon zu holen, erfüllte sie mit lustvollem Prickeln. Bis zum Beginn ihrer Sendung blieben vier Stunden Zeit, knapp, aber genug, um alles zu organisieren.

Brandon Chewis als Studiogast wäre die Sensation des Jahres. Zwei Mal hatte er sie schon versetzt, trotz Zusage seines Managements. Ganz normal für einen Hollywoodstar, der den Dächern Wiens die Ehre seiner Dreharbeiten erwies. Allein die Zusage seines Studiobesuches war ein Privileg. Außer „Caro´s Cocktail" hatte er keinen anderen Radiosender besuchen wollen. Nur das öffentlich rechtliche Fernsehen durfte am Rande des Filmsets ein kurzes Statement des Stars drehen.

Carola hatte den Kontakt über ihren alten Studienkollegen Geoffrey geknüpft. Sie kannten sich aus Studientagen auf einer amerikanischen Universität in Bologna. Eigentlich war er ihr unsympathisch. Seine Prahlerei über die prominenten Leute, die er als freier Journalist interviewen durfte, nervte sie. Sein Blog mit Filmkritiken enthielt vor allem Lobeshymnen auf amerikanische Blockbuster, die sie dämlich fand.

Für den Kontakt zu Brandon Chewis hatte sich Geoffrey als sehr hilfreich erwiesen. Alles war schon fix ausgemacht, Termin und Dauer des Studiogespräches, genauer Ablauf der Fragen, die das Management vorab bestimmte. Am Vortag durfte sie sogar ein kurzes Starinterview bei den Dreharbeiten in Wiens Kanalsystem aufnehmen. Laut Drehbuch des Films lieferte sich der Held eine wilde, stinkende Verfolgungsjagd mit den Verbrechern.

Wieder einmal hatte ihre Assistentin Bobi alles vermasselt. Ihre Aufgabe war die Betreuung der Studiogäste samt Organisation der Termine. Sie hatte die falsche Uhrzeit notiert, das Radioteam kam zwei Stunden zu spät zum Drehort. Brandon war längst weg, der Besuch bei „Caro´s Cocktail" abgesagt. Carola war stinksauer, da sie Bobi unterstellte, es absichtlich verdorben zu haben. Später erfuhr sie, dass der Moderator des großen Stadtsenders unerwartet bei den Dreharbeiten im Kanalsystem aufgetaucht war. Hatte Bobi ihn angerufen? Carola traute es ihr zu. Warum Specht diese bildungsferne Dilettantin nicht feuerte, war rätselhaft. Er blockte jedes Mal ab, wenn Carola um eine andere Assistentin bat.

Übermorgen reiste die Filmcrew wieder ab, heute war die letzte Chance, Brandon Chewis zu erwischen. Das konnte nur sie selbst schaffen. Ihn persönlich abzuholen war die einzige Möglichkeit, ihn ins Studio zu bekommen. Sein Domizil hatte er in einem Privathaus in Grinzing aufgeschlagen, weit weg vom Hotel der Filmcrew, nur mit seinem persönlichen Assistenten. Das hatte ihr Geoffrey gesteckt, den sie gleich morgens angerufen hatte.

In der Probusgasse wäre es leicht, ihm aufzulauern. Als begegnete sie ihm zufällig, konnte sie charmant losquatschen, wie überrascht sie sei, ihn hier zu sehen, wie sehr sie seine Filme liebe, nur seinetwegen ansehe, da sie Action eigentlich langweilig finde, dass sie auf dem Weg zur Arbeit und in Zeitdruck sei, es gar nicht wage, ihn zu bitten, mitzukommen, da der Sender klein und ganz unbedeutend sei, wenn er dennoch käme, würde für sie und ihre Hörer ein Traum in Erfüllung gehen, blabla.

Er würde kein Wort glauben, dennoch beeindruckt sein. Sie wollte solange reden, bis er ihrem guten Englisch nicht mehr widerstehen konnte. Solche Aktionen liebte sie, sogar heute, wo der Druck in ihrem Kopf hämmerte. Hatte sie den Zwillingen alles für den Waldkin-

dergarten eingepackt? Heute hatten sie dort Schnuppertag in der rohen Natur. Furchtlos auf Bäume klettern, sich im Gestrüpp die Haut aufkratzen, Dreck und Schlamm am Körper spüren, ohne Eltern, ohne Zivilisation.
Alles schön und gut, aber es war kalt und nass. Noch einmal wollte sie nicht Valeries quälenden Husten ertragen, der alle tagelang wach hielt und schließlich auf Melanie übersprang. Hatte sie ihnen etwas Süßes eingepackt?
Sie hasste diese Gedanken, die wie ein Zwang alles andere aus ihrem Kopf raushämmern wollten. Das menschliche Gehirn ist nicht für Multitasking geschaffen. Man kann sich nur auf eine Sache konzentrieren, sonst verdirbt man alles. Wann akzeptierst du das endlich? Mach dir keine Sorgen, alles läuft auch ohne dich. Das sagte sie sich wie eine Gebetsmühle vor, während die Zeit im Stau sinnlos verrann. Alles wird sich ausgehen, der Stress wird vergessen sein, pünktlich und strahlend wirst du das Erscheinen des Hollywoodstars verkünden.
Die Fahrt über die Höhenstraße auf die andere Seite der Stadt ging flüssig und schnell. Die Ampeln bis Grinzing zeigten alle grün, sogar eine legale Parklücke wartete auf sie unweit des Heurigenviertels. Langsam schlenderte sie die Probusgasse hinunter, als wäre sie eine Touristin, die das berühmte Beethovenhaus suchte. Unauffällig prüfte sie die Hausnummern, um den von Geoffrey beschriebenen Gasthof nicht zu verpassen. Er musste ganz am Ende der Straße sein.
Im Vorbeigehen fiel ihr die Gruppe asiatischer Touristen auf, die am Eingang des Beethovenhauses diskutierten, wer als Erster hineingehen sollte. An der Hauswand, alle an Größe überragend, lehnte Brandon Chewis. Den Platz hatte er gut gewählt, offenbar erkannte ihn niemand. Beethoven-Fans schauten keine Actionfilme. Was wollte er hier? Beim Näherkommen sah sie das schmale Heft, in dem er interessiert blätterte. „Heiligenstädter Testament" stand auf der Titelseite in schwarzer, kantiger Handschrift. Interessierten ihn wirklich die tragischen Zeilen, die Beethoven in diesem Haus geschrieben hatte?
„I don´t believe it!", wollte sie erstaunt ausrufen, um sofort ihren eingelernten Text aufzusagen. Irgendetwas an seiner Körpersprache hielt sie zurück. Sie wies auf Beethovens Handschrift.

„People did not like him."

„He was not a nice person", erwiderte er. „He was a genius. People don´t like that."

Die beiden jungen Männer neben ihm traten barsch zu Carola.

„It´s okay", wehrte Brandon seine Bodyguards ab. „Do you like Beethoven?"

Nickend vergaß sie ihren eingelernten Redeschwall. In zwei kurzen Sätzen erklärte sie ihm ihr wahres Anliegen, dem er zustimmte, als hätte er es erwartet. Zusammen gingen sie die Probusgasse hinauf bis zu Carolas Wagen. Sie gab ihm freundlich die Hand, überzeugt, dass er sie auf den Arm genommen hatte. Gleich würde er lachend samt Bodyguards verschwinden.

„So what, are you serious about your radio show?", fragte er ungeduldig.

Sie kamen zu spät zur Redaktionssitzung, wo Specht sie mit Champagner empfing. Brandons Agent wartete bereits samt den Fragen, die im Studio gestellt werden durften. Das Filmteam schien bestens vernetzt, auch mit Geoffrey, dessen Kontakte keine Prahlerei gewesen waren.

Der Moderator der laufenden Sendung war völlig aus dem Häuschen. „Ist doch irre, Caro´s Cocktail präsentiert heute Flair vom Sunset Boulevard!", posaunte er. „Brandon Chewis dreht auf den Dächern Wiens seinen neuen Actionthriller. Die Verbrecher sind ihm dicht auf den Fersen. Er ist zu uns ins Studio geflüchtet, um ein paar Powerdrinks einzuwerfen. Vielleicht verrät er uns einige seiner Actiontricks. Caro´s Cocktail wird sie ihm entlocken. Die Spannung steigt, bleiben Sie dran!"

Der Werbespot brachte einen Radiotrailer von „Devil´s Heart", dem letzten Actionfilm mit Brandon Chewis. Seine Werbeleute waren wirklich schnell.

Carola genoss die halbe Stunde, die er ihr gegenüber am Mikrofon saß. Er lachte, erzählte von den Dreharbeiten, den Pannen und Verfolgungsjagden. Gerade so viel, dass man neugierig auf den Film wurde. Einige Worte brachte er auf Deutsch heraus, Wien sei eine tolle Stadt mit tollen Menschen. Die Frauen, die Musik, die Sachertorte,

just wonderful! Carola fragte sich, was er sonst noch von Wien wusste. Vielleicht, dass Beethoven kein Wiener war.
Es war unwichtig, der oberflächliche Hollywoodstar war mehr als ein kluger Geschäftsmann. Er hatte das Flehen in ihren Augen erkannt und war mitgekommen, nicht für seinen Ruhm, sondern für den ihren. Beim Abschied küsste er ihr die Hand. Kavalier oder Schauspieler? Jedenfalls Balsam auf ihr gestresstes Gemüt.
Jetzt konnte Specht ihre Kompetenz nicht mehr infrage stellen. Die Moderatorin hatte Weltformat, schmiss den Laden auch ohne ihre dämliche Assistentin. Immerhin schaffte es Bobi mit ihrem erbärmlichen Englisch, den Star samt Manager gleich nach seinem Auftritt hinauszukomplimentieren.
Carola hätte ihn gern selbst verabschiedet, um die Begegnung mit einem Drink ausklingen zu lassen. Es war unmöglich, gleich nach der Sendung musste sie in den Regieraum, um die Kollegin zu vertreten, deren Kinder Masern hatten. Vorher sollte sie die nötigen Infos herunterladen, ihr Laptop streikte immer noch.
Mit Konzentration war alles zu schaffen. Auch die anschließende Fahrt ins Fernsehstudio am Küniglberg, wo sie den Lehrgang in Bildregie besuchte. Ein lukrativer Nebenjob sollte daraus werden, falls sie und Oliver sich entschließen sollten, ihr Domizil in Penzing zu kaufen. Die unverschämt hohe Miete war reine Verschwendung. Bald würde das Einfamilienhaus am Stadtrand unbezahlbar werden. Sie wollte auf keinen Fall wegziehen. Mit den Nachbarn kamen sie sehr gut aus, zwei Familien mit kleinen Kindern, demselben Kindergarten, den gleichen Problemen. Sie unterstützten einander. Gerade jetzt käme der Familie jeder Euro gelegen.
Sie schaffte alles, einschließlich Abholung der Kinder im Waldkindergarten und deren Ablieferung zuhause. Sogar das gemeinsame Abendessen hielten sie ein, dank der hilfreichen Babysitterin. Auf dieses gemeinsame Ritual legte Carola großen Wert, um den Kindern Stabilität und Geborgenheit zu vermitteln. Oliver schaffte es wieder einmal nicht rechtzeitig.
Bettina, die inzwischen ihr eigenes Zimmer im Haus bezogen hatte, versorgte die Kleinen und brachte sie ins Bett. Diese als Zwischen-

lösung gedachte Hilfe war zum Dauerzustand geworden, seit Carola nicht eine, sondern drei Radiosendungen pro Woche moderierte.
Der Tag war noch nicht zu Ende. Der Großeinkauf für das morgige Abendessen war nur ohne Kinder zu bewältigen. Endlich hatte sie die Einladung an Doris und Lars ausgesprochen, die sie am liebsten wieder abgesagt hätte. Plötzlich hatte sie gar keine Lust auf Gäste, schon gar nicht auf die affektierte Doris. Deren Gerede, welch glückliche Ganztagsmutter sie sei, was sie mit ihren beiden Söhnen alles unternehme, wie wichtig eine Mutter für Kinder sei, all das fand Carola langweilig und unehrlich. In Wahrheit war Doris frustriert, kaufte allen möglichen Mist im Internet, um Befriedigung zu finden. Warum sie nicht einen Job suchte, um im Leben etwas Sinnvolles zu machen, verstand Carola nicht. Darüber zu diskutieren war ihr mit Doris zu mühsam. Die Absage des Essens wäre ein Affront gegen Lars, der unbedingt mit Oliver sprechen wollte. Sicher etwas Geschäftliches, bei dem er Unterstützung brauchte. Doris bestand darauf, die Nachspeise mitzubringen, um Carola zu entlasten. Keine wirkliche Hilfe.
In der riesigen Halle des Supermarktes steigerte sich ihre Unlust zu Übelkeit. Zwischen den bunten, alles anbietenden Regalen fühlte sie sich sonderbar einsam. Der Einkaufszettel starrte sie an wie eine Liste von Strafmaßnahmen, deren Nichtausführung noch größere Strafen zur Folge hätte. Alles musste genauestens befolgt werden. Lauf weiter, noch zwei Regale, nein, hier ist es nicht, einen Gang weiter, hier auch nicht, dort vorne um die Ecke, bist du unfähig, eine Dose Artischocken zu finden? Reiß dich zusammen, noch zehn Sachen, den Lammbraten frisch von der Theke, ungewürzt, sag das diesen Leuten, die den Kunden für blöd verkaufen. Gewürze sind gleich gegenüber, Senfkörner, Lorbeer, Piment, Dörrpflaumen sind im Bioregal, nein, diesmal nicht, was geht statt Dörrpflaumen? Kandierte Marillen, notfalls Rosinen, merkt eh keiner, du schaffst es, die anderen können es auch.
Als Nachspeise Eis? Wie einfallslos, irgendetwas muss ich ihnen anbieten, falls Doris das Dessert vergisst. Abgepackter Kuchen schmeckt grässlich, einen Stock höher haben sie eine Konditorei, Fahrstuhl benutzen? Unmöglich. Sachertorte passt immer, auch tiefgekühlt, jetzt

zurück zur Milchtheke, um die letzte Sprühdose Schlagobers zu ergattern. Frischer Ingwer war das einzige leicht zu Findende. Sie nahm ihn im Vorbeigehen mit, ohne ihn wirklich zu brauchen.
An der Selbstscan-Kasse fluchten zwei Kundinnen, deren Produkte der Scan nicht annehmen wollte. Keine helfende Angestellte war in Sicht. Nur drei lebendige Kassiererinnen waren im Einsatz, vor jeder stand eine Schlange vollgepackter Einkaufswägen samt gestressten, meist weiblichen Gesichtern. Einige hatten Kinder dabei, um diese Tageszeit eine noch größere Plage als sonst. Vermutlich reichte das Geld nicht für Kinderbetreuung. Begleitet von schrillem „Ich auch!" wanderten Schokoeier, Kindermilchschnitten und anderes für Kinder angeblich gesunde Süßzeug in die Einkaufswägen.
Sie stellte sich hinten an. Alles war in weniger als einer Stunde geschafft. Nur den Thymian vergaß sie.

5.
Oliver bestand darauf, selbst zu kochen, obwohl er anfangs von der Einladung an Doris gar nicht begeistert gewesen war. Carolas affektierte Studienkollegin konnte keinen Ehemann haben, mit dem der Abend interessant zu werden versprach. Erst der Name Lars Trautmann ließ ihn aufhorchen. Diesen hörte er in letzter Zeit immer wieder als gewieften Geschäftsmann mit gutem Riecher für kommende Trends. Die von Lars gegründete Internet-Plattform für Personalsuche hatte sich binnen weniger Monate zu einem Renner entwickelt. Oliver schätzte Menschen mit Ideen und Risikofreude. Lars im privaten Umfeld zu haben, konnte hilfreich sein.
Carolas Befürchtung, ihr Mann werde den Abend unter fadenscheinigem Vorwand schwänzen, erwies sich als unbegründet. Oliver stand entspannt am Herd und warf die kleingeschnittenen Kürbisstücke in den Suppentopf. Von irgendwoher hatte er mitten im Frühling die Winterfrüchte gezaubert. Seine Kürbiscremesuppe war berühmt, ihr Rezept streng geheim. Irgendeine Substanz verstärkte den Geschmack der Kürbisse, die sich beim Hineinbeißen wie fruchtiger Samt auf den Gaumen legten. Für dieses Aroma musste die Suppe

schon am Tage vor dem Servieren zubereitet werden. Nur über Nacht konnte das magische Gewürz von der Flüssigkeit aufgesogen werden. Mit dem Lammbraten wollte er klassisch bleiben. Carolas Vorschlag, ihn mit Rosinenkruste zuzubereiten, lehnte er naserümpfend ab. Während der Zubereitung durfte niemand die Küche betreten. Melanie und Valerie waren schon morgens von ihrer Oma abgeholt worden. Zu Carolas Erstaunen hatte sich Lisbeth ohne Murren bereit erklärt, die Mädchen für das ganze Wochenende zu übernehmen.

Nach langem fühlte sich Carola wieder ruhig und entspannt. Im Vorbeigehen warf sie immer wieder einen heimlichen Blick in die Küche. Olivers Mimik veränderte sich mit jeder Bewegung seiner Hände, immer selbstbewusst und mit sich zufrieden wie ein Kind, das etwas Neues probiert und weiß, dass es gelobt wird, egal, wie das Ergebnis ausfällt. Neugier und Begeisterung sind die Triebfedern kindlichen Tuns. Scheitern gibt es nicht, Belohnung darf immer erwartet werden. Aus der kindlichen Motivation erwächst die in sich ruhende Seele.

Carola liebte dieses Gesicht seit ihrer ersten Begegnung. Dass es in den letzten Monaten manchmal glatt und hart wie eine Maske wurde, beunruhigte sie. Diese Härte beobachtete sie an manchen Spitzenmanagern, wenn sie bei ihr im Studio unangenehmen Fragen ausweichen wollten. Der distanziert ironische Gesichtsausdruck sollte jedes Argument an sich abprallen lassen.

Oliver gelang es, die Maske abzulegen, wenn ihm abends die Zwillinge entgegenliefen. Falls sie allerdings schon schliefen, blieb seine Miene konzentriert und hart. In letzter Zeit hatte Carola selten die Kraft, ihn zu erweichen. Der heutige Abend versprach, ganz anders zu werden. Die Anspannung der letzten Tage mit Kindern, Job und Einkaufen verflog noch vor Eintreffen der Gäste. Sogar auf Doris freute sie sich, mit und ohne Dessert.

Oliver erwies sich wieder einmal als perfekter Gastgeber. Er servierte, schenkte Wein nach, räumte ab, war aufmerksam und witzig. Lars schien es ihm gleichtun zu wollen als Kellner und Kavalier. Carola saß da und sah der Szene wie einem Kammerspiel zu, in dem ihre eigene Rolle nicht klar war. Gast, Statist oder nur Publikum, das klatschen sollte? Doris rückte unruhig auf ihrem Stuhl hin und her, als fühlte sie sich im Spiel überflüssig. Ihre Versuche, beim Servieren mitzuhelfen, wurden von Lars wenig freundlich abgewiesen. Das Gespräch, das Carola mit ihr anfangen wollte, verlief sich in belanglosem Smalltalk. Der Lammbraten war längst aufgegessen, die Teller abgeräumt, die Sachertorte großzügig verteilt und hochgelobt, als die Männer sich endgültig am Tisch niederließen. Doris kostete nur ein winziges Stück Torte. Ihr eigenes Dessert komme erst später als Überraschung, wenn sie das Essen etwas verdaut hätten. Endlich kam der Espresso.

„Und, wie funktioniert dein Jobportal?", wandte sich Oliver an Lars, als Auftakt zum Fachgespräch, auf das beide Männer seit Tagen gewartet hatten.

„Es vernetzt digitale Profile von Jobsuchenden mit Personalabteilungen von Firmen", antwortete Lars.

„Ja und?", kam es von Oliver.

„Es kann weit mehr als das. Der von mir entwickelte Algorithmus bringt nicht nur Bewerberprofile mit passenden Firmen zusammen. Er kann auch dem Jobsuchenden eine Firma vorschlagen, bei der sich dieser normalerweise gar nicht beworben hätte."

„Das ist nicht wirklich neu", warf Oliver ein.

„Neu ist, dass nicht die Berufsbezeichnung wichtig ist, die einer angibt oder sucht. Was zählt, sind die Fähigkeiten und Erfahrungen, die der Bewerber im bisherigen Leben gesammelt hat. Sie sind es nämlich, die einen Menschen fit für den Job machen."

Es folgte ein Monolog, den Lars offenbar auswendig gelernt oder schon oft aufgesagt hatte. Seine Internet-Plattform schleuste die richtigen Bewerber wie durch einen Filter zur passenden Jobausschreibung. Wesentlich dabei war der Faktor „Menschenkenntnis", den Lars als seine wichtigste Eigenschaft bezeichnete.

„Schon als Personalberater hatte ich hundertprozentige Treffsicherheit bei den Bewerbern", verkündete er stolz. „Jetzt bringe ich diesen Trumpf zur digitalen Meisterschaft. Intuitives Gespür für die Menschen ist die Zukunft."

Oliver sah ihn zweifelnd an.

„Soll das heißen, dass Ihre digitale Geschäftsidee von etwas Übersinnlichem gespeist wird?"
„Das intuitive Gespür gibt dem Digitalen den richtigen Kick.", erklärte Lars. „Es ist in der Lage, die Spreu vom Weizen der Bewerber zu trennen. Ich muss niemanden persönlich treffen, um zu wissen, wie er tickt. Das Hören der Stimme, des Sprechrhythmus genügt. Selten brauche ich den Face-to-Face-Austausch am Bildschirm, um die Person einzuschätzen und richtig zu vermitteln."
Die Trefferquote lag bei neunzig Prozent. Nicht nur die jungen Digital Natives gehörten zu seinen Klienten. Älteren Arbeitssuchenden bot er intensive Schulungen in Digitalisierung an, um sie dann als Goldstücke an Firmen zu vermitteln. Ihre berufliche Erfahrung hatte sie härter und dankbarer für den Job gemacht. Bei Schwierigkeiten würden sie nicht so schnell abspringen, um etwas Besseres zu suchen. Oliver hörte aufmerksam zu. Nach anfänglicher Skepsis verriet seine Mimik zunehmend Begeisterung.
„Wir suchen dringend qualifizierte Mitarbeiter", sagte er. „Die Fluktuation in der Firma ist in letzter Zeit hoch. Digitalisierung ist nicht jedermanns Sache, wie Sie wissen."
„Ich biete Ihnen einen frischen Pool unverbrauchter Leute, die gierig auf neue Herausforderungen sind."
„Wie soll das gehen?", fragte Carola, nachdem sie dem Gespräch fast eine Stunde schweigend zugehört hatte.
„Wie geht Menschenkenntnis, wenn man mit den Leuten gar nicht spricht?"
„Das nennt man digitales Fingerspitzengefühl", erwiderte Lars stolz. „Das ist der Kern meiner Geschäftsidee."
„Gefühl im Internet?", zweifelte sie. „Was soll das sein?"
„Heute läuft die Personalsuche anders als früher", belehrte er sie. „Digitale Fertigkeiten setzen die Firmen bei den Bewerbern voraus. Ohne sie brauchst du gar nicht anzutreten. Spezielles Know-how kommt dann hinzu, dieses ändert sich ständig. Das sind die ersten Dinge, die ich im Online-Profil des Bewerbers sehe. Das wirklich Besondere sind die persönlichen Dinge, Teamgeist, Flexibilität, Durchsetzungskraft, die erkenne ich durch spezielle Fragen."

„Jeder frisiert seine Antworten", widersprach Carola. „Schriftlich kann man alles angeben."

„Nicht bei mir", sagte er. „Ich erkenne genau, ob die Person wirklich was drauf hat."

„Ist ja toll", meinte sie. „Der Händedruck spielt keine Rolle, die Stimme, der Geruch, alles egal. Da kann auch ein Roboter die Personalsuche machen, seine Treffsicherheit ist garantiert. Dann wirst du überflüssig."

Lars stockte, unsicher, ob sie ihn ernst nahm. Oliver warf ihr einen warnenden Blick zu.

„Lars hat schon einige sehr erfolgreiche Leute vermittelt. In meiner Branche spricht sich so was schnell herum. Meine Firma wird ihm einige Jobprofile zusenden. Wir suchen dringend Fachkräfte."

Seine Mimik hatte sich bei Carolas Einwänden zunehmend verhärtet. „Was müssen die Leute sonst noch können, außer digitale Überflieger sein?", fragte sie.

„Sag ich doch, Teamfähigkeit, Engagement, Flexibilität, das Übliche halt." Lars schien des häufigen Erklärens überdrüssig.

„Das Mantra des Erfolges", echote Carola. „So oft wiederholt, dass keiner mehr weiß, was es wirklich bedeutet. Zum Beispiel Flexibilität, weißt du, was das im Alltag heißt?"

„Na klar, es sind grundlegende Eigenschaften, die jeder Bewerber kennt."

„Aber du, weißt du es?", beharrte sie.

„Carola, bitte", mahnte Oliver.

„Flexibel heißt biegsam", erklärte sie. „Es heißt, seine eigenen Bedürfnisse zurückzustellen, sich an jene des Arbeitgebers anzupassen, heute das zu wollen, morgen etwas anderes. Am Ende gar nichts Eigenes zu wollen, nichts Eigenes zu sein. Und das soll funktionieren, ohne den Boden unter den Füßen zu verlieren?"

„Schatz, ich glaube, das hier ist nicht dein Metier." Oliver warf einen entschuldigenden Blick zu Lars.

„Ist doch kein Problem!", rief Lars. „Ich liebe frischen Wind. Querdenken ist gefragt, das testen wir bei unseren Bewerbern gleich beim ersten Kontakt, sobald die Vorauswahl im Internet getroffen ist."

„Querdenker sind aber nicht flexibel", fuhr sie fort. „Sonst würden sie beim Querdenken umfallen. Sie brauchen ein stabiles Seelenhaus, auf dem ihre Gedanken stehen bleiben. Unangepasst, auch wenn rundherum der Wind der Flexibilität weht."
Lars sah sie erstaunt an. Auf solche Ausführungen war er nicht gefasst.
„Das ist ein interessanter Ansatz", sagte er ausweichend. „Aber keine Angst, wir haben alle Varianten in unserem Pool."
„Stellt ihr auch Psychopathen ein, wenn sie sich im Internet auskennen? Die künstliche Intelligenz muss doch Psychos erkennen."
Endlich brach Doris ihr Schweigen.
„Lars bekommt internationale Aufträge von Firmen weltweit", verkündete sie. „Sein Start-up-Unternehmen hat stetig steigende Umsätze. Seine Personalsuche ist sehr effektiv und zukunftsweisend."
Carola sah sie bewundernd an. „Klingt echt gut, hat er dir das beigebracht? Weißt du, wer heute als zukunftsweisend gilt? Es sind Menschen, die effektiv sind ohne Rücksicht auf Verluste. Sie kennen das Wort „Verlust" nur in Bezug auf Geld und Prestige. Alles andere interessiert sie nicht. Vermittelt ihr solche Leute?"
„Das sind dumme Vorurteile!", brauste Doris auf. „So reden die Ewiggestrigen, die Angst haben, übrig zu bleiben."
„Ah ja? Charakterschweine bleiben also nicht übrig? Dieser Kriterienkatalog bevorzugt miese Typen und merkt es nicht einmal."
„Woher willst du das wissen?", fragte Lars.
Carola holte tief Luft. „Das ist nicht schwer. Tolle Fähigkeiten am Computer zu haben, heißt, viel an der Kiste zu sitzen und überwiegend digital zu kommunizieren. Was passiert mit der Seele eines solchen Menschen? Mit seinen Gefühlen? Trainiert er sie, übt er Feingefühl? Ach nein, das ist ja bei euren Bewerbern nicht gefragt. Empathie wandelt sich zu einer Funktion von Robotern. Die lachen, wenn bestimmte Wortfolgen kommen, und weinen, wenn … ach, wann weinen sie? Oder kommen aus ihrem digitalen Mund Weicheier, wenn lebende Menschen Tränen vergießen?"
Oliver hatte schweigend zugehört, wie immer, wenn Carola in Fahrt kam. Jetzt schien ihm die Situation brenzlig zu werden, auf keinen

Fall wollte er Lars vergraulen. Beschwichtigend legte er den Arm um Carola.

„Meine Frau achtet immer auf die menschliche Seite. Keine Sorge, Schatz, wird stellen keine Monster ein."

Sie entzog sich ihm.

„Du kannst mich ruhig lächerlich machen. Euer digitaler Menschenfang fördert das brutale Klima in den Betrieben. Niemand fühlt sich für den anderen verantwortlich. Jeder schaut auf sein eigenes Weiterkommen, auch wenn er damit den anderen umbringt."

„Hauptsache, er bringt das Unternehmen nicht um", scherzte Lars. „Aber keine Sorge, die Firmen haben längst verstanden, dass gutes Arbeitsklima wichtig für die Produktivität ist. Nur wenn die Mitarbeiter sich wohlfühlen, identifizieren sie sich mit dem Unternehmen."

„Und wenn einem das Unternehmen trotzdem scheißegal ist?", fragte sie.

„Dafür haben wir vorgesorgt. Toxische Mitarbeiter werden schnell entlarvt."

„Toxische Mitarbeiter, welch humanistischer Ausdruck. Habt ihr einen Scanner, der auf giftige Kollegen programmiert ist? Fliegt er als Drohne durch die Firma und besprüht schlechte Leute automatisch mit Gift?"

Lars ließ sich nicht provozieren. „Deine Wortwahl ist sehr innovativ", sagte er anerkennend. „Hättest du Lust, bei unserem Online-Recruiting mitzuarbeiten? Wir können kluge Köpfe gebrauchen."

„Du meinst Leute, deren frischen Elan ihr auspressen könnt, um sie dann wegzuwerfen wie schimmlige Zitronen?"

Doris starrte sie böse an.

„Deine Redaktion muss ja furchtbar sein. Was sitzen dort für Leute? Klar, die Medien sind ein Labor, wo das Gift konzentriert ist. Bist du deswegen so gern dabei?"

Es wurde doch noch ein vergnüglicher Abend, dank des reichlich fließenden Alkohols. Doris servierte ihr opulentes Dessert mit pompösem Trara. Auf einem See aus Ahornsirup und Calvados tanzten exotische Früchte wie kleine Enten. In der Mitte thronte die Schoko-Eisbombe als lockende Venus. Ein im See versenkter Motor schleuderte die Früchte auf die Eismasse, bis die Bombe in der goldgelben Marinade fast versank. Kleine, schäumende Wellen aus Calvados tanzten um den Gipfel der Venus.

Minutenlang balancierte Doris das Spektakel auf einem Silbertablett um den Tisch herum, angespornt durch johlende Bravorufe von Oliver und Lars.

„Kann man das auch essen?", fragte Carola.

Doris hielt jedem ihr Hinterteil entgegen. Aus der Hosentasche ragten vier langstielige Löffel.

„Schnell, bevor es schmilzt!"

Stöhnend stellte sie das Tablett in die Mitte des Tisches. Die beiden Männer löffelten gierig aus der fruchtigen Bombe. Das Eis rann ihnen aus den Mundwinkeln auf T-Shirts und Hosen. Einige Mango- und Papayastücke klatschten auf das weiße Tischtuch. Mit glitschigen Fingern ließen sie sich nicht aufheben. Oliver und Lars überboten einander beim Aufsaugen der Früchte vom Tischtuch.

Carola verschob einige Löffel Eisbrei in eines der bereitstehenden Schälchen. Das Ganze ekelte sie. Dem Eis war reichlich Alkohol und noch etwas anderes beigemischt, das Doris reichlich dosiert hatte. Immerhin reichte es, um den Abend in benommenem Frieden ausklingen zu lassen.

6.

Wenn die Kollegen in der Redaktion sie mit großem Hallo empfingen, bekam sie immer Magenschmerzen. Gleich würden alle in Begeisterung über den geplanten Studiogast verfallen, den der Chefredakteur unbedingt in ihre Sendung holen wollte. Diesen absoluten Künstler, angesagtesten Theatermann, innovativsten Kulissengiganten, den Garanten für Skandale und Besucherrekorde. Seine schrillen Inszenierungen empörten und ekelten das Publikum, das in Scharen ins Theater strömte. Kritiker, die ihn anfangs als ungelernten Dilettanten verteufelt hatten, hoben ihn nun als Revolutionär in den Theaterhimmel. Als Studiogast der absolute Renner. Die Hörerquoten würden sich überschlagen.

Seit Monaten versuchte Specht, ihr Studiogäste aufzudrängen. „Wir wollen echte Meinungsbildner, Leute, die etwas bewegen, Säulen der Gesellschaft", lautete sein Argument. Carolas Einwand, dass ihre Sendung damit den originellen Charakter verliere, schmetterte er ab. „Das Originelle sind Sie, Frau Melchior, machen Sie was draus!"
Heute widersprach Carola den Lobeshymnen der Kollegen nicht, auch wenn sie diesen angeblich begnadeten Künstler für einen neurotischen Wichtigtuer hielt. Er gab selten Interviews, was die Begehrlichkeit der Medien ins Unermessliche steigerte. Aus informierten Kreisen war dem Sender Beta 8 zugetragen worden, dass Hieronymus Platti – so hieß der Genius – nicht abgeneigt wäre, Caro´s Cocktail als Studiogast zu beehren. Angeblich hielt er die Sendung für eine der wenigen intelligenten in diesem ansonsten rotzblöden Milieu.
„Das ist grandios!", frohlockte Spechts Assistent Frank, den der Chefredakteur in die Sitzung vorgeschickt hatte. „Dieser Mann wird Caros´Cocktail in den Quotenhimmel heben!"
„Wir sind auch jetzt nicht im Keller", bemerkte Carola trocken.
„Jaja, Baby", besänftige Frank. „Du bist toll, das wissen wir, aber jetzt kannst du richtig abfahren."
„Du tust ja so, als wären wir Schlusslichter in der Radiokolonne", versetzte sie. „Darf ich dich daran erinnern, dass meine Assistentin täglich zweihundert E-Mails von Hörern beantworten muss?"
„Dreihundert", verbesserte Bobi. Wie immer saß sie als stumme Zeugin dabei. „Natürlich", sagte Frank mehr genervt als freundlich. So was wie Hörerpost interessierte ihn nicht. Diskussionen mit Carola waren ihm sowieso zuwider. „Aber so einen dürfen wir uns nicht entgehen lassen. Die Konkurrenz giert schon nach ihm. Also, der Chef sagt, dass du ihn persönlich anrufen sollst."
„Sagt der Chef auch, dass ich mich reinschleimen soll?"
„Kapierst du nicht, worum es geht?", rief Frank. „Der Typ will vor dem Mikrofon einen Skandal provozieren, um Werbung für sein neues Stück zu machen."
„Ich bin keine Werbetrommel."
„Aber du bist schlagfertig, das weiß er. Nur du bist seinen Sprüchen gewachsen."

Specht hatte seinem Hündchen genaue Instruktionen gegeben, wie er Carola den Studiogast verkaufen sollte. Er selbst wollte ihr keine Komplimente machen. Die Leute in seinem Team sollten sich als Untergebene betrachten, auch wenn er immer die gleiche Augenhöhe betonte. Auf eine offene Konfrontation mit Carola wollte er es nicht ankommen lassen. Der geplatzte Besuch seines Freundes Lukaschil im Studio hatte ihm gereicht. So eine Peinlichkeit brauchte er nicht noch einmal, zumal Carola ihre Meinung über den gefeierten Theatermann schon öfter kundgetan hatte. Franks amerikanische Lässigkeit sollte es richten.

„Okay, how shall we go about it?", fragte er.

„We´ll do nothing, my dear", erwiderte Carola süßlich. „Meine Sendung braucht diesen Pseudokünstler nicht. In unseren Statuten ist festgelegt, dass wir uns nicht für Werbung benutzen lassen, von niemandem."

„Information, keine Werbung", belehrte sie Frank. „Seine Stücke sind mittlerweile in allen Medien. Er wird beim großen Kulturfestival dabei sein. Wenn wir ihn nicht einladen, machen wir uns zu Hinterwäldlern, die den Zeitgeist ignorieren. Willst du das?"

„Hinterwäldler sind die, die auf jeden dämlichen Zug aufspringen, weil sie keine eigenen Ideen haben. Caro´s Cocktail hat es nicht nötig, Trittbrettfahrer zu sein."

„Weil das Trittbrett dir zu hoch ist?", spottete Frank. „Bald wirst du zur Altweibersendung, die sich jeder Innovation verweigert. Deine Anrufer haben schon jetzt lächerlich konservative Ansichten."

„Danke, ich sage das beim nächsten Cocktail meinem hunderttausendsten Anrufer. Vielleicht drehen die anderen dann ab."

Sie stand genervt auf. Dass der Sender finanziell angeschlagen und auf zusätzliche Werbeeinnahmen angewiesen war, wusste mittlerweile jeder im Team. Verwunderlich war, dass es diese Schieflage überhaupt gab. Auch die anderen Sendungen liefen gut. Die Direktion legte die Finanzen nicht im Internet offen. Gerüchte kursierten, dass Müller-Cerussi, der Direktor und Gründer von Beta 8, im Visier der Staatsanwaltschaft stand. Das Kapital, mit dem er den Sender finanziert hatte, stammte angeblich aus unklaren Quellen. Carola hielt dies für ein Gerücht, abgeworfen von der Konkurrenz, die dem aufstrebenden Sender schaden wollte. Müller-Cerussi war für sie der rettende Engel, der sie aus der Depression der Babypause erlöst hatte. Mitten auf der Baustelle des neuen Senders hatte er sie eingeladen und einfach reden lassen. „You´ve got the job", war seine knappe Würdigung ihres Mutes. Unmöglich, dass dieser Mann Dreck am Stecken hatte.

Mehrere Leute waren für den Sender verantwortlich, so schrieb es das Gesetz vor. Sie hatten ihre Finanzen bestimmt im Griff. Vor allem mussten sie wissen, dass Caro´s Cocktail ihr wichtigstes Zugpferd war. Sie sollten ihre Marketingstrategie hinterfragen, anstatt ihr Gäste aufzuzwingen, deren Popularität wie eine Sternschnuppe verglühen würde. In wenigen Monaten würde kein Mensch mehr über Hieronymus Platti reden. Ein aufgetakelter Durchschnittstyp, dessen größte Kunst die Dreistigkeit war. Er verunglimpfte Stücke berühmter Dramatiker, um selbst Berühmtheit zu erlangen. Die geistreichen Textpassagen veränderte er durch absurde, pseudowitzige Redewendungen ohne Pointe und Geist. Dazu entwarf er schockierende, eklige Bühnenbilder. Das Ganze nannte er dann „Innovatives Monument". War das Kunst?

Geschickterweise behielt er genug Fragmente des Originals, um am Titel und Namen des berühmten Autors mitnaschen zu können, ohne verklagt zu werden. Eine geschickte PR-Strategie, die ihm Schlagzeilen und das Prädikat „revolutionärster Künstler" brachte. Auch diesen Titel hatte er selbst erfunden.

Für Carola war er ein langweiliger Ehrgeizling, der die Dummheit der Leute für sich zu nutzen verstand. Ihn als Studiogast hofieren zu müssen, sah sie als Angriff auf ihre Intelligenz. Dennoch gebot es die journalistische Pflicht, sich sein neues Stück „Himmelsmöwe" anzusehen, um ihm dazu Fragen stellen zu können. Was sollte sie fragen? Warum das Stück nicht „Himmelsratte" hieß? Warum der selbsternannte Superkünstler seinen Müll die unglaublichste Adaption aller Zeiten nannte?

Als Studentin hatte sie das Originalstück mindestens sieben Mal vom Stehplatz des Burgtheaters aus gesehen, mit der Protagonistin

geweint und gelitten, bis zum gnadenlosen Ende. Jetzt sollte sie eine verkrüppelte Version dieses Meisterwerkes über sich ergehen lassen, den literarischen Gewalttäter als neuen Meister preisen?
Der Sender brauchte mehr Werbeeinnahmen. Und sie brauchte den Job. Also sei die professionelle Journalistin und vergiss deine persönliche Meinung. Gib den Geiern, was sie hören wollen.
Das Stück war noch entsetzlicher als sie gefürchtet hatte. Mit aller Disziplin musste sie sich zwingen, bis zum Ende zu bleiben. Als lustvolle Matinee am Sonntag war es angekündigt worden. Der harte Stuhl ohne Rückenlehne schien ihr wie eine Strafbank im ausweglosen Gerichtssaal. Wie stumme Marionetten saßen die anderen Besucher im kahlen Auditorium. Ihre starren Gesichter klebten am Chaos auf der Bühne, als könnten sie sich nicht entscheiden, ob sie lachen oder erbrechen sollten.
Das Kauderwelsch der Akteure mit dazwischen geschleuderten Fetzen des Originaltextes klang zunächst absurd witzig, um sich alsbald abzunutzen. Von den Riesentürmen herunterstürzendes künstliches Blut (oder war es echt?) spritzte in die ersten Reihen der Zuschauer, die mit Gejohle antworteten. Das kotverschmierte Gesicht der Heldin, die ihren Geliebten zum letzten Mal küsst, bevor er sein Leben aushaucht, rief Lachsalven hervor. Alles war ohrenbetäubend laut, grell, eklig.
Carola empfand keinen Schock, nur gähnende Langeweile. Nach drei Stunden war es endlich vorbei, ihr Rücken steif, der Kopf geleert. Sie verspürte unbändigen Drang, diese negative Energie von ihrem Körper abzuwaschen. Durstig nach etwas Lebendigem fuhr sie in die Lobau. Dieser an manchen Stellen noch unberührte Auwald war seit ihrer Kindheit ein magischer Ort der Zuversicht. Den wilden Schotterteich gab es immer noch, mit deutlich niedrigerem Wasserstand. Einst beliebter Badeteich, schien er nun der Natur der Donau-Auen überlassen zu sein. Das Gestrüpp wucherte, vereinzelte Frösche quakten, niemand Zweibeiniger war zu sehen.
Vor vielen Jahren war das Wasser Ende März noch zu kalt zum Schwimmen gewesen. Jetzt, mit gesunkenem Wasserspiegel, fühlte es sich fast wie die Badewanne an. Sie zog sich aus und watete bis tief in

den Teich hinein. Im schlammigen Boden krallten sich ihre Zehen wie alte Seebewohner fest. Die ersten Schwimmzüge wuschen den Ekel des Theaters ab. Sie durchschwamm den Teich drei Mal, ohne die Kälte zu spüren. Atemlos blieb sie einige Minuten auf den nassen Kieselsteinen des Ufers sitzen. Wie kühlende Aggregate schickten sie Klarheit von den Hinterbacken bis ins Gehirn. Das schwüle Unbehagen des Tages verlor sich in lauer Distanz. Im Auto drehte sie die Heizung auf Maximum.

Das Eiscafé am Ufer der Alten Donau hatte schon geöffnet. Hierher verirrte sich garantiert kein neurotischer Künstler. Das Eis schmeckte nach frisch gepflückten Früchten und original Vanille. Mauro, der Besitzer, musste nichts Fremdes kopieren, um Gäste anzulocken. Seine Kreationen waren phantasievoll und üppig, die Gäste locker und freundlich.

Sie bestellte eine riesige „Coppa amara" aus Fruchteis, Waldbeeren und einem doppelten Schuss Amaretto. Genussvoll ließ sie den langen Löffel in den Becher gleiten. Welche Anmoderation sollte sie für den Bühnenrevoluzzer wählen? Ihn als innovativen Künstler anzusprechen, würde sie zum Lachkrampf reizen. Provinzieller Wichtigtuer wäre das passende Attribut, käme leichter über die Lippen und konnte sie den Job kosten. Hohe Kulturmanager hatten Hieronymus Platti als Herzstück des größten Kulturfestivals der Stadt eingeladen. Das musste sie in der Moderation irgendwie würdigen.

Sie beobachtete die Enten, die unter den ins Wasser ragenden Trauerweiden ihre Runden drehten. Ein wunderschönes Bild, das kein Aufpeppen und schrilles Getue brauchte, um die Sinne anzuregen. Enten waren kein Vorbild für PR-Macher.

Mit dem langen Löffel fischte sie eine Himbeere aus dem schmelzenden Eis. Die ganze Sache verdarb ihr den Appetit, ein Hinweis, nicht mehr darüber nachzudenken. Verlass dich auf deinen Instinkt, er wird dir die richtigen Worte soufflieren.

Als Erstes fiel ihr sein glänzender, kahlgeschorener Kopf auf, der die beginnende Glatze gut kaschierte. Dafür wucherte sein Bart umso üppiger über dem breitflächigen Gesicht. In den braunen Augen mischte sich Intelligenz mit Spott und blitzendem Misstrauen. Der rasche Blick in Carolas Augen schien ihn zu beruhigen. Er reichte ihr eine Liste mit Fragen.

„Falls Ihnen keine einfallen."

Der Werbejingle ertönte. Carola ignorierte die Liste.

„Brauchen Sie vorgefertigte Fragen als Sicherheitsnetz?", fragte sie lächelnd „Wir sind eine Livesendung mit live Atmosphäre. Ich bin sicher, das kommt Ihrem kreativen Temperament sehr entgegen."

Durch die Glasscheibe sah sie die Hand des Chefredakteurs, die oberhalb der Jalousie seines Büros auftauchte. Die Finger wedelten unruhig.

„Willkommen zu Caro´s Cocktail!", rief sie ins Mikrofon. „Ich hoffe, Sie haben nicht zu viel gegessen. Für das, was wir Ihnen heute servieren, brauchen Sie viel Platz im Magen."

Werbung ertönte, der Studiogast lachte. Das Misstrauen in seinem spöttischen Blick wuchs. Der Werbespot war absichtlich kurz, Carolas Stimme feierlich.

„Liebe Hörer, haben Sie die Himmelsmöwe gesehen? Nein? Das Skandalstück mit echtem Kot und Blut auf der Bühne? Der begnadete Schöpfer ist hier, Hieronymus Platti ist bei mir, ich sehe ihm in die Augen, rieche sein Aftershave, mir bleibt die Luft weg. Wer hat sein Wahnsinnsstück gesehen?"

Hinter der Glasscheibe blinkten die Telefone, das Gesicht des Regisseurs entspannte sich nicht.

„Ich erwarte Ihre Fragen heute per E-Mail, sonst bricht uns die Leitung zusammen", las sie vom Zettel ab. Hieronymus wollte keine Hörerfragen beantworten.

„Unsere Stadt ist eine Hochburg der Kultur", fuhr sie fort. „Erste Frage: Warum nehmen Sie berühmte Stücke aus dieser Burg und verunglimpfen sie?"

Hieronymus rückte ans Mikrofon heran. In seiner halbgeöffneten Faust blitzte ein vollgeschriebener Zettel.

„Ich befreie die Stücke vom Mief des Gewöhnlichen, vom Ballast der Vergangenheit, von der geistlosen Normalität. Mit mir bekommen sie den Glanz zurück, den sie verdienen."

„Den Glanz von Blut und Kot?", fragte Carola. „Was sagen Sie Leuten, die das hirnlos finden?"

„Dass man ihnen selbst das Hirn rausgeblasen hat. Wer sich auf mein Stück einlässt, erlebt bedingungslose, ultimative Kunst."

„Wozu brauchen Sie dazu berühmte Klassiker? Die behindern doch nur Ihre grenzenlose Phantasie. Warum schaffen Sie nicht ein eigenes Stück mit eigener Handlung und selbst entworfenen Figuren?"

„Das kann jeder, gewöhnliche Charaktere gibt es genug. Die Klassiker sind Heilige. Und Götzen, die wir verehren, ohne sie zu verstehen. Meine Texte adeln sie wieder zu dem, was sie eigentlich sind, große Kunst."

„Oder große Frechheit", sagte sie. „Sind Sie ein Schmarotzer am Namen und Werk des berühmten Autors?"

Die Hand über Spechts Jalousie wedelte hektisch.

„Das sage nicht ich, sondern Ihre Gegner", fügte sie schnell hinzu. „Dass Sie ein Kulturschmarotzer sind, der Geniales kopiert, weil ihm eigene Ideen fehlen. Weil Sie in Wahrheit eine kreative Null sind."

Das Misstrauen in seinen Augen schlug in Feindschaft um. In Carolas Ohrlautsprecher rumorte es bedrohlich.

„Sag was Positives, sonst rennt er weg", kam Franks Stimme.

Hieronymus hielt ihr erneut den Block vorgefertigter Fragen hin. Carola nahm ihn und tat, als läse sie vor.

„Sie verwenden mutige Bilder. Warum spotten Sie nicht über Menschen aus unserer Zeit, mit unserer Geschichte? Das haben die damaligen Autoren auch gemacht. Sie wurden nicht mit Kopien, sondern mit Originalen der damaligen Zeit berühmt."

„Diese Figuren gibt es immer noch", erwiderte er. „Die Politik ist voll davon. Hieronymus Platti macht aus ihnen bedingungslose, ultimative Kunst."

„Ich frage mich, ob Terror, Blut und Kot ultimativ sind. Kommt danach nichts mehr?"

Er schien nicht sicher, wie sie es meinte.

„Das ist alles nur Hülse. Mein eigentliches Werk ist radikal neue Kunst. Auch den Titel irgendwelcher berühmten Werke nehme ich nur als Hülse."

„Die Sie brauchen, um Aufmerksamkeit zu bekommen? Sonst würde sich keiner Ihr radikal neues Werk anschauen."
„Nur die Kunst von Hieronymus Platti kann alles abstrahieren, ist abstrakt bis zur Vollkommenheit", deklamierte er. „Die Kunst von Hieronymus Platti überragt alles, bricht aus allen Bahnen, ins Universum der Unendlichkeit."
Er schien das wirklich zu glauben. Carola beneidete diese Selbstbezogenheit, die alle Gegenargumente an sich abprallen ließ. Irgendwann glaubten die Leute seinen Phrasen, bewunderten sie sogar, identifizierten sich mit ihm und allem, was er sagte. Revolutionäre Überarbeitung eines Meisterwerkes muss nicht um Publikum buhlen. Je weniger die Leute über das ursprüngliche Meisterwerk wissen, umso größer ist der Zulauf. Hauptsache, das Stück war einst berühmt, dann wollen es alle heutigen Ignoranten sehen.
„Grauslich, unappetitlich, aber toll!", erzählen sie am nächsten Tag den Kollegen. „Völlig anders als dieser weltberühmte Klassiker von … naja, ihr wisst schon. Müsst ihr unbedingt sehen, es gibt keine Karten mehr, schade, war echt ein Hammer."
Ein Mechanismus, der zu allen Zeiten funktioniert. Man muss kein Künstler, nur ein begabter Selbstdarsteller sein. Die einzige Genialität besteht darin, die Beschränktheit der Leute für sich zu nutzen. Ein PR-Genie erkennt den Zeitgeist. Immerhin, das ist eine Kunst, von manchen „Populismus" genannt. Und die Medien? Sie rennen ihm die Türen ein, laden den Revoluzzer zu Talkshows, endlich was Neues in unserer langweilig angepassten Zeit.
Irgendwie tat er ihr auch leid. Phrasen waren alles, was ihm einfiel. Offenbar war das frei gesprochene Wort nicht seine Stärke.
„Wie wichtig ist Ihnen Berühmtsein?", las sie von seinem Block ab.
„Jeder Idiot will berühmt sein", gab er zurück. „Ohne Mühe, ohne Können, einfach nur Parasit an den Ideen anderer. Und das zur höchsten Kunstform erheben. Das unterstellen Sie mir, richtig?"
Das war frei gesprochen.
„Ich bewundere es", sagte sie ehrlich. „Immerhin haben Sie damit einigen Ruhm geerntet." Der Regisseur hinter der Glasscheibe zeigte erleichtert auf seine Armbanduhr.

„Einer Ihrer Bewunderer schrieb mir heute eine E-Mail", log sie. „Ich soll Sie fragen, wie Sie die Zukunft Europas sehen?"
Dazu würde ihm wohl etwas Eigenes einfallen.
„Nur die Vergangenheit ergibt die perfekte Gegenwart", las er von seinem Zettel ab. „Hieronymus Platti zeigt die ungeschminkteste Gegenwart aller Zeiten."
„Und die wäre aus Ihrer Sicht?", fragte sie ermüdet.
„Terror, Blut, Kot. Und Politiker, die damit Wählerstimmen kaufen. Und Medien, die als Blutegel gut davon leben. Und Caro´s Cocktail, der daraus seine Quote macht. Zum Kotzen."
„Das war ein würdiges Schlusswort", lobte sie. „Sonst noch was, dass Sie unseren Hörern mitgeben wollen?"
„Meine Kunst natürlich, sie wird alles überleben."

Der erwartete Shitstorm über ihre Moderation blieb in den Social Media aus. Viele User und Hörer teilten ihre Meinung. Nur einer beschimpfte sie als blöde Hure, die man auf der Bühne an die Wand nageln und mit Kot bewerfen sollte, bis sie ihre Meinung widerrief. Die Redaktion lachte über diesen Spinner, während Carola ihn nicht witzig fand. Der hasserfüllte Ton des Postings schockierte sie. Vor allem die gleichgültige Reaktion der Kollegen traf sie mehr, als sie erwartet hatte. Specht weigerte sich, im Namen des Senders Anzeige gegen den User zu erstatten. Ihre Angriffe gegen den Studiogast seien auch nicht fein gewesen. Vielleicht hätte dieser sogar den User beauftragt, die Hasstirade gegen die Moderatorin abzufeuern. Da könnten sie ewig prozessieren, nicht absehbar, welche Kosten auf den Sender zukommen würden.
Carola war zu müde zum Diskutieren. Sie fühlte sich hängen gelassen und allein gegen alle. Dass Wiens großes Theaterfestival Hieronymus Platti wieder auslud, war ein schwacher Trost. Der neue Intendant fand dessen Ideen nicht bahnbrechend, sondern zum Erbrechen. Im Gegenzug nannte der Künstler alle Verantwortlichen hirnlose Sesselkleber, die sich vor dem Zeitgeist in die Hosen schissen. Zum Teufel mit ihnen. All diese netten Botschaften wurden per Twitter ausgeschickt, zwanglos und ohne Konsequenz.

7.
Olivers Wagen stand vor dem Haus. Kaum zu glauben, dass er um sieben Uhr abends schon zuhause war. War er krank geworden? Oder hatte die Schwiegermutter Alarm geschlagen, nachdem Carola sie aus der Redaktion angerufen und gebeten hatte, die Kinder, wieder mal ausnahmsweise, vom Kindergarten abzuholen. In der Redaktion hatte sich die Diskussion über Hasspostings endlos hingezogen. Sie wollte die Gleichgültigkeit der Kollegen nicht einfach auf sich beruhen lassen. Als einzig halbwegs Befriedigendes kam am Ende heraus, dass der Sender vielleicht einen Sheriff anheuern könnte, der das sofortige Löschen von Hasspostings gegen Moderatoren veranlasste. Carola glaubte nicht daran. Nach der Diskussion fühlte sie sich missmutig und ausgelaugt. Unmöglich, sofort nach Hause zu gehen, um dem vorwurfsvollen Blick der Schwiegermutter standzuhalten. Sie brauchte frische Luft und einen Drink. In Mauro´s Café an der Alten Donau saß sie eine Stunde lang, bevor ihr Kopf wieder klar für den Heimweg wurde.

Aus dem offenen Küchenfenster duftete es nach Palatschinken mit Schokoladesoße, ein Geruch, den Carola unter hunderten erkannte. Köstlich, aber kein Abendessen für Kinder. Eine Katastrophe für den Zuckerhaushalt, von den Zähnen ganz zu schweigen. Was hatte sich Oliver dabei gedacht? Sein frühes Heimkommen musste einen Grund haben, wenn er die Kleinen mit Süßzeug bestechen wollte.

Beim Betreten des Hauses überlegte sie die richtigen Worte für seine Sabotage der gemeinsam beschlossenen Erziehung. Gesundes Essen hatten sie beide zum Must-do für die Kinder erklärt. Im Supermarkt zeigten sich schon erste Erfolge. Die Kleinen verlangten nicht nach jedem Schokoriegel, der besonders grell aus dem Regal leuchtete. Als Belohnung durften sie beim Warten an der Kassa etwas Kleines aus dem genau zu diesem Zweck üppig drapierten Süßregal aussuchen. Mit dieser Strategie wurde der Einkauf schneller und stressfreier. Carola bemitleidete die Mütter, die ihren Sprösslingen zehnmal das Gleiche verbieten mussten. „Komm her, das haben wir zuhause, leg das zurück!", um dann doch weich zu werden und irgendetwas Ungesundes mitzunehmen.

Aus der Küche war kein Laut zu hören. Auch im Badezimmer rührte sich nichts. Immerhin hatten sie die Schlafenszeit überpünktlich eingehalten, hoffentlich mit geputzten Zähnen. Sie durchschritt das Vorzimmer in Richtung der Stufen zum ersten Stock. Durch die geöffnete Küchentür blitzte der aufgeräumte, blank gewischte Esstisch. Keine verschmierten Teller, kein verräterisches Nutellaglas, alle Spuren perfekt beseitigt. Nur an Mamas feine Spürnase für Schokosoße hatten sie nicht gedacht.

„Habt ihr schon gegessen?", rief sie nach oben. Beim Erklimmen der Stufen kam allmählich Olivers Stimme aus dem Kinderzimmer, ungewohnt gelassen, ohne die übliche Hektik, die sein Timbre etwas höher klingen ließ.

„Und als Modoro vor dem riesigen Käfig stand, fiel ihm ein, dass er den Schlüssel vergessen hatte. Er rüttelte am Tor, das eigentlich verschlossen sein sollte, aber sofort aufging. Von drinnen kamen unheimliche Geräusche, brrroioioo!! Sollte er hineingehen?"

Carola spähte durch den Türspalt. Melanie und Valerie lagen halb aufgerichtet in ihren Bettchen, die Oberkörper von den Kissen gestützt. Zwischen den Bettenden saß Oliver auf dem Stuhl, vor sich ein nagelneues E-Book. Ein zweites lag vor Valerie, die darauf ungeduldig herumwischte. Melanie lehnte regungslos am Kissen, fasziniert von Papas Stimme und der Tatsache, dass er ihnen heute vorlas. Wenige Momente später vergaß auch Valerie ihr E-Book, das lautlos von der Bettdecke hinunterrutschte. Gerade noch konnte Oliver es auffangen und neben die Nachttischlampe legen. Carola spähte nach dem papierenen Märchenbuch, aus dem sie oder die Babysitterin üblicherweise vorlasen. Es war verschwunden. Sie lehnte die Tür leise an und ging hinunter in die Küche. Auf dem Teller, unter der Abdeckhaube, lagen zwei noch warme Schokopalatschinken. Auf jeder prangte ein Herz aus Schokosoße rund um die Buchstaben MAMA. Gierig verschlang sie beide Pfannkuchen. Kochen konnte ihr Mann, das war unbestritten.

„Den Rum hast du erst für mich dazugemischt, oder?", fragte sie, als Oliver die Küche betrat.

„Rate mal", antwortete er mit einem Kuss auf ihre Wange.
„Ich bin nicht sicher." Sie schob ihm das letzte Stück in den Mund. „Auf jeden Fall schlafen sie jetzt gut."
„Heute fanden sie das Märchen besonders spannend", berichtete er stolz. „Ein richtiges Highlight."
„Ah ja?" Sie wischte mit dem Zeigefinger die Schokoreste vom Teller. „Du weißt, ich will kein E-Book im Haus."
„Warum nicht? Die sind total praktisch. Du kannst unzählige Märchen darin stapeln, ohne Platz zu verbrauchen. Mit einem Tippser kriegst du jede beliebige Geschichte, sogar das passende Märchen schlagen sie dir vor, du musst nur das Alter der Kinder eingeben oder ihre heutige Laune. Alles, was du willst, genial."
„Ist das der Sinn von Märchen?", fragte sie. „Möglichst viele auf kleinem Raum zu stapeln?"
„Es macht das Vorlesen vielfältiger. Du kannst Märchen aus aller Welt bekommen, aus allen Sprachen übersetzt, ist doch toll und billig dazu."
„Bist du deswegen heute früher gekommen, um den Kindern E-Books zu bringen, bevor ich es verhindern kann?"
Sein Blick verdüsterte sich. „Du bist schon wieder so negativ. Immer, wenn du spät aus der Redaktion kommst, bist du schlecht drauf."
„Unsinn, ich will bloß keine Massenware im Haus. Unsere Kinder sollen lernen, aus richtigen Büchern zu lesen."
„E-Books sind richtige Bücher, da steht das Gleiche drin, nur viel praktischer."
„Das ist ein kalter Haufen von elektronischen Buchstaben. Damit nimmst du ihnen eine wichtige Erfahrung weg. Ein Kind will Dinge angreifen, Seiten umblättern, Buchstaben auf Papier sehen. Das gibt dem Gehirn anderes Futter."
„Und welches, bitteschön?", fragte er ungehalten. „Das Gelesene bleibt das Gleiche."
„Für dich vielleicht. Wann hast du zuletzt ein Buch gelesen?"
„Was wird das jetzt? Die Abrechnung mit meinem Bildungsgrad, um deinen Frust aus der Redaktion abzuladen?"
Sie stockte. Beim Riechen der Schokosoße war der Frust aus der Re-

daktion wieder hochgekommen. Ihr Wunsch, alles richtig zu machen, wurde mit Ignoranz derer bestraft, für die sie sich so anstrengte. Die Kinder, Oliver, die Kollegen, um alle bemühte sie sich, weil sie ihnen Gefühle entgegenbrachte. Mit welchem Ergebnis?

„Ich will nur, dass unsere Kinder das Gefühl des Lesens aus einem Buch mitbekommen", erklärte sie ruhig. „Literatur braucht echtes Papier, keinen Bildschirm. Papier prägt das emotionale Bewusstsein, das die Grundlage echter Bildung ist."

„Amen", sagte er. „Die Expertin für Kindererziehung hat gesprochen. Gefühle als Grundlage echter Bildung, toll."

„Lach ruhig. Gefühle machen für Kinder die Bildung erst zugänglich. Sich kalte Fakten ins Gehirn zu hämmern, macht den Menschen kalt. Bücher vermitteln Wärme und machen das Gehirn empfänglich für ihren Inhalt."

„Warum liest du dann keine tägliche Zeitung mehr?", fragte er. „Ist doch alles gefühlvolles Papier zum Angreifen. Stattdessen nimmst du alle Nachrichten für die Moderation vom Bildschirm. Bist du deswegen ärmer?"

„Auf jeden Fall. Ich würde lieber Zeitung lesen. Sie gibt Ruhe und Konzentration für das, was hinter den Fakten steckt."

Es ging um etwas anderes, das spürten beide. Oliver nahm die offene Flasche Cabernet Sauvignon vom Küchenschrank. Gleich beim Nachhausekommen hatte er den Wein entkorkt. Feierlich stellte er zwei Gläser auf den Tisch.

„Ich trinke auf das alte Pergament! Wenn es nach meiner Frau ginge, würden wir immer noch auf Pergament schreiben. Weil das Alte ja Ruhe und Konzentration gibt. Auf das ewig Gestrige!"

Er schwenkte das halbvolle Glas gegen das Licht der Deckenlampe. In kaum sichtbaren Schlieren rann der Wein an der Glaswand hinunter. Carola beobachtete sein konzentriertes Gesicht.

„Siehst du, auch das bremst die innere Hektik. Der Wein gehört zu den alten Dingen. Er reift langsam, muss langsam getrunken werden, breitet sich warm im Körper aus. Wie der Text eines Buches, während man die Seiten umblättert. Sie machen die Seele ruhig."

„Sollen unsere Kinder im Tempo des Weines aufwachsen?", fragte er.

„Im Tempo der Natur", entgegnete sie. „Das tun sie sowieso, wir müssen ihnen nur die ruhige Seele erhalten. Der kalte Bildschirm macht die Seele unruhig, die innere Hektik ist uns gar nicht mehr bewusst. Alles muss effizient sein, auf kleinstem Raum Platz haben, jederzeit verfügbar sein, jederzeit austauschbar. Irgendwann ist alles gar nichts mehr wert, weil das Gehirn überfordert ist und abschaltet."
„Die Kinder von heute sind anders, als wir es waren", erwiderte er. „Sie sind Digital Natives mit viel schneller funktionierendem Gehirn. Die Elektronik ist für sie so selbstverständlich wie es für uns der Sandkasten war."
„Niemand wird als digitaler Säugling geboren", widersprach sie. „Die Kinder sind das, wozu wir sie machen. Sie müssen alles lernen, genau so, wie wir es lernen mussten. Lesen, Klavierspielen oder Spielen am Computer, nichts ist genetisch geschenkt."
„Genau", sagte er. „Und deswegen will ich, dass sie von klein auf die digitale Welt mitbekommen, mit der Muttermilch sozusagen."
„Aber nicht mit meiner. Die Nahrung, die sie von mir bekommen, ist sicher nicht digital. Das wäre seelisches Hungerbrot."
„So sah das heute nicht aus. Die beiden waren ganz aus dem Häuschen über die E-Books."
„Valerie hat es nach einer Minute fallengelassen, das habe ich gesehen. Melanie hat es gar nicht angeschaut. Kinder haben die technischen Dinge ganz schnell satt."
„Im Kindergarten hat jeder so ein Ding und brüstet sich damit", sagte er stolz, als wäre er selbst einer dieser Kids. Sie sah ihn erstaunt an. Er hatte die Kleinen offenbar nicht nur bekocht, sondern schon nachmittags vom Kindergarten abgeholt. Am Heimweg hatten sie E-Books gekauft.
„Hat sich deine Mutter gefreut, dass du sie abgelöst hast?", fragte sie.
„Das war spontan, ich hatte früher Schluss."
„Aha." Sie stand auf und spülte den Teller der Palatschinke unter heißem Wasser ab. Eigentlich hatte sie ihm über das Hassposting im Internet berichten wollen, die gleichgültigen Kollegen, den ablehnenden Chefredakteur. Oliver hätte bestimmt einen flapsigen Spruch parat, der sie beruhigte. „Alles heiße Luft, die morgen schon vergessen

ist. Die Hörer lieben dich, die Kollegen sind neidisch, sei stolz drauf."
Er sagte nichts, weil sie ihm nichts erzählte. Sein frühes Heimkommen machte sie misstrauisch. Bestimmt hatte die Schwiegermutter ihm das geraten. War das wieder ein Spiel, um sie unter Druck zu setzen? Dass es eigentlich Aufgabe der Mutter, nicht der Babysitterin war, den Kindern Abendessen zu machen? Und vieles mehr, was alle als so selbstverständlich sahen, dass sie es gar nicht bemerkten. Waschmaschine einräumen, Geschirrspüler ausräumen, Kleider für die Mädchen herrichten, damit sie auch morgen sauber aus dem Haus gingen, inklusive aufgeladener Smartphones, aller Utensilien zum Schreiben, sogar ein Lineal. Seit kurzem besuchten sie die Vorschule, jedes Kind in einer anderen Gruppe, um sie an getrennte Schulklassen zu gewöhnen.
Nebenbei sollte sie auch noch ein schickes Outfit für sich selbst finden. Kein sauberer Pulli mehr da, notfalls tat es auch die Bluse von gestern. Zum Glück konnten sie die Hörer nicht sehen. Dann noch die Post durchschauen, damit nicht wieder eine Rechnung liegenblieb und doppelt so teuer wurde. Tat sie ja alles jeden Tag, nur heute war eine Ausnahme, wieder einmal. Sie hatte nach der Arbeit einfach eine Stunde Zeit für sich gebraucht. Dieses Schuldgefühl war widerlich. Immer öfter mischte es sich mit Wut, dass Oliver alles so locker nahm. Komm herunter von deinem Stress, alles ist in Ordnung, außer deiner Empfindlichkeit.
Er hob ihr das Glas entgegen.
„Es ist kein Spiel und keine Intrige. Ich dachte nur, dass wir wieder einmal reden sollten."
„Über Kindererziehung?"
„Vor allem über dich", meinte er. „Ich glaube, dein Problem ist vor allem die innere Hektik."
„Weil ich wieder arbeite oder weil ich Erfolg habe, was stört dich mehr?"
„Carola, bitte. Ich habe nur Angst, dass dich das alles überfordern könnte."
„Dann hilf mir, dass es mich nicht überfordert."
„Gut, was soll ich tun?"

„Lass die E-Books verschwinden", sagte sie. „Ich bitte dich darum."
„Sonst nichts?"
„Nein, sonst nichts."
„Soll ich sie ihnen wieder wegnehmen?"
„Lass sie einfach liegen und schau, was passiert."
Nichts passierte. Nach zwei Tagen beachteten die Mädchen die E-Books nicht mehr. Jeden Abend las Carola wieder aus dem Märchenbuch vor, von dessen Titelseite ein Kauz mit goldenen Haaren lachte.

8.
Wie schaffen es Eltern, ihren Kindern Werte zu vermitteln? Völlig unnötig in Zeiten des Internets, das als selbstredender Wert alles überstrahlt. Die Ära der künstlichen Intelligenz braucht keinen altmodischen Ballast. „Soll-ich-soll-ich-nicht?" entscheidet sich nicht gemäß persönlichen Werten, sondern mithilfe alles wissender Apps. Schritt für Schritt geben sie Anleitung für Haus und Garten, Körper und Seele. Leben, lieben, hassen, sich freuen, alles ist machbar, du musst nur wissen, wie. Zeit sparen ist bei allem das oberste Gebot.
Werte galoppieren wie die Inflation, der man sich ständig anpassen muss. Werte folgen denen, die sie laut genug verkünden. Du bist das wert, was du hast, ein E-Book, neuestes Smartphone, tausende digitale Freunde. Eigentlich sollte das Wort „Werte" nur noch für Objekte des Geldbeutels angewendet werden. Da kann sich jeder was vorstellen und keiner wird enttäuscht.

Während Carolas Schwangerschaft diskutierten sie und Oliver öfter über Werte, die sie ihren Töchtern vermitteln wollten. Anständig sein, sich nicht auf Kosten anderer bereichern, nicht auf jemanden hintreten, der auf dem Boden liegt. Trost geben, wenn jemand ihn braucht. Was das alles konkret heißen sollte, fragte sich Carola fünf Jahre später, nachdem sie Valerie auf der Straße das Smartphone aus der Hand gerissen hatte. Die Kleine wollte ein Foto von der jungen Radfahrerin schießen, die soeben beim Überqueren der Schienen von der Straßenbahn erfasst worden war. Binnen weniger Minuten bildete sich ein Kreis von Schaulustigen, die das schwerverletzte Mädchen fotografierten. Junge, Alte, Kinder, ein abseits Stehender rief die Rettung. Carola zerrte Valerie vom Unglückort weg. Das Smartphone gab sie ihr nicht zurück.

„Warum wolltest du sie fotografieren?", fragte sie zuhause, um ruhige Sachlichkeit bemüht. Innerlich kochte sie.

„Im Kindergarten machen das alle", antwortete Valerie ohne Schuldbewusstsein. „Sie verschicken das dann."

„An wen?"

„An alle Freunde", antwortete Valerie. Diesmal wollte sie die Erste sein, die das Foto verschickte. Carola war schockiert, wie wenig der schwere Unfall ihre Tochter berührte.

„Würdest du auch fotografieren, wenn Melanie blutig auf den Schienen liegen würde?"

Valerie zuckte erschrocken zusammen.

„Das war nicht Melanie", stammelte sie.

„Und wenn doch? Was würdest du tun, wenn dir jetzt jemand ein Bild von der verletzten Melanie schickte?"

Valerie fing zu weinen an. Ihre Schwester war noch nicht zuhause, da sie eine andere Klasse der Vorschule besuchte. „Das war nicht Melanie", wiederholte sie immer wieder schluchzend und beruhigte sich erst, als Melanie mit der Oma nach Hause kam. Das Smartphone rührte sie an diesem Tag nicht mehr an.

Carola bereute, so hart mit ihr umgegangen zu sein. Die Kaltblütigkeit, mit der ihre Tochter die Kamera auf das blutende Mädchen gerichtet hatte, erinnerte sie an die Hasspostings im Internet, gegen Asylwerber, Behinderte, Andersdenkende. Sie war immer überzeugt gewesen, ihren Töchtern Mitgefühl und Warmherzigkeit beizubringen. Was hatten sie als Eltern falsch gemacht?

„Gar nichts", beruhigte Oliver, als sie ihm den Vorfall schilderte. „Die Kinder folgen dem Gruppenzwang, das ist normal in diesem Alter."

„Normal? Es ist grausam und gefühllos."

„Ja, das ist es, aber so ist die heutige Welt. Die Kinder sind nur ihr Spiegelbild."

„Spiegelbild wovon?", fuhr sie ihn an. „Von uns Erwachsenen? Was sind wir für Monster?"
„Bitte, mach kein Drama draus. Ich werde mit ihr reden."
Sie erfuhr nicht, was er mit Valerie besprach. Am nächsten Tag gingen sie alle gemeinsam zum Unfallort und legten Blumen nieder. Das verletzte Mädchen war auf dem Weg ins Krankenhaus gestorben. Valerie war tagelang verstört und traurig. Carola machte einen Termin bei der Kindergartenpädagogin, die nicht überrascht schien, sie zu sehen.
„Wir haben mit den Kindern über diesen Unfall gesprochen", nahm sie Carola sogleich den Wind aus den Segeln. „Stand ja groß in der Zeitung, wie pietätlos die Passanten fotografiert haben. Die Kinder lernen das von den Erwachsenen."
„Bei uns zuhause lernen sie so etwas nicht", sagte Carola aufgebracht. „Wir bemühen uns, den Mädchen Mitgefühl als Wert mitzugeben. Ich erwarte, dass im Kindergarten nicht gegen unsere Erziehung gearbeitet wird".
Sie war nicht mehr überzeugt, dass ihre Töchter zuhause Mitgefühl als echten Wert vermittelt bekamen. Seit beide Eltern mehr arbeiteten, blieb wenig Zeit zum Reden. Sie erinnerte sich nicht, wann sie zuletzt über Mitgefühl oder andere „Soft Skills" gesprochen hatten. So nannte ein Kollege die Qualitäten menschlichen Zusammenlebens, als Carola mehr soziale Kompetenz im Team einforderte.
Sie fragte sich, ob die Atmosphäre in der Arbeit sie auch privat hart machte. Die Tage liefen so schnell vorbei, dass sie die persönliche Entwicklung ihrer Töchter gar nicht richtig mitbekam. Seit einigen Monaten besuchten sie sechs Stunden pro Woche die Vorschule, um spielerisch für den richtigen Unterricht vorbereitet zu werden. Wie man spielerisch Konflikte löste, stand nicht im Lehrplan.
Oliver wollte den Mädchen vor allem technische Fähigkeiten mitgeben, um sie früh für die digitale Welt zu rüsten. Auf keinen Fall sollten sie mädchenspezifisch erzogen und später in einschlägig weibliche Berufe gedrängt werden. Seinen hochbegabten Töchtern sollte die Welt offen stehen. Elektroautos bekamen sie ebenso geschenkt wie eine kleine Nähmaschine, auf der sie Kapuzen für die Räuberbande

im Kindergarten nähten. Kleider für die Puppe interessierten sie sowieso nicht. Unter Olivers Anleitung versuchten sie, einen einfachen Roboter zu programmieren. Viel zu schwierig für viereinhalb-Jährige, fand Carola und staunte. Hochkonzentriert und blitzschnell schossen die kleinen Finger über das Display, dessen Logik ihnen völlig normal schien. Am Ende stolzierte der kleine Robo über den Tisch, gab sogar einige Affenkreischlaute von sich. Melanie und Valerie tobten begeistert, Carola beobachtete sie mehr beunruhigt als erfreut. War das die Zukunft ihrer Töchter? Zum Glück liebten sie auch gewöhnliches dickes Papier, aus dem sie mit Oliver phantastische Gebilde bastelten. Er befolgte ihre Anweisungen und half nur, wenn etwas zu kleben war. Alles sollte möglichst einfach und selbst herzustellen sein, um die Kreativität der Kinder zu fordern.

Carola freute sich über seine pädagogischen Ideen. Das Wochenende überließ sie seinem Erziehungsstil und machte nur mit, wenn sie gefragt wurde. In den letzten Monaten konnte er den Kindern nur jeden zweiten Sonntag widmen, da seine Energie im Job verpuffte. Carola suchte einige alte Kleider aus ihren Kindertagen heraus, kürzte sie oder peppte sie mit Tüchern auf. Das Wohnzimmer samt Terrasse wurde zur Bühne, auf der sie zu dritt Theaterszenen aufführten. Jeder erfand für sich zwei gegensätzliche Rollen, der Dieb und der Polizist, die Reiche und der Bettler, die Mörderin und der Heilige. Die Charaktere erlebten ihre Schicksale in Fortsetzungen, manchmal mit abrupt tragischem Ende. Kinder aus der Nachbarschaft wurden zum Mitspielen eingeladen, die begeisterten Mütter brachten Kostüme und Requisiten mit. Danach labten sich alle am gemeinsamen Festmahl Carola liebte diese Sonntage. Sie ließen sie vergessen, dass sie inzwischen fast alleinerziehend war. Olivers Karriere schoss empor, während seine private Zeit in den Keller stürzte. Die Finanzen der Familie besserten sich erheblich. Carolas Gehalt deckte immerhin Haushaltshilfe und Babysitterin ab. Einige Au-pair-Mädchen waren gekommen und wieder gegangen, da keines Carolas Ansprüchen genügte. Sie war sicher, es auch allein zu schaffen. Nur manchmal war sie so müde, dass sie beim Theaterspielen einschlief. Dann setzten sich die Kinder vor den Computer, der immer für Unterhaltung sorgte.

Nachts kramte sie in der Schublade nach dem Kuvert, in dem sie einst mit Oliver die Grundsätze von Kindererziehung deponiert hatte. Lange vor seinem Heiratsantrag im Paternoster der alten Universität besuchten sie eine laute Studentenparty in Altlengbach. Nach Mitternacht fuhr kein Bus mehr in die Stadt. Auto hatten sie keines, also verbrachten sie die Nacht mit Philosophieren über Mitgefühl, Ehrlichkeit und Anstand. Werte, die sie den meisten Erwachsenen schon damals nicht zutrauten. Wie wollten die ihren Kindern Werte mitgeben? Die Zukunft würde im Chaos versinken, wenn die heutigen Jungen nicht ein Manifest humaner Werte verfassten.
Die anderen Studenten schliefen bald ein, nur Oliver und Carola lieferten einander ein Duell der Argumente. Zwei Flaschen Montepulciano d'Abruzzo wurden geleert, viel gelacht, Kluges erdacht. So klug, dass Carola es am nächsten Tag in ihren Computer tippte und auf pergamentartigem Papier ausdruckte. Im Kuvert verpackt bekam das Geschriebene den Hauch von Ewigkeit. Von Heirat mit Oliver war noch keine Rede. Sie wollte nicht heiraten, Kinder erst spät, wenn überhaupt. Die vom Wein inspirierten Grundsätze guter Erziehung ruhten seither sanft in der Schublade.

Jetzt, viele Jahre später, bekamen sie ungeahnte Aktualität. Wie soll mein Kind in den sozialen Medien kommunizieren? Soll es Hasspostings ignorieren oder anzeigen? Für den späteren Beruf kann Zivilcourage hinderlich sein. Soll man seinem Kind beibringen, sich mit Arschlöchern gut zu stellen? Stelle dich mit ihnen in eine Reihe, dann siehst du, was sie vorhaben und bist weniger bedroht. Vielleicht verschonen sie dich sogar mit ihrem miesen Verhalten. Du wirst gut behandelt und irgendwann einer von ihnen, in einer perfekt geschmierten Karriere.
Dabei muss man selbst angeblich kein mieser Typ werden. Es hängt davon ab, was man daraus macht. Andere Menschen zu erniedrigen, besonders die ohnehin schwachen, kann dem Wohl der Allgemeinheit durchaus nützlich sein. So lautet der Kommentar mancher Politiker über missachtete menschliche Werte. Der Zuspruch vieler Wähler ist ihnen sicher. Keiner käme auf die Idee, sich als schlechter Mensch

zu betrachten. Schade nur, dass Erfolg im Spiel nur mit Befolgen der Spielregeln möglich ist. Wer mit den Wölfen heult, wird irgendwann einer von ihnen. Das geht gar nicht anders, um glaubhaft heulen zu können, oder?

Der Wert aller Dinge entsteht aus dem Wert des eigenen Selbst. Woher bezieht der Mensch seinen Selbstwert? Welch unsinnige Frage. Genau deswegen muss sie gestellt werden, also woher?
Dazu muss man zunächst definieren, was Selbstwert eigentlich ist. Für manche nur eine Erfindung kopflastiger Theoretiker, die sich selbst nicht mehr wert sind, als dem menschlichen Dasein ständig neue Begriffe aufzudrücken. Ist es der Wert, den ich selbst bestimme, oder jener, der mir von außen aufgedrückt wird? Diese beiden Werte sind nämlich nicht identisch. Der Wert des eigenen Selbst wird von der Person bestimmt, der dieses Selbst gehört. Unbegreiflicherweise wird dieser Wert nicht selten als gering eingeschätzt, manchmal so gering, dass er als zerstörungswürdig gilt. Entsprechende Taten gegen sich selbst sind die Folge. Nicht auf seine Gesundheit achten, sich überfordern, für andere allzeit erreichbar und verfügbar sein.
Wer ordnet das alles an? Nur scheinbar kommen die Befehle von außen. Eine unsichtbare, gleichwohl mächtige innere Instanz, genannt „Seele", sorgt für das Ausführen der Befehle. Dass der Selbstwert etwas mit der Seele zu tun haben könnte, klingt in unserem Zeitalter der materiellen Werte sehr unpassend.
Die Seele ist etwas nicht Materielles, dem kann wohl jeder zustimmen. Man kann die Seele nicht als Software programmieren, nicht in Logik oder Algorithmen pressen. Umso verwunderlicher ist es, dass viele Menschen versuchen, ihren Selbstwert durch materielle Dinge anzuheben. Die Inbrunst, mit der sie es tun, lässt vermuten, dass dieser Selbstwert aus dem tiefsten Keller geholt werden muss. Oder soll er überhaupt erst gebildet werden? Welch Sisyphusarbeit, etwas Unsichtbares durch äußere Dinge aufbauen zu wollen. Ist es diese absurde, nie endende Anstrengung, die in Wahrheit die Wirtschaft am Laufen hält? Die Jagd des Konsumenten nach höherem Selbstwert? Immerhin hat das nicht greifbare Gefühl der Selbstachtung einen

Vorteil: es ist jedem Menschen angeboren. Nach dem Gesetz der Schöpfung sind die Menschen im Selbstwertgefühl von Beginn an gleichberechtigt. Das neugeborene Wesen strebt mit unbändiger Kraft nach Erfüllung seines Selbstwertes. Ganz selbstverständlich erwartet der Winzling die Erfüllung seiner Bedürfnisse. Geschieht dies nicht, protestiert er mit ohrenbetäubendem Gebrüll. Ich bin es wert, also füttere mich gefälligst, lege mich trocken, beschäftige mich, gib mir Liebe. Und zwar so, wie ich sie brauche, nicht so, wie es dir passt. Genau an diesem Punkt beginnt die Demontage des Selbstwertes. Ein Baby zu füttern und zu wickeln ist eine für die Eltern nachvollziehbare Notwendigkeit. Sie wird mit mehr oder weniger Enthusiasmus erfüllt. Schon bald fordert das Kleinkind weitere Erfüllung seiner/ihrer Bedürfnisse. Ich stehe früh auf, ihr Penner, also will ich beschäftigt werden. Leider hat Mama/Papa weiteres Schlafbedürfnis, also wird der mittlerweile dreijährige Störenfried vor den Fernseher gesetzt. Da läuft um sechs Uhr früh eine super Kindersendung, total altersgerecht, psychologisch und pädagogisch exzellent gemacht. Da haben sich die Fernsehleute echt was einfallen lassen.

Der/die Kleine sitzt gebannt vor dem Bildschirm, vergisst alles um sich herum, auch den Hunger, die Eltern, sich selbst. Bald kann er den Fernseher selbst bedienen, steht pünktlich auf, um mäuschenstill vor dem Wundergerät zu sitzen. Ist es einmal kaputt, wird mit Geschrei und Verstörtheit umgehende Reparatur eingefordert. So ein Wahnsinn passiert nur ein Mal, seither funktioniert das Gerät immer.

Eine Win-win-Situation für alle Beteiligten. Die Eltern bekommen Schlaf, das Kind Unterhaltung mit erzieherischem Wert, der Fernsehsender seine Einschaltquote. Auch nachmittags gibt es Unterhaltung schon für die Kleinsten, die darauf warten wie der Hund auf den täglichen Fressnapf. Der Selbstwert des heranwachsenden Wesens entsteht beim stillen Zusehen, wie andere auf dem Bildschirm das Leben meistern, kämpfen, siegen oder unterliegen.

Ganz nebenbei führt dieser ungezwungene Zeitvertreib den Menschen von klein auf in unser technisches Zeitalter ein. Mittelweile hat sich der Kinderspaß aufs Tablet und ins Smartphone verlagert. Spiele und Serien zum Herunterladen ohne Ende bieten echte Power für das

Selbstwertgefühl der Kids, samt Entlastung für die mit beruflichem und sonstigem Alltag voll beladenen Eltern. Abends bleibt gerade noch Fernsehen als Droge zum Abschalten.
Sich dabei noch sinnvolle Beschäftigungen für sein Kind auszudenken, wäre unzumutbar. Außerdem Verschwendung, da ja alles per Mausklick zu haben ist. Zum Glück verdienen die rackernden Eltern genug, um dem Sprössling alle digitalen Neuheiten zu kaufen. Wenn nicht, geht das Konto halt ins Minus, Überziehen ist ja heutzutage kein Problem. Die neueste Spielkonsole ist ein Muss, das Smartphone sowieso. Gehört alles zur sozialen Integration, die schon im Kindergarten geübt sein will. Später in der Schule ist das Anpassen eine Selbstverständlichkeit, wer sich nicht daran hält, ist schnell out.
Out of what? Raus aus dem Kampf um ein besseres Selbstwertgefühl?

9.
„Die sollten Sie nicht regelmäßig nehmen", mahnte der Arzt, als sie ihn um die dritte Packung Tranquilizer bat.
„Natürlich nicht", sagte sie schnell. „Das ist nur vorübergehend, derzeit habe ich viel um die Ohren."
„Das sagten Sie schon vor zwei Monaten."
„Ja, seither ist einiges Unvorhergesehene passiert. Ich habe zu viele Aufgaben von Kollegen übernommen."
„Können Sie es nicht delegieren?"
„Das werde ich in Kürze, derzeit ist es halt ein Engpass."
Er sah sie fragend an. Die ausweichenden Phrasen schien er von anderen Patienten zu kennen.
„Geben Sie mir ein paar Stichworte zu Ihren Aufgaben", bat er. Ihr abweisender Blick schien ihm nicht aufzufallen.
„Mein Leben ist ein wenig wie Ihr volles Wartezimmer", erklärte sie.
„Das wird aber bis zum Abend leer, sodass ich ruhig schlafen kann. Wie sieht denn Ihr Tagesablauf aus?"
Sie rieb ungeduldig die Fingerspitzen aneinander. Was wollte er denn, war innere Hektik als Folge von Zeitmangel so ungewöhnlich? Er nickte ihr aufmunternd zu. „Ich brauche nur ein paar Stichworte."

„Gut, ich bin eine berufstätige Mutter, mit allem, was dazugehört. Reicht das?"
„Nicht wirklich. Sie haben bisher vermieden, darüber zu sprechen, aber darf ich fragen, was Sie beruflich machen?"
Offenbar hörte er mittags nicht Radio. Oder sein Ohr war völlig unsensibel für Stimmen. Kein Wunder bei den vielen Leuten, deren Probleme er sich täglich anhörte. Wie viel Zeit müsste er für jeden Patienten haben, um sich dessen Stimme zu merken?
„Ich bin beim Radio", sagte sie „Wie ich schon sagte, nichts Wichtiges, aber viel Kleinkram."
„Wieso regt Sie der so auf?"
„Weil mich das ständige Piepen und Blinken der digitalen Geräte nervt. Das ist nicht so schwer zu verstehen."
„Nein", meinte der Arzt. „Aber ich habe den Eindruck, dass es da noch ein anderes Problem gibt. Wollen Sie darüber sprechen?"
Sie war nicht sicher, ob er tatsächlich nicht wusste, dass sie Moderatorin einer der bekanntesten Sendungen des Landes war. Jeder halbwegs informierte Mensch kannte „Caro´s Cocktail", und sei es nur aus Tratschgeschichten im Wartezimmer. Sogar im Fernsehen hatten sie schon über die beliebte Sendung berichtet.
„Ist zuhause alles in Ordnung?", fragte er.
„Wie es eben in Ordnung sein kann, wenn vierjährige Zwillinge herumtoben. Haben Sie Kinder?"
„Fast erwachsene. Sie erwähnten, dass Ihre Schwiegermutter eine große Hilfe ist."
Das hatte sie ihm beim ersten Besuch in der Praxis erzählt und verschwiegen, dass sie Lisbeths Hilfe möglichst selten in Anspruch nahm. Deren Sager, dass sie gern helfe, obwohl sie ihre eigenen Mutterpflichten längst gewissenhaft erfüllt und jetzt Anspruch auf Ruhe hätte, war eine Unverschämtheit, die nicht wiederholt werden musste. Sie verdarb ihr jedes Mal die Laune. Das schlechte Gewissen über ihre eigenen Mutterpflichten meldete sich wie ein leidiges, unerledigtes Thema.
„Und die Babysitterin?", unterbrach der Arzt ihre Gedanken.
„Sie wohnt inzwischen bei uns. Nur vorübergehend, bis wir ein Aupair-Mädchen bekommen."

„Wann?"

„Bald, hoffe ich."

„Das heißt, im Moment machen Sie den Großteil allein. Job, Haushalt, Kinder, was noch?"

„Mein Mann hilft mir", sagte sie schnell.

„Sie haben einen Mann? Verzeihen Sie, aber es klingt, als gäbe es in diesem Haushalt keine männliche Figur."

Sie lachte laut auf, mehr erstaunt als fröhlich.

„Natürlich gibt es ihn, aber er ist beruflich sehr eingespannt. Und erfolgreich, es geht uns gut."

„Sie klingen nicht, als ob es Ihnen wirklich gut ginge."

Seinem prüfenden Blick wollte sie nicht länger standhalten. Er sollte denken, was er wollte. Als Mann seiner Generation konnte er ihre Probleme höchstens theoretisch nachvollziehen. Seine eigenen Kinder waren bestimmt in der Obhut von Ehefrau, Oma oder anderen weiblichen Personen aufgewachsen. Entschlossen ergriff sie ihre Handtasche und stand auf.

„Ich muss jetzt wirklich los, sonst kommt der Stundenplan völlig durcheinander. Vielen Dank, es geht mir schon besser. Ich wollte die Tabletten nur zur Sicherheit, falls ich doch einmal nicht einschlafen kann. Falls Sie ein Problem haben, sie mir zu verschreiben, geht es auch ohne."

Der Arzt schrieb das Rezept und reichte es ihr.

„Sich regelmäßig beruhigen zu müssen, löst nicht das Problem", sagte er zum Abschied. „Im Gegenteil, man ist versucht, die Dosis zu erhöhen."

„Die machen doch nicht abhängig, oder?", fragte sie.

„Psychische Abhängigkeit ist nie auszuschließen. Schlaf sollte auf natürliche Art kommen, ansonsten können langfristig ernste Probleme entstehen. Sie sollten auf sich achtgeben."

Sie gab ihm lächelnd die Hand.

„Keine Sorge, psychisch habe ich alles im Griff."

Auf sich Acht geben, was sollte das heißen? Drauf zu pfeifen, ob es den Kindern gut ging, ob Oliver zufrieden war, ob sie selbst sich beruflich weiterentwickelte? War es verkehrt, die Dinge gut, manche perfekt machen zu wollen? Es gehörte zur Natur des Menschen, sich jeden Tag weiterzuentwickeln, sein Potenzial auszuschöpfen, um das Beste aus sich herausholen. Harte Arbeit zahlte sich immer aus, diese Erfahrung hatte sie immer wieder gemacht. Dinge halbherzig zu erledigen, machte das Ergebnis dilettantisch und einen selbst unbefriedigt. Das galt für Kindererziehung ebenso wie für den Beruf. Bei ihrem Wiedereinstieg hatte sie sich geschworen, mit ganzem Herzen dabei zu sein. Dank ihres rhetorischen Talents moderierte sie aus dem Stegreif, dahinter standen jedoch akribisch recherchierte Fakten, großes Allgemeinwissen und volles Engagement. Sie gab sich nicht mit halben Informationen zufrieden. Über aktuelle Themen las sie Hintergrundberichte, Analysen, sogar Meldungen, die sie als Fake News einstufte. Alles war wichtig, um den Zeitgeist zu erfassen. Dass diese Arbeit manchmal bis spät in die Nacht dauerte, weil sie abends mit den Kindern spielte und ihnen oft vorlas, war normal und richtig. Sollte sie das immer der Babysitterin überlassen oder gar der Schwiegermutter?

„Du bist viel zu genau", kritisierte Oliver. „Kein Wunder, dass du nicht abschalten kannst. Warum muss jedes Faktum deiner Moderation perfekt sein, jeder Sager genau stimmen? Ist doch egal, heute hört eh keiner richtig zu."

Genau das hasste sie, diese Flut an blödsinnigem Geschwätz, das ihr aus dem Internet, dem Fernsehen, von überall her entgegenschlug. Niemand hörte zu, alle wollten, dass andere ihnen zuhörten. Leute posteten Gedankenfetzen im Internet, alles Mögliche und Dämliche, was ihnen gerade einfiel. Bar jeder Bildung, in furchtbarem Deutsch, je mehr, desto besser. An einem Text zu feilen, jedes Wort abzuwägen, ihn erst der Öffentlichkeit zu präsentieren, wenn man wirklich zufrieden damit war – das nannten diese Leute Eitelkeit. Sie wollten nichts als schrill sein, auffallen, viele Likes ernten. Damit erreichten sie Kultstatus, kamen sogar als Poeten der Neuzeit in die Zeitung. Der Weg zur Berühmtheit war dreist, mittelmäßig und geistlos. Sollte sie so etwas ihren Kindern als erstrebenswert beibringen?

Kinder lernen nicht das, was du ihnen sagst, sondern nur das, was du vorlebst. Es fließt automatisch ins Unterbewusstsein, dem stärksten

und nachhaltigsten Vehikel ins Leben. Dinge engagiert zu tun, nicht schnell und oberflächlich, sondern mit innerem Feuer und Tiefgang, das wollte sie ihren Töchtern vorleben. Daraus sollten sie Befriedigung und Freude erfahren, starke Emotionen, die verwundbar und gleichzeitig kraftvoll machten. Ein zu hoch gestecktes Ziel?
Jedenfalls eines, das ihren Schlaf störte. Die Gedanken einfach umzupolen funktionierte nicht. Um innerlich ruhiger zu werden, musste sie den Tag und sich selbst anders organisieren. Das Wort „Selbstoptimierung" war ihr zuwider, konnte jedoch in diesem Fall hilfreich sein.
Sie kaufte Karteikärtchen, die sie mit wichtigen Begriffen für guten Schlaf beschriftete: Körperliche Fitness (seit einem Jahr vernachlässigt), gutes, ruhiges Frühstück vor der Fahrt ins Studio (bisher Reste aus dem Kühlschrank im Stehen verzehrt), mindestens zwei Mal pro Woche mit Oliver allein zu Abend essen (derzeit gar nicht), auch während der Woche mindestens ein Mal gemeinsam einschlafen (wann zuletzt?).
Die wichtigsten Punkte einzuhalten, sollte nicht schwierig sein. Ein Plan macht die Sache zumindest klarer, die Unruhe sanfter. Anleitungen zu Stressabbau gab es genug, zum Glück war sie nicht die Einzige, die nach Optimierung strebte. In der Apotheke fand sie jede Menge natürlicher Nahrungsergänzungsmittel, um den Körper leistungsstärker zu machen. Statt Vitaminpillen konnte man mehr Obst essen, das ließ sich auch auf der U-Bahn-Station verzehren. Und jeden Abend Johanniskraut-Tee.

„Das wird dir auch nicht helfen", prophezeite die Schwiegermutter. Es war dumm gewesen, sie um die Besorgung von Johanniskraut aus der Apotheke zu bitten.
„Der Job überfordert dich, das ist doch offensichtlich. So etwas machen junge Frauen ohne Familie. Du bist wie ein Automechaniker, der versucht, seinen Gebrauchtwagen für die Formel eins aufzufrisieren. Ist doch klar, dass das schiefgeht. Eine Zeit lang fährt das Auto auf hoher Geschwindigkeit, irgendwann bricht es zusammen."
Diesen Vergleich hatte sie bestimmt von Oliver, der ihn ahnungslos

hatte fallen lassen. Angeblich besprach er mit seiner Mutter nichts, was Carola betraf. Lisbeth wusste trotzdem über alles Bescheid.
„Kannst du nicht etwas Leichteres beim Radio machen?", fragte sie.
„Ein Mal pro Woche, wie am Anfang. Oder schicke ihnen Reportagen von zuhause aus, heutzutage lässt sich alles im Internet recherchieren."
Diese besserwisserische Ignoranz verletzte Carola jedes Mal aufs Neue. Sich davon abzugrenzen, war einer der Vorsätze, die sie groß auf ihren Plan schrieb. Dass die Arbeit im Studio das Richtige für sie war, wusste sie auch ohne Ratgeber zu beruflicher und psychischer Optimierung. Sobald sie vor dem Mikrofon saß, brauchte sie keine Dopingmittel, um gut drauf zu sein.

10.
Die Chance, wieder zu arbeiten, hatte sie aus der Depression gerettet. Ein Segen, um den sie schon nach einem Jahr Babypause gebetet hatte. Endlich wieder ruhig schlafen, um nicht putzend, sondern kreativ arbeiten zu können. Allein frühstücken, hinausgehen, nur an sich selbst denken, sich mit Sprache ausdrücken, mit Gedanken, mit all dem, was nur sie und ihr Talent betraf. Termine, die nichts mit Füttern, Entsorgen von Windeln und sonstigem Überlebenskram zu tun hatten. Kein schlechtes Gewissen haben zu müssen, dass sie zwei hilflose Wesen in die Welt gesetzt und jetzt als Vollzeitmutter die Krise hatte.
Probleme hatten sich bald nach der ersten Euphorie eingestellt. Beide Säuglinge gleichzeitig zu stillen, war unmöglich, obwohl sie alle möglichen Ratschläge für Zwillingsmütter befolgte. Die Nahrungsaufnahme artete regelmäßig in Schreiduelle der Babys aus, an deren Ende die Kleinen satt einschliefen und sie völlig ermattet wach lag. Sobald sie für wenige Minuten einnickte, ließ jede Regung der Säuglinge sie hochfahren. Die empfohlene Zusatznahrung, die vieles erleichtert hätte, lehnte sie ab. Muttermilch war der stärkste Turbo, um das kindliche Immunsystem für den Lebensweg fit zu machen. Unbezwingbar sollte es für jeden bösen Keim werden, der ihren Töchtern

jemals zusetzen wollte. Die Symbiose mit der Mutter in den ersten Wochen und Monaten nach der Geburt war später nicht mehr aufzuholen. Das riet ihr der Instinkt, egal, welche tollen Ersatzhilfen ihr angepriesen wurden. Ihr eigener Schlaf würde sich nach einigen Monaten wieder einpendeln, das hatte die Natur so eingerichtet.

Indes blieb ihr Schlaf unruhig, die Nerven angespannt. Auch ein Jahr später lag sie nachts stundenlang wach, obwohl alles ruhig war. Auf keinen Fall wollte sie Oliver wecken, der ihr tagsüber abnahm, was er nur konnte. Jetzt lag er im wohlverdienten Tiefschlaf neben ihr, Kraft tankend, um morgens eine Kleine nach der anderen zu wickeln, einzucremen, das Chaos vom Küchentisch wegzuräumen, alle Rückstände von seinem Körper abzuduschen, bevor er sich fürs Büro anziehen konnte. Anfangs wollte er auch Frühstück für Carola machen, um sie für die schlaflose Nacht zu entschädigen. Sie lehnte ab und schickte ihn mit einem langen Kuss weg.

Wenn das Stillen geschafft, endlich Ruhe und sie allein war, überkam sie lähmende Traurigkeit. Weder der Blick auf die friedlich schlafenden Kleinen noch die Freude, dass sie gesund und kräftig waren, konnten die Seele aufheitern. Keine wohltuende Gesichtsmaske, keine Gymnastik, nicht einmal ihre geliebte Gitarre. Die lahmen Finger widersetzten sich jeder Fingerübung, sogar das Stimmen der Saiten fiel schwer. Sie hatte einfach keine Lust, saß nur stumpf da und starrte aus dem Küchenfenster in den schon satt blühenden Garten. Den zaghaften Beginn des Frühlings hatte sie in diesem Jahr irgendwie verpasst. Jetzt brachten sich die Knospen des Goldregens in Startposition, ihr leuchtendes Gelb lugte an einigen Stellen hervor, um mit voller Kraft auszubrechen.

Ein Jahr zuvor war sie an der gleichen Stelle gesessen, die Kraft des Aufbruchs in sich spürend, den Bauch schon zu einem beachtlichen Ballon angewachsen. Dankbarkeit durchflutete sie bei dem Gedanken, dass zwei Knospen aus ihrem Inneren aufblühen und demnächst reiche Ernte bringen würden. Vergessen war die Wut, dass die Schwangerschaft gar nicht geplant und ihr beruflicher Weg abrupt gebremst worden war. Der Ehrgeiz hatte ruhiger Freude Platz gemacht. Es war genau das Richtige zur richtigen Zeit.

Schon bald nach der Geburt änderte sich alles. Sobald keine praktischen Dinge des Alltags zu erledigen waren, begannen Traurigkeit und schlechtes Gewissen sie zu quälen. Warum nervten sie die ständig wiederkehrenden Notwendigkeiten von Füttern, Wickeln, Baden, Anziehen, alles immer so weiter? Sie fühlte sich wie eine aufgezogene Puppe, die weiterlaufen muss, bis der Antrieb zu Ende geht. Immer wieder wird sie aufgezogen, denn nur das fremdbestimmte Weiterlaufen ist ihr Sinn. Nebenbei aufmerksam die Nachrichten im Radio zu verfolgen, schien absurd. Das Leben draußen existierte als Phantom der irgendwann gelebten Vergangenheit. Die Gegenwart war zwischen Erschöpfung und Lustlosigkeit eingesperrt.

War sie mit Ende dreißig zu alt für Kinder, ihr Charakter sowieso ungeeignet für kleine Lebewesen? Vielleicht hätte sie Oliver entschieden abweisen sollen, als er ihr den Antrag machte. Völlig überraschend, nachdem sie einander jahrelang nicht gesehen hatten. Als gäbe es irgendein Jubiläum zu feiern, lud er sie zum Essen in die Uni-Mensa ein.

„Soll das ein Witz sein?", fragte sie ins Telefon. Als Studenten hatten sie immer über den Fraß in der Mensa gelästert.

„Keineswegs", sagte er in nüchternem Ton. „Ich habe eine Überraschung für dich, die man nur in der Mensa überreichen kann."

Nur aus Neugier stimmte sie zu. Während des Studiums, er Wirtschaft und Informatik, sie Journalismus, hatten sie sich manchmal in der Mensa getroffen, heftig diskutierend über alles Mögliche, niemals über die Liebe. Oliver überraschte sie mit schrägen Ideen und geistreichen Sprüchen. Er war ein Kumpel, als Mann nicht ihr Typ. Die Ehe gehöre sowieso nicht zu ihrem Lebensplan, erklärte sie ihm einige Male. Die Erfahrung als Zeugin der Ehe ihrer Eltern sei genug für den Rest des Lebens.

Nach dem Studium begegnete sie Oliver immer wieder zufällig bei Veranstaltungen der Wirtschaftskammer, über die sie als Journalistin berichtete. Später fragte sie sich, ob er diese Begegnungen arrangiert hatte, um über ihr Leben am Laufenden zu bleiben. Ihn fragte sie nie. Als er sie Jahre später in die Mensa einlud, wollte sie nur erfahren, ob er altbacken geworden war und mit fünfunddreißig immer noch bei den Eltern wohnte.

Sie verabredeten sich im Unigebäude beim Paternoster. Immer noch schafften es manche Studenten nicht, während der Fahrt in die Kabine zu springen. Die Jungen schienen noch unbeweglicher als vor zwanzig Jahren. Zwischen den Stockwerken fragte Oliver, ob sie seine Frau werden wollte. Das „Meine Frau" sagte er feierlich, ohne zu ahnen, dass er für das Possessivpronomen inzwischen eine Ohrfeige erwarten durfte. Carola war vom Antrag so überrascht, dass ihr die altmodische Formulierung gar nicht auffiel.

„Au", sagte sie nur, als er sie aus dem fahrenden Aufzug schob. Ihr Körper bremste seinen heftigen Absprung.

„Ja oder nein?", fragte er.

Sie sagte spontan Ja, bereute es eine Nacht lang und blieb am nächsten Tag beim Ja. Mit Oliver schien eine Partnerschaft ungefährlich, eine Familie normal, viel einfacher als mit jedem Mann davor. Ehe und Familie war ihr immer als Gefängnis erschienen, in dem die Frau ihre Bedürfnisse zugunsten aller anderen Familienmitglieder opfern muss. Zurückstecken, damit die Kinder es gut haben, der Mann sich beruflich entfalten kann, alles harmonisch und friedlich abläuft. Dabei so zu tun, als ginge es ihr blendend. In Wahrheit depressiv zu werden wie jedes Wesen, das sich selbst nicht ausleben darf. Diese Rolle hatte sie als Tochter in ihrer eigenen Familie lange genug gespielt. Das reichte, nie wieder wollte sie die Enge einer Familie ertragen.

Mit Oliver war es plötzlich anders. Später nannte sie diesen Sinneswandel „Terror der biologischen Uhr". Da war nichts mehr zu machen, Melanie und Valerie waren geboren, liefen fröhlich durchs Haus und straften jeden negativen Gedanken mit schlechtem Gewissen.

Mit Oliver sprach sie nie über Zweifel. Er war so rührend um die Zwillinge bemüht, nahm die ersten sechs Monate Karenz, erledigte alles, ging zum Kinderarzt, wusch, bügelte, kochte. Jede andere Frau wäre glücklich mit so einem Partner. Carola wurde nach ein paar Wochen aggressiv. Sie wollte nicht als heilige Mutter, sondern als normale Person behandelt werden. Zumindest zwei Stunden am Tag wollte sie allein sein, um nachzudenken. Oder einfach nichts zu tun.

Als Oliver wieder arbeiten ging, war sie erleichtert. Mit den Frauen aus der Nachbarschaft hoffte sie, entspannter reden zu können. Alle

waren junge Mütter, glücklich und voll ausgelastet mit ihrer Rolle. Carolas Fragen, wann sie wieder ins Berufsleben einsteigen wollten, beantworteten sie mit zufriedenem Lächeln.
Carola bekam Schuldgefühle. Offenbar fehlte ihr das richtige Muttergen. Sie war überfordert und trotzdem nicht erfüllt. Die Mutterschaft war für sie nur eine Station, kein Weg. Höchstens ein Jahr wollte sie auf der Station verweilen, um bald wieder das zu tun, was sie am besten konnte – recherchieren, schreiben, sprechen. Zuhause am Laptop fand sie keine Ruhe, allein der Geruch von Windeln und Babypuder störte die Konzentration.
Um irgendwie mit Medien wieder in Berührung zu kommen, rief sie ihren alten Studienkollegen Geoffrey an. Er war ihr nicht sympathisch, aber unkompliziert und immer mit Ideen zur Stelle. Sie trafen sich in einem Café am Graben, wo sie eine gefühlte Ewigkeit nicht gewesen war. Geoffrey staunte über die Zwillinge im Kinderwagen und Carola als Mutter, die wieder in den Medienjob einsteigen wollte.
„You´ve got courage, that´s great!"
Sein einfaches Kompliment trieb ihr Tränen in die Augen. Spontan drückte sie ihm einen Kuss auf die Wange. Tatsächlich hatte Geoffrey einen Tipp für sie. Von einem seiner zahlreichen Good Friends wusste er, dass ein neuer privater Radiosender in Planung war. Angeblich stand der Sendestart schon fest, Moderatoren wurden noch gesucht. Keine üblichen, sondern ausgefallene Typen.
„What does that mean?", fragte sie argwöhnisch.
„It means you!", lachte er mit Blick auf den Kinderwagen, aus dem Melanie und Valerie mit den anderen Gästen flirteten.
Als Moderatoren wurden unbekannte Leute aus allen Bereichen gesucht. Das Handwerk der Moderation war nicht erforderlich, die Neuen mussten nur unverbraucht, begeistert und voller Einsatzfreude sein.
„Gute Stimme und Charisma sind Voraussetzung", sagte Geoffrey. „Du hast beides, Baby, go for it!"
Dass ihr Selbstvertrauen sich seit einiger Zeit verabschiedet hatte, merkte er offenbar nicht. Der neue Sender befand sich in Wien-Kagran, jenseits der Donau, per U-Bahn von Penzing ein einstündiger

Katzensprung. Carola wäre bis an die Staatsgrenze gefahren, um wieder arbeiten zu können. Jeder Job war eine Rettung. Sie lud Geoffrey auf ein Glas Champagner ein, glücklich und panisch zugleich.

11.
Das Gespräch im Café am Graben baute sie nur kurz auf. Schon am nächsten Tag war sie nicht mehr sicher, ob sie sich als Moderatorin bewerben sollte. Um der Mutlosigkeit zu entrinnen, fuhr sie samt Zwillingskinderwagen wieder in die Innenstadt. Am Nebentisch des kleinen Eissalons stritten zwei junge Burschen, ob der als Geheimtipp gehandelte neue Radiosender Zukunft hatte. Den ganzen Tag sollte es Gequatsche mit den Hörern geben, dazwischen kurz Nachrichten und viel Werbung. Keine Musik, war das nicht öde?
Sollten sie am Casting für Moderatoren teilnehmen oder sich als Producer bewerben? Das komplette Team wurde neu aufgestellt. Den verrückten Laden konnte man sich ja mal ansehen, es gab nichts zu verlieren.
Die Burschen sprachen ohne Scheu. Offenbar fürchteten sie von einer Mutter mit zwei Kleinkindern keine Konkurrenz. Carola recherchierte im Internet und fand den neuen Sender. „Beta 8 – reg dich auf!" sollte die klare Stimme des Volkes sein. Ohne Maulkorb durften die Hörer ihren Unmut über alles äußern, was ihnen schon lange auf den Keks ging. Live und den ganzen Tag. Nachts wurden die Sendungen des Tages wiederholt.
Als Alternative zu Hasspostings im Internet wurde das neue Format angepriesen. Carola fragte sich, wie seriös das Ganze war. Wer würde dort Werbung schalten? Die Verachtung über Menschen und Zustände zu äußern, könnte für Anrufer und Hörer gleichermaßen verlockend sein. Allerdings würde es nicht lange dauern, bis auch hier die Hemmschwelle zum Vulgären fiel.
Egal, einen Versuch war es wert. Schlimmer als die Eintönigkeit der zweijährigen Babypause konnte es nicht werden. Jede Herausforderung wäre ein Fortschritt. Im Internet stand die Adresse des Senders ohne Angaben zum Casting.

Auf gut Glück fuhr sie zu der Shoppingmeile jenseits der Donau. Der Bau des neuen sechsstöckigen Komplexes war ihr entgangen, da sie selten in diese Gegend kam. Im obersten Stockwerk sollte der neue Sender entstehen.

Alles schien in kurzer Zeit emporgeschossen zu sein, es roch nach Zement und geschweißtem Metall. An der Glasfassade hingen riesige, von Weitem sichtbare Plakate bekannter Bekleidungsketten. Vermutlich hatten die Labels einen guten Teil des Einkaufsstempels finanziert, um die stark wachsende Bevölkerung jenseits der Donau als Kundschaft zu gewinnen. Lange vor der Eröffnung mussten die Leute mit Plakaten heiß gemacht werden.

Sie durschritt den schmalen, seitlich abgesperrten Weg zum Eingang. Das Erdgeschoß des Pavillons schien fast fertig. An den Fassaden der Geschäfte prangten die Firmenlogos der weltweiten Ketten. Aus den Schaufenstern luden die chic gekleideten Puppen zum Kauf ihrer Outfits um den halben oder fast keinen Preis. Dass noch kein kaufendes Publikum herumspazierte, gab dem Ganzen etwas Skurriles. Konsum ohne Konsumenten, ein gespenstisches Orakel.

Die einzigen Lebewesen auf der Baustelle waren Arbeiter in Montur, T-Shirt oder mit freiem Oberkörper. Wo sollte hier ein Studio sein? Von pulsierender journalistischer Hektik keine Spur. Bis zum Drücken des roten Knopfes „On Air" konnte es noch ewig dauern. Vielleicht war die Unterhaltung der beiden Typen im Eissalon nur ein Spiel gewesen, dem sie als Naive aufgesessen war. Sie hatten absichtlich laut gesprochen und sich danach totgelacht. Seither folgten sie ihr heimlich mit der Smartphone-Kamera. Bald würde das Video im Netz stehen, um die Mediengeilheit der Leute zu dokumentieren. Millionenfach angeklickt, wäre sie den Hasspostings preisgegeben. Hatte Geoffrey das eingefädelt, um sie lächerlich zu machen?

Der Panorama-Aufzug des neuen Pavillons bewegte sich lautlos zwischen den Geschoßen. Die Stufen des seitlichen Treppenhauses waren nur roh betoniert, aber gefahrloser als der Fahrstuhl. In jedem Stockwerk prangte das Schild „Beta 8" mit Pfeil nach oben. Im sechsten Stock versperrte ihr ein dunkel gekleideter Muskelprotz den Weg. Wortlos, aber freundlich zeigte er auf die Ledermappe unter ihrem

Arm. Mit geöffnetem Reißverschluss übergab sie ihm die Mappe, zog dann freiwillig ihr Sakko aus und schüttelte es mehrmals vor seinen Augen. Mit einem erstaunten „Danke" ließ er sie zum Eingang des Senders weiterziehen.

„Hier sind keine Toiletten", grüßte die Empfangslady etwas genervt. Offenbar verirrten sich öfter Leute hierher, auf der Suche nach dem stillen Örtchen. Die junge Frau war sich ihrer Schlüsselrolle voll bewusst. Auf die kleine Theke vor ihr passten genau zwei Smartphones und ein Laptop, die sie abwechselnd bediente. Zwei Quadratmeter Boden um die Theke herum waren hellgrün gefliest, alles andere mit grauem Estrich bedeckt.

„Ich suche den Programmdirektor", sagte Carola unfreundlich. Schlagartig erinnerte sie sich daran, dass im Mediengeschäft Respektlosigkeit als professionell galt. Zum Glück hatte sie nichts Pfiffiges, sondern ein dunkles, strenges Kostüm samt halbhohen Pumps angezogen. Die schwarze Ledermappe klemmte wie ein Gewehr unter ihrem Arm.

„Er ist dort hinten in seinem Büro", klang die Empfangsdame etwas freundlicher. „Wir haben hier leider immer noch Baustelle."

„Kein Problem, danke."

Sie stieg in die dreißig Zentimeter tiefer gelegene Baugrube, über der noch kein Estrich gezogen war. Kabel und Drähte wanden sich wie Baumwurzeln über den holprigen Boden. Einige ebene Stellen ragten wie Inseln aus dem grauen Staub. Mühsam bahnte sie sich den Weg bis zu einem Kasten mit Glaswänden, der einem Büro des Programmdirektors ähnlich schien. Durch die offene Tür hörte sie ihn in perfektem, amerikanischem Englisch telefonieren. Der ganze Sender war also von den Amis ins Leben gerufen, sicher auch finanziert worden. Ein gutes Zeichen, hier waren innovative, mutige Leute am Werk. Erleichtert klopfte sie an die halb offene Tür. Er sah kurz auf und beendete mit wenigen Grußworten das Telefonat.

„Excuse me, is the casting taking place today?", fragte sie.

„Not yet, but you´re welcome."

Mit einer Handbewegung lud er sie zum Nähertreten ein.

„I am glad to see you, take a seat."

Das waren sie, die offenen Amerikaner. Alles Neue war erst mal willkommen. Sein Händedruck war so offen wie sein Blick. Sie setzte sich auf den Stuhl an der improvisierten Tischplatte.
„Sorry for the inconvenience", entschuldigte er sich. „Work will be finished shortly."
„Really?", fragte sie zweifelnd. Er lachte. Sein verschmierter Hemdkragen sah aus, als würde er auf der Baustelle mitarbeiten.
„Of course, it looks terrible now, but we´ll go on air in two weeks."
Sie glaubte ihm, auch wenn er sicher nicht wusste, wie sie in zwei Wochen auf Sendung gehen sollten. Da wäre noch nicht mal der Beton hart genug, um die schweren Geräte des Studios zu installieren.
„That´s great." Ohne Umschweife zog sie ihren Lebenslauf aus der Ledermappe. Flüchtig überflog er die Stichworte, die sie zwei Abende sorgfältiger Arbeit gekostet hatten.
„Tell me about yourself, Miss Melchior."
Seine Unbefangenheit entspannte sie. Typisch smarter Kalifornier. Solche Typen hatte sie zwei Semester lang auf der amerikanischen Uni in Bologna kennengelernt. Attraktive Männer, die als Gegensatz zu den alten Mauern der Stadt gepasst hatten. Schlau, immer lächelnd, ausgestattet mit sonniger Oberflächlichkeit, der das Prinzip „Hire and Fire" als normaler Fluss des Lebens galt. Jeder war risikofreudig, großartig, begehrt, solange er gewann. Zu verlieren war Teil des Spiels und keine Tragödie.
Sie atmete auf. Die Unsicherheit, die sie beim Gedanken an beruflichen Wiedereinstieg zu lähmen drohte, wich angenehmer Zuversicht. Alles war möglich, wie am Beginn ihrer Karriere, als weder Familie noch Geldsorgen sie gebremst hatten.
Unbefangen erzählte sie ihm einiges aus ihrer Biografie, dem er aufmerksam und erstaunt zuhörte. Plötzlich hielt er ihr eine bemalte Kaffeetasse hin.
„Speak about it."
„Sorry?", fragte sie verständnislos.
„Sprechen Sie über diese Tasse. Auf Deutsch bitte."
Sein perfektes Deutsch überhörte sie in der Aufregung. Die folgenden zwanzig Minuten lieferte sie die eloquenteste Moderation ihres Le-

bens ab – über eine Kaffeetasse aus blau gestreiftem Porzellan, deren Ursprünge bei den alten Ägyptern, den Kelten oder den chinesischen Seidenstraßenfahrern lagen, es konnten auch englische Ramschfabrikanten gewesen sein, je nach Lebensphilosophie des Kaffeetrinkers. Diese wiederum änderte sich stündlich, je nach Werbespot und Preis des Produktes. Fair trade war derzeit angesagt, aber nur bis zur nächsten Finanzkrise, die uns alle zu hamsterkaufenden Konsumtigern machen würde. Gibt es nicht? Falsch, die Amerikaner samt ihrem Übergewicht und dem unsportlich massigen Präsidenten seien unser glühendes Vorbild. Unerreicht, America first, selbst bei den blauen Kaffeetassen unschlagbar. Weil nämlich eine Tasse nicht einfach eine Ta…
„Okay, okay", rief er lachend. „You´ve got the job."
Es war Müller-Cerussi, der Boss. Dass sie damals dreijährige Zwillinge hatte, störte ihn nicht, solange sie nicht mit ihr vor dem Mikrofon saßen. Sie vermutete allerdings, dass er diesen Umstand vor eventuellen Geldgebern verschwieg, falls sie seine Entscheidungen unterschreiben mussten. Eine Woche später wiederholte sich das Casting in Anwesenheit des Chefredakteurs. Specht ließ sie zum Thema „Fake-News" sprechen. Am folgenden Tag unterschrieb sie den Vertrag. Das Glaskastenbüro verschwand binnen zwei Wochen, aus der Baugrube entstand ein Studio mit Mischpulten, Bildschirmen und Mikrofonen. Die Empfangsdame hieß Sophie und grüßte mit „Hi Carola, Kaffee oder Kakao?"

Die Entscheidung, wieder zu arbeiten, erwies sich als Segen. Nach erfolgreichem Casting stellte ihr Specht keine weiteren Fragen. Weder Alter noch Familie oder Vorstrafen interessierten ihn. Hauptsache, die Moderatorin brachte Hörer und Werbeschaltungen. Carola stürzte sich mit Begeisterung in die Arbeit. Nur selten lud sie Studiogäste ein, da dies immer mit viel Aufwand verbunden war. Meist reichte die Diskussion mit den Hörern, um die Telefone heißlaufen zu lassen. Bobi, die Specht ihr als Assistentin zuteilte, studierte eigentlich Gesang. Oder auch nicht, auf jeden Fall wollte sie beim Radio hineinschnuppern, um ihren beruflichen oder persönlichen Weg zu finden.

Von Recherche und redaktioneller Arbeit hatte sie wenig Ahnung. Carola wunderte sich, dass der Chefredakteur ihr eine derart inkompetente Person aufdrängte. Vermutlich schuldete er jemandem einen Gefallen, wie es in diesem Land so üblich war. Auf diese Weise kamen mittelmäßige Günstlinge an gute Jobs. Das wollte sie gern akzeptieren, nur um aus der Enge ihres Zuhauses herauszukommen.
Seit dem Casting hatte sich im Sender einiges verändert. Der Enthusiasmus des Beginns war nüchternen Zahlen gewichen. Die erwarteten Werbeschaltungen ließen auf sich warten, obwohl der Chefredakteur in jeder Sitzung das Geheimnis guter Moderation predigte.
„Emotionen wecken! Packt die Leute bei ihren geheimen Schwächen, ihrem Neid, ihrer Eitelkeit, ihrer Gier! Ihr müsst frech und provokant sein, damit die Leute anrufen. Mit Freundlichkeit läuft gar nichts."
Die Hörerzahlen stiegen langsam, die Werbekunden kamen zögernd. Nur „Caro´s Cocktail" fettete die Bilanz von Anfang an auf. Die meisten wollten ihre Werbeclips während der Sendung geschaltet haben. Bald moderierte sie zwei Cocktails pro Woche, dann drei. Die anderen Sendungen profitierten davon, langsam nahm der kleine Sender Fahrt auf.

12.
Oliver blickte stolz ins Publikum, wo hundertfünfzig Augenpaare gespannt jeder seiner Mundbewegungen folgten. Die gesamte Belegschaft war zur außerordentlichen Betriebsversammlung gekommen.
„Die Digitalisierung ist unser Herzschlag. Längst pocht sie in den Adern der Menschheit. Wer den Herzschlag ignoriert, stirbt. Nicht in Zukunft, sondern jetzt und für immer. Diese Erkenntnis hat sich in allen innovativen Herzen unserer Firma durchgesetzt. XKomet ist rechtzeitig auf den digitalen Zug aufgesprungen. Er ist ein Überschallflieger, der uns in die glorreiche Zukunft führen wird!"
Seine eigenen Worte elektrisierten ihn. Dass die Zuhörer auf alles lauerten, was mehrdeutig sein könnte, merkte er an der Stille im Raum. Nicht alle waren seiner Meinung, das wusste er. Die Tragweite des technischen Fortschritts überforderte vor allem jene, die sie nicht

verstehen konnten oder wollten. Umso eindringlicher musste er die emotionale Botschaft transportieren, um die Herzen zu erreichen.

„Ich danke Ihnen allen aus tiefster Seele", fuhr er noch begeisterter fort. „Nur mit Ihrer Offenheit und Risikobereitschaft haben wir den innovativen Durchbruch geschafft. Die künstliche Intelligenz ist unser bester Freund geworden, hat wesentliche Abläufe in der Firma revolutioniert. Wir müssen nicht mehr in langwierigen Sitzungen Konzepte und Strategien besprechen, um neue Versicherungspakete zu entwerfen. Der Computer speichert und vernetzt weit mehr Informationen, als das intelligenteste menschliche Gehirn es je könnte. Woher stammen die Verkaufsstrategien, nach denen Sie seit Monaten arbeiten? Sie wurden zum Großteil von künstlicher Intelligenz entworfen. Diese speichert laufend die neuesten Entwicklungen am weltweiten Versicherungsmarkt, Unfälle, Brände, Dürren, Meeresspiegel, Niederschläge, nicht zu vergessen die immer älteren Menschen. Das Verhalten der Konsumenten ändert sich rasant, somit wächst das Bedürfnis nach Absicherung.
Die künstliche Intelligenz hat den kompletten Überblick, denkt für Tausende, ein Superhirn, dessen Kapazität sich nie erschöpft. Es koordiniert unser Team besser, als jeder lebende Manager es könnte."

Aus der hinteren Reihe kam ein schallender Lacher.
„Warum steht da vorne, statt Ihnen, nicht ein Roboter, der uns sagt, was wir tun sollen?"
Das Gelächter im Saal klang nicht wirklich belustigt. Oliver gab seiner Stimme noch mehr Nachdruck.
„Unsere Abschlüsse und Verkaufszahlen sind im letzten Jahr gestiegen. Was schließen Sie daraus?"
„Dass die Gehälter der Manager nach oben geschossen sind", kam es aus dem Publikum. „Total überhöht, was sagen die Roboter dazu?"
„Dass in Wahrheit die Oberen gefeuert gehören", schlug ein anderer vor.
„Und durch Roboter ersetzt, spart ein Millionengehalt!", rief der Erste.
„Du spinnst doch", eiferte sich eine Kollegin. „Die künstliche Intelligenz ist etwas für hirnlose Idioten. Der ständige Effizienzdruck wird

weiter zunehmen, das ist doch grausam. Immer weiter nach oben, wo ist das Ende? Alles läuft nur noch über Algorithmen, ohne Hirn, ohne menschlichen Austausch. Wenn es mit der Digitalisierung so weitergeht, werden wir alle zu gefühllosen Robotern. Oder sterben vorher. Wollt ihr das?"
Im Saal wurde es still, alle sahen zur Kollegin, die aufgestanden war. Oliver hob beschwichtigend die Arme.
„Genau das ist unsere Herausforderung."
„Nicht zu sterben?", fragte die Kollegin.
„Es hängt nur von uns ab, was wir daraus machen."
„Nicht wir machen etwas daraus", widersprach sie. „Es macht etwas mit uns, ob wir wollen oder nicht. Der Mensch ist, im Gegensatz zur Maschine, ein sensibles Wesen, fließend und anpassungsfähig. Wenn die starre Maschine ihn regiert, wird er selbst starr. Und krank."
Einige Mitarbeiter nickten verwundert, als hätten sie dieser unscheinbaren Kollegin solch mutige Worte nicht zugetraut.
„Sie denken, die Automatisierung macht uns unmenschlich?", fragte Oliver.
„Starr und krank", wiederholte sie.
„Das Gegenteil ist der Fall", versicherte er. „Der Computer ist menschlich und fair. Die Leistung jedes Einzelnen wird gerecht ausgewertet, ohne Sympathie, ohne Vorurteile. Es ist egal, woher Sie kommen, wie Sie aussehen, welche Hautfarbe, Religion oder politische Meinung Sie haben. Es zählen nur die digital definierten, klaren Kriterien Ihrer Leistung."
„Das glauben Sie doch selbst nicht", meldete sich ein dunkelhäutiger Kollege aus der hintersten Reihe. „Ihre Utopie vom gleichen Menschen funktioniert nicht mal in den USA, schon gar nicht im rassistischen Europa."
Alle drehten sich verwundert zu Stanley, der aus dem innovativen Paradies Silicon Valley nach Wien gekommen war. Bei XKomet war es ihm leicht gelungen, ins mittlere Management aufzusteigen.
„Das sagen gerade Sie?", wunderte sich Oliver. „Sie haben uns die künstliche Intelligenz importiert. Ihr beruflicher Aufstieg bei uns spricht für sich."

„Weil Stanley mit den Menschen umgehen kann", sagte die angeblich schüchterne Kollegin. „Uns nicht bevormundet, sondern mit jedem Einzelnen spricht. Auf Augenhöhe. Sein Erfolg beruht auf emotionaler Intelligenz."

„Genau das ist das Stichwort der Zukunft!", rief Oliver. „Die Digitalisierung ermöglicht den Chefs, mit den Mitarbeitern auf Augenhöhe zu sprechen, sie als gleichberechtigt zu sehen, an den Entscheidungen im Unternehmen teilhaben zu lassen."

Die Mitarbeiter sahen einander zweifelnd an.

„Ich kann also selbst einprogrammieren, wie meine Leistung bewertet wird und von wem?", fragte ein Kollege.

„Jedenfalls müssen Sie niemandem mehr in den A… kriechen, um eine gutes Arbeitszeugnis zu bekommen."

„Arschkriecherei abgeschafft!", rief der Kollege und stieß seinem Nachbarn den Ellbogen in die Rippen.

„Haben uns deswegen so viele Kollegen verlassen?", fragte ein anderer.

„Es tut mir um jeden Einzelnen leid, der den Wert der neuen Unternehmenskultur nicht erkannt hat", sagte Oliver. „Sie wollten den innovativen Geist nicht mittragen und haben uns verlassen."

„Die Ewiggestrigen müssen weg!", skandierte jemand, versteckt hinter dem Rücken des Vordermannes.

Einige Gesichter starrten ratlos, ob auch sie bald zu den Ewiggestrigen gehören würden. Seit Oliver vor zwei Jahren in die Firma gekommen war, hatte sich alles verändert, vor allem das Betriebsklima. Manche über 50-Jährige hatten den Konzern freiwillig verlassen. Weil sie die totale Digitalisierung ablehnten, hieß es offiziell. Alle wussten, dass man sie mit goldenem Handschlag verabschiedet oder einfach hinausgemobbt hatte. Der Altersdurchschnitt war erheblich gesunken

„Jede Veränderung fordert Opfer", verkündete Oliver. „Eines ist aber klar: hinter jedem Opfer steckt ein Gewinn, der das Opfer weit übersteigt. Unser Gewinn ist ein flexibles Unternehmen mit enormem Potenzial. Das wird sich langfristig auch international zeigen, Wir sind längst in der Zukunft angekommen. Seien Sie mutig und lassen Sie uns gemeinsam die Ernte einfahren!"

Seine eigenen Worte berauschten ihn. Diese Rede würde in die Geschichte der Firma eingehen. Oliver Melchior, der Messias der Digitalisierung. Vor seinem Eintritt bei XKomet war alles langsam und schleppend gegangen. Viele Mitarbeiter hatten einfach keine Lust auf Veränderung. Ohne starke Motivation, notfalls Druck, war nichts zu machen. Er hatte die verstaubte Firmenstruktur aufgemischt und zukunftsfähig gemacht. Entlassungen, sprich Entrümpelung, war die heilsame Nebenwirkung.
Er setzte zum Schlusswort an.
„Ich weiß, dass einige von Ihnen immer noch Angst vor der Digitalisierung haben. Weil sie den Verlust ihres Arbeitsplatzes fürchten. Weil sie künstliche Intelligenz für gefährlich und unberechenbar halten. Genau das Gegenteil ist der Fall. Das Arbeiten wird angenehmer, schneller und sicherer. Das bedeutet mehr Effizienz, mehr Output mit weniger Aufwand. Als Endziel bekommen wir besseres Arbeitsklima, mehr Freizeit, mehr Lebensqualität für alle."
Aus der hintersten Reihe hielt jemand ein Transparent hoch.
„ROBOTER RAUS!!", prangte da in roter Schrift. Oliver lachte.
„Das finde ich auch. Wir sind keine Roboter und werden keine einstellen. Der Mensch ist uns das Allerwichtigste. Jeder von uns hat enormes Potenzial, das durch künstliche Intelligenz gehoben werden kann. Niemand wird entlassen. Wir werden jeden einzelnen Mitarbeiter auf dem Weg in die Zukunft mitnehmen!"
Ein zweites, grellgelbes Transparent erschien.
„OLIVER LÜGNER!!"
Unruhe machte sich im Publikum breit. Der Träger des Plakates hatte seine Schirmkappe tief ins Gesicht gezogen.
„Kommen Sie nach vorne!", rief Oliver. „Wir schätzen kritische Mitarbeiter, kommen Sie!"
Der Mann kam langsam näher, ein drittes Plakat ins Publikum schwenkend.
„LÜGNER! MÖRDER!"
Oliver erkannte Rainer Rohde, der vor einigen Tagen als „toxischer Mitarbeiter" entlassen worden war. In der Belegschaft hatte er Gerüchte über bevorstehende Massenentlassungen gestreut. Wer hatte

ihm Zutritt zur Betriebsversammlung gewährt? Offenbar war seine Kündigung beim Empfang nicht registriert worden. Schlamperei. Oder er hatte Sympathisanten im Haus, die ihn hineingeschleust hatten.

Oliver drückte den Alarmknopf des Beepers in seiner Hosentasche. Sofort stürmten zivile Wachleute in den Saal und eskortierten den Störenfried hinaus. Einige Augenpaare folgten der Szene amüsiert, als hätten sie selbst die Aktion veranlasst. Die Atmosphäre im Saal war geladen.

„Tja, die Showeinlage ist gründlich danebengegangen", klatschte Oliver ins Publikum. „Schlecht geplant, miserabel ausgeführt. Ein Roboter hätte es besser gemacht. Sie sehen, der Faktor Mensch ist fehlerhaft, weil unberechenbar."

Die Leute lachten schadenfroh, manche nervös. Oliver war zufrieden. Für heute war es genug, seine Rede hatte ihre Wirkung getan. Die richtige Dosis aus Menschlichkeit und Druck war ihm gelungen. Mit beiden Armen holte er zu einer umarmenden Geste aus.

„Ich lade jeden von Ihnen herzlich ein, mir Ihren persönlichen Eindruck von den Veränderungen der letzten Monate mitzuteilen. Vor allem unser Arbeitsklima interessiert mich. Als Dank für Ihr Vertrauen lade ich Sie zu einem Glas Sekt samt Snack ein. Termine vergibt ab sofort meine WhatsApp."

13.

Er konnte es kaum erwarten, Carola die hitzige Stimmung zu schildern, die seine Rede bei der Belegschaft ausgelöst hatte. Fast hätte er es zum Abendessen nach Hause geschafft, wenn nicht zwei Mitarbeiter noch dringend um ein persönliches Gespräch gebeten hätten. Ein Ohr für die Leute zu haben, war gerade in dieser Phase der Neuerungen sehr wichtig. Danach mussten auch noch die Stichworte zum morgigen Bericht an den Vorstand geschrieben werden. Die Bosse forderten konkrete Angaben, wie die Automatisierung sich auf die Belegschaft auswirkte. Im Klartext hieß das, jene Mitarbeiter zu benennen, die mit den Neuerungen nicht klarkamen.

Eigentlich war heute sein und Carolas gemeinsamer Abend. In den letzten Wochen hatten sie ihn kein einziges Mal eingehalten, da er bis spätabends im Büro oder zuhause noch arbeiten musste.
Immerhin kam er diesmal nur eine Stunde zu spät. Die Kinder waren schon oben, gespannt den Abenteuern Modoros lauschend, die ihnen Babysitterin Bettina vorlas.
„Na, wie war´s?", hörte er Carola aus der Küche rufen. Sie saß am Küchentisch und spießte kleine Stücke der Honigmelone auf ihre Gabel. Mit geschlossenen Augen ließ sie die fruchtige Süße auf der Zunge zergehen. Die andere Hälfte der Melone lag auf dem Tisch, umringt von drei leeren Dessertschalen. In zwei weiteren leuchtete der unberührte Grießpudding samt obenauf prangender Erdbeere.
„Sag schon, wie war´s?", wiederholte sie. Ihre fröhliche Stimme steigerte seine Euphorie. Tief Luft holend, kam er in deklamatorischer Pose herein. Während seiner Rede blieben Carolas Augen geschlossen, als wollte sie seine Worte richtig auskosten. Nur ein Mal stand sie kurz auf, um die Tür zuzudrücken.
„Für welche Partei kandidierst du?", fragte sie am Ende.
Er sah sie verdutzt an. „Was?"
„Das Ganze klingt wie das dick aufgetragene Selbstportrait eines Wahlkämpfers", meinte sie.
„Ich habe die Mitarbeiter für die erfolgreiche Digitalisierung gelobt", entgegnete er beleidigt.
„Du lobst vor allem dich selbst als Pilot des digitalen Überschallfliegers. Haben sie dich ausgiebig beklatscht?"
Ihre Stimme hatte den frohen Ton verloren. Oliver lehnte sich betont lässig an die Küchenzeile.
„Die Leute brauchen Motivation", erklärte er. „Man muss sie mit Emotionen mitreißen, um den unschätzbaren Wert der künstlichen Intelligenz spürbar zu machen."
„Gut, und worin liegt das Unschätzbare?"
„Mensch Carola, stellst du dich jetzt dumm? Dein Radio lebt von der digitalen Fähigkeit, riesige Datenmengen zu speichern und logisch zusammenzufügen."
„Ja, zum Fake-News-Salat, der es uns fast unmöglich macht, richtige

von falschen Nachrichten zu unterscheiden. Eine unschätzbare Idiotie, die nur Zeit kostet."

Oliver rückte den Stuhl etwas vom Küchentisch weg, um sich breitbeinig darauf niederzulassen.

„In meinem Job geht es nicht um Journalismus", sagte er mit leiser Verachtung, „sondern um Grundsätze der Ökonomie, nach denen das Management eines Unternehmens funktioniert."

„Und dazu sind lebende Manager neuerdings zu blöd?", fragte sie. „Oder zu teuer? Klar, der Computer ist billiger, weil weder krank noch schwanger. Vor allem beliebig austauschbar."

„Du redest Unsinn und weißt es", erwiderte er und schob die volle Schale Grießpudding zu sich. Mit einem der benutzten Kaffeelöffel verputzte er blitzschnell das ganze Dessert samt Erdbeere. Den Geschmack schien er gar nicht wahrzunehmen.

„Die ganze Digitalisierung war eine Schweinearbeit", meinte er vorwurfsvoll. „Ich habe hunderte Schulungen organisiert und nächtelang Konzepte erarbeitet."

„Das habe ich mitbekommen", erwiderte sie trocken. „Weniger hätte auch gereicht."

„Hätte es nicht. Du hast keine Ahnung, wie viel Arbeit so etwas ist."

„Ach nein? Falls du manchmal daran denkst, entwerfe auch ich Konzepte. Journalismus nennt man das, tatsächlich eine seriöse Form des Geldverdienens."

„Dann ist dir sicher klar, wie viel Zeit man investieren muss, um beruflich weiterzukommen."

„Auch persönlich", entgegnete sie. „Man muss auch investieren, um persönlich weiterzukommen. Als Mensch, verstehst du? Ohne Zeit zu investieren läuft gar nichts."

„Wirfst du mir jetzt vor, dass ich zu wenig Zeit mit euch verbringe?"

„Das musst du selbst beurteilen. Ist es genug?"

„Entschuldige", zog er sich reflexhaft zurück. „Ich wollte dich mit meiner Arbeit nicht langweilen. Dein Tag war bestimmt härter als meiner."

„Du langweilst mich nicht. Und mein Tag ist nicht hart, nur frustrierend."

„Ich weiß, aber sagte der Arzt nicht, dass du eine Zeit lang Ruhe brauchst?"
„Nein, das sagte er nicht. Wenn du dich erinnerst, sagte er, dass ich nicht den Vollzeitjob als Journalistin mit dem Vollzeitjob als Mutter kombinieren soll."
„Und ich habe gesagt, dass ich dir helfe. Das tut jetzt meine Mutter."
„Du meinst, das ist eine Hilfe?"
„Sie macht es besser als ich und nur solange, bis ich beruflich wieder freier bin."
„Rede keinen Unsinn. Du wirst niemals freier sein, weil sie dich sonst abschießen. Wie sie es mit jedem tun, der nicht Überdruckvollzeit arbeitet."
„Wenn bei uns alle mit der Digitalisierung klarkommen, werden die Arbeitsstunden weniger, auch für mich."
„Und dann? Dann kommt das nächste Ziel, und das nächste. Bis unsere Kinder erwachsen sind. Weißt du noch, wie sie aussehen?"
Die Diskussion drohte in eine Richtung zu kippen, die Oliver auf keinen Fall wollte. Dass Carola in den letzten Monaten reizbar und intolerant geworden war, hatte er bisher ohne Kommentar hingenommen. Über das Warum zu diskutieren, würde gerade heute keine Lösung bringen.
„Ich weiß, dass meine Mutter manchmal nervt", sagte er versöhnlich. „Sie meint es gut, hab Geduld mit ihr. Wir können noch anderen Support organisieren, damit du mehr von zuhause aus für die Redaktion arbeiten kannst."
„Spare dir deinen Support", versetzte sie. „Ich bin keine Effizienzmaschine, die nur etwas Treibstoff braucht, um besser zu laufen. Ich will einen Mann, mit dem ich die Aufgaben teile, weil er sie als seine Aufgaben sieht."
„Das tue ich doch. Ich bin immer da, wenn ich kann."
„Soll ich dir die Stunden, besser Minuten aufzählen, die du im letzten Monat mit uns verbracht hast?"
„Wir wollen das Haus kaufen, das haben wir gemeinsam beschlossen und durchgerechnet. Es kostet Geld, auch darin waren wir uns einig."

„Haben wir beschlossen, dass du alles bezahlst, auch mich als Nanny deiner Kinder?"

„Hör auf, Carola. Du weißt, wie das Berufsleben funktioniert, ich habe mir das nicht ausgesucht."

„Wer hat dich denn gezwungen?"

„Das ist jetzt nicht unser Thema. Ich habe dich lediglich nach der Meinung zu meiner Rede gefragt, weil ich deine rhetorischen Fähigkeiten schätze."

„Das ehrt mich. Meine Meinung lautet, dass diese Rede zu dick aufgetragen ist. Toll für alle, die sich vom digitalen Mainstream verblenden lassen. Und lächerlich für die wenigen, die nachdenken. Reicht dir diese Einschätzung?"

„Völlig", sagte er betont höflich. „Danke für deine Ehrlichkeit. Sie sagt mir viel."

„Ach ja, und was genau sagt sie dir?"

„Dass du mir den Erfolg nicht gönnst."

„Blödsinn."

„Ist auch egal. Eigentlich wollte ich dich nur an meiner Arbeit teilhaben lassen, um den Familienalltag ein wenig aufzulockern."

Sie sprang so abrupt auf, dass die leeren Dessertschalen auf dem Tisch kleine Luftsprünge machten.

„Aufzulockern?", fuhr sie ihn an. „Redest du von einer Kaffeepause, die du mir mit ein paar Keksen auflockerst? Vielen Dank, mir wird von Keksen übel."

14.

Er hätte sich ohrfeigen können, ihr von seiner Rede erzählt zu haben. Beim Betreten der Küche hatte ihn die eigene Euphorie unvorsichtig werden lassen. Wieder war er in die Falle gegangen, wie ein Kind, das mit vor Stolz geblähter Brust sein erstes Gedicht deklamiert. Als wäre es der größte Wurf der Schöpfung, der ihn zum Herrscher erkoren hatte. Dafür eine schallende Ohrfeige zu bekommen, war gemein und ungerecht. Selbst schuld, wenn er Carola vertraute. Sie verstand es immer, ihn gesprächig zu machen. Ihre Technik, Leute aus der Reserve zu locken, funktionierte bei ihm wie ein selbstlaufendes Programm. Sie hörte interessiert zu, stellte Fragen, gab ihm das Gefühl, der Mittelpunkt ihrer Gedanken zu sein, etwas ganz Besonderes, das sie festhalten wollte. Gleich bei ihrer ersten Begegnung vor vielen Jahren war dieser Funke auf ihn übergesprungen. In einem Schwung hatte er ihr fast seine ganze Lebensgeschichte erzählt, versunken in ihren glänzend grünen Augen. Jede Änderung ihrer Mimik nahm er als Aufforderung, noch mehr zu erzählen.

Erst am nächsten Morgen fiel ihm ein, dass er kaum etwas über sie erfahren hatte. Das änderte sich in den folgenden Monaten nur wenig. Sie redeten und stritten endlos über Politik, Gott und die bald untergehende Welt. Obwohl sie keine Verliebten, nur Kommilitonen waren, zog ihn Carola wie ein Magnet an. Sie schien kein Bedürfnis zu haben, über sich zu sprechen. Umso aufmerksamer hörte sie zu, widersprach, regte sich auf, immer mit diesen intelligent glänzenden Augen.

Heute sah er alles nüchterner. Sie war einfach nur ein Profi in Kommunikation, der genau wusste, worauf es ankam. Sobald ihr Gegenüber in die Falle der Gesprächigkeit tappte, ließ sie ihn abstürzen. In Wahrheit war er als Gesprächspartner immer ihr Gegner, den zu besiegen ihr Genugtuung gab. Ihre Kritik war nüchtern und zerstörerisch. Er erinnerte sich nicht mehr, wann sie damit angefangen hatte. Nach der Geburt der Zwillinge?

Zum Glück bot er ihr nur noch selten Gelegenheit zum Niedermachen. Abends fiel er meist todmüde ins Bett und schlief ein, nachdem er noch die letzten E-Mails gelesen hatte. Im Vorfeld seiner Reden hatte er sie früher immer um Rat gefragt, ihrer rhetorischen Überlegenheit vertrauend. Die mutige, pointierte Ausdrucksweise gab seinen Reden den nötigen Pfiff. Nach der Rede fragte sie nie, wie es gelaufen war. Diesmal hatte er es ohne ihren Rat geschafft, das war es wohl, was sie so aggressiv machte.

Dennoch erschreckte ihn die Heftigkeit ihres Angriffs. Sie tat, als wäre die jetzige familiäre Situation allein seine Schuld. Dabei hatten sie alles gemeinsam beschlossen. Es war sogar ihr Vorschlag gewesen, dass er diesen Job annehmen sollte. Ehrgeiz war nie seine Stärke gewesen, er wollte nur Geld verdienen mit etwas, das ihm Spaß machte. Nach dem Informatikstudium hatte er bei der damals kleinen Firma XKomet als einfacher Programmierer angefangen. Computerprogramme zu entwerfen war als Lebensinhalt völlig ausreichend. Als die Firma ins Versicherungsgeschäft einstieg, boten sie ihm den Posten des Chief Digital Managers an.

„Endlich kannst du deine technische Begabung voll einsetzen", ermunterte ihn Carola. Den Zug der künstlichen Intelligenz dürfe er auf keinen Fall verpassen. Jetzt sei die einmalige Chance, in der Firma ganz nach oben kommen. Seine Begeisterung hielt sich in Grenzen.

„Dein Talent ist Goldes wert", spornte sie ihn an. „Mach was draus, und zwar rechtzeitig, die Jungen rücken wie eine Lawine nach."

Er hatte zugegriffen und war erfolgreich, auch finanziell. Damals waren die Zwillinge erst ein Jahr alt, Carola war mit ihnen voll ausgelastet und fühlte sich zuhause wohl. Das dachte er zumindest, bis sie ihm eröffnete, in zwei Wochen als Radiomoderatorin einzusteigen. Offenbar hatte sie schon lange einen Job gesucht. Er war überrumpelt und tat begeistert. Sein schlechtes Gewissen behielt er für sich. Verdiente er immer noch zu wenig? Mangelnden Ehrgeiz konnte sie ihm nur noch im Scherz vorwerfen.

Dass Carolas Rückkehr ins Arbeitsleben so viel Zeit kosten würde, konnte damals niemand ahnen. Sie hatten alles genau geplant, die Aufgaben gerecht verteilt. Abholung der Kinder von der Tagesmutter, später vom Kindergarten, daneben den Haushalt und Einkauf. Die private Buchhaltung hatte er komplett übernommen und diese, als er beruflich unter Zeitdruck kam, nicht Carola an den Hals geworfen. Seine Mutter hatte alles übernommen, inklusive Betreuung der Zwillinge, wenn Carola keine Zeit hatte. Seine Mutter war das hilfreiche Alter Ego, trotz ihrer manchmal boshaften Sprüche.

„Eine Mutter gehört zum Kind, nicht in irgendeine Redaktion", erklärte sie. „Ich habe meine Mutterpflichten gewissenhaft erfüllt, obwohl wir wenig Geld hatten. Jetzt spiele ich nicht wieder Mutter."

„Nicht Mutter, sondern Großmutter", versetzte Carola spitz. „Ich will meinen Mädchen vorleben, dass es für eine Frau normal ist, berufstätig und eine gute Mutter zu sein."

„Auf Kosten der anderen", ergänzte Lisbeth.
„Dann sag einfach nein und basta", konterte Carola. „Wir finden eine andere Lösung. Ich habe keine Lust, über Kindererziehung im einundzwanzigsten Jahrhundert zu diskutieren."
„Ist alles nur vorübergehend", beruhigte Oliver, der ein Streitgewitter aufziehen sah. „Bis sich Carolas Arbeitszeiten in der Redaktion eingespielt haben. Teilzeit natürlich."
Carola sah ihn verärgert an, schwieg aber. Lisbeth war klug genug, ihrem Sohn den Rücken freizuhalten.
„Gut, ich bin da, wenn es dringend ist. Aber eins sage ich euch: Man muss verzichten können, wenn man Kinder will."
Sie war immer da, auch wenn es nicht dringend war. Valerie und Melanie liebten sie. Die Spannungen zwischen ihr und Carola hatten sich inzwischen gelegt. Carolas Zeitplan war deutlich entlastet. Nur das Abholen der Kleinen vom Kindergarten wollte sie unbedingt selbst übernehmen, da sie den Fahrkünsten seiner Mutter nicht traute. In der Früh übernahm er die Fahrten, sooft er konnte. Dass es zuletzt seltener möglich war, würde sich wieder ändern. Nach seiner Einschätzung entwickelte sich alles optimal. Carolas Arbeit lief gut, als Moderatorin war sie zum Liebling der Hörer avanciert. Was wollte sie mehr?
In den letzten Monaten beobachtete er an ihr eine seltsame Veränderung. Das schwungvolle Wesen, das er so liebte, machte missmutiger Trägheit Platz. Die schicken Kleider, die ihre natürliche Ausstrahlung unterstrichen hatten, wichen weiten T-Shirts und sackartigen Hosen. Hochhackige Schuhe trug sie kaum noch, aus Mangel an Gelegenheit, wie sie sagte. Aus Protest gegen ihn, wie er vermutete. In den Wochen nach der Geburt der Mädchen hatte sie sich zuhause manchmal nur für ihn schön gemacht. Duftend und geschminkt erwartete sie ihn abends in einem engen Kleid, manchmal in Dessous, die er ihr geschenkt hatte. Jetzt vertrugen sich Chic und Mutterschaft nicht mehr. Was warf sie ihm vor? Dass die Wirtschaft nach männlichen Regeln funktionierte, dass Familie immer noch Frauensache war? Er hatte diese Regeln nicht erfunden, musste sich ihnen dennoch fügen, wenn er beruflich weiterkommen wollte. Sie unterstellte ihm Heuchelei, die

in Wahrheit das männliche Ego guthieß und unterstützte. Ein System, wo Frauen die eigentliche Arbeit machten und Männer die Früchte einstreiften.

„Der Mann ist ohne emotionale Unterstützung der Frau zu gar nichts in der Lage", behauptete sie. „Männer akzeptieren fast jede Partnerin, nur, um nicht allein zu sein."

„So ein Quatsch, ich habe dich geheiratet, weil ich dich liebe", protestierte er.

„Irgendwann hättest du auch eine andere genommen. Weibliche Geborgenheit ist das Grundnahrungsmittel des Mannes, ohne das er zugrunde geht."

„Denkst du wirklich, du gibst mir Geborgenheit?"

„Du holst sie dir, auch wenn ich nicht will", beharrte sie. „Es ist das Nabelschnur-Potenzial, das schon die Mama bedingungslos geliefert hat. Fortan muss jedes weibliche Wesen diese Nahrung für den Mann parat haben. Und frau ist immer noch so dumm, alles zu liefern."

Er war sprachlos über diesen Unsinn. Glaubte sie tatsächlich, dass Männer die Frauen als ihre seelische Nabelschnur nutzten, ohne die sie nicht lebensfähig waren? Angeblich vertrug sich die weibliche Nährquelle nicht mit beruflicher Karriere. Erfolgreiche Frauen – davon war Carola überzeugt – machten Männer aggressiv, weil sie ihnen die emotionale Nahrung vorenthielten. Die Frau als coole Konkurrentin sei für den Mann ein erotischer Totschläger, dessen er sich am besten entledigt, indem er sie schwängert.

Diese Theorien schilderte sie ihm immer wieder in verschiedenen Varianten. Welch ein Unfug, sie hatte keine Ahnung, wovon sie redete. Als ob sie nicht wüsste, wie die Welt funktionierte. Wollte sie in diesem schönen Haus wohnen? Wollte sie das große Auto, um die Kinder samt Rollern und Spielsachen zu verstauen? Wollte sie Freunde einladen, ihnen alles zeigen, sie gut bewirten, wollte sie dazugehören? All das hatten sie gemeinsam beschlossen und danach in einer wunderbaren Nacht besiegelt. Sie waren in jeder Hinsicht ein tolles Team. Jetzt wollte sie ihren Part nicht mehr übernehmen.

War es seine Schuld, dass sie sich mit ihren beruflichen Ambitionen übernommen hatte? Das Studio überforderte sie, kein Wunder bei

den Haien, die dort unterwegs waren. Für diese Typen machte sie sich chic, zog hochhackige Schuhe und enge Kleider an. Vermutlich rückten im Studio jetzt jüngere Frauen nach, die ihr Konkurrenz machten. Das war der eigentliche Stress.
Sie sollte die Moderation zurückschrauben und mehr von zuhause aus arbeiten. Per Internet konnte sie journalistisch überall auf der Welt sein. Unverständlich, dass sie dazu keine Kraft hatte, wo doch alle Rücksicht auf sie nahmen. Sogar Melanie und Valerie stritten weniger und räumten den Tisch ab. Seine Mutter unterstützte sie nach Kräften, nervte manchmal, war aber immer für sie da. Putzfrau hatten sie sowieso. Dass es mit dem Au-pair-Mädchen nicht klappte, lag an Carolas hohen Ansprüchen. Immerhin kam sie mit Bettina gut aus, die zum Babysitten immer Zeit hatte.
All das schien das Problem nicht wirklich zu lösen. Carola war beklommen und gereizt, ohne über den Grund zu sprechen. In unbeobachteten Momenten bekam ihr schönes Gesicht einen geradezu tragischen Ausdruck. Sie schien das zu merken und konnte binnen einer Sekunde die unbekümmerte Miene eines Teenagers aufsetzen.
„Ich habe heute einen neuen Text geschrieben, der ist echt cool", sprudelte sie. Lesen durfte er ihn nicht.
„Noch nicht ausgereift", winkte sie ab. „Grüner Apfel schmeckt nicht, aber bald ist er reif."
Bevor der Apfel rot wurde, hatte sie ihn vergessen. Unbemerkt wuchs zwischen ihnen eine Blase des Schweigens, nicht schmerzhaft, aber immer undurchdringlicher. Wenn er begeistert von seiner Arbeit erzählte, wuchs die Blase zu einem Felsbrocken. Er fand keine Kraft, ihn abzuwehren.

15.
Sie war überrascht, von Doris zu hören. Das letzte Treffen lag einige Monate zurück, in denen sie nicht einmal telefoniert hatten. Nach dem Abendessen in Carolas Haus hatte sich keine für den Besuch oder die Gastfreundschaft der anderen bedankt. Den Auftritt von Doris mit brennender Torte, als krönender Höhepunkt des Abends

gedacht, hatte Carola als an Oliver gerichtete Anmache interpretiert. Verwundert war sie nicht, da Doris nie eine Freundin gewesen war. Sie kannten sich seit der Studienzeit, in der sie einige Praktika gemeinsam besucht, sich aber nicht besonders gemocht hatten. Doris kam immer chic und sexy daher, als wäre das Studium vor allem eine Plattform für Selbstinszenierung. Carola verdächtigte sie, die Uni als Partnerbörse zu verstehen, in der sie den Richtigen treffen und vor den Standesbeamten schleppen würde. Den Master in Kommunikationswissenschaften zu erwerben, war die notwendige Nebensache. Das „Karussell für Nichtskönner mit Diplom", wie Doris dieses Studium nannte, schien ihr nicht wirklich am Herzen zu liegen.
Ihre wohlhabende Familie ermöglichte ihr ein sorgloses Leben. Dank der Beziehungen ihres Vaters bekam sie gut dotierte Ferienjobs bei Zeitungen und Radiosendern, obwohl sie weder gut schreiben noch recherchieren konnte. Für Carola, die um ihr Auskommen kämpfen musste, war so eine Tätigkeit nur mit viel Anstrengung und guter journalistischer Arbeit zu bekommen. Sie hielt Doris für ein verwöhntes, in Wahrheit farbloses Mädchen, mit dem sie keinen Gesprächsstoff hatte.
Umso mehr hatte sie vor einigen Monaten die E-Mail überrascht, die sie von Doris erhalten hatte. Sie hätten sich zwar jahrelang nicht gesehen, aber beide eine Menge erlebt. Ob Carola Lust hätte, ihre familiären Beziehungen einmal genauer anzusehen. In spielerischer Atmosphäre könne sie Verborgenes finden und möglicherweise Tragisches aufarbeiten. Die Familienaufstellung sei der ideale Ort für sensationelle Erkenntnisse. Diese könnten dem bisherigen Leben eine neue Wendung geben. Zudem sei die Aufstellung eine tolle Gelegenheit, vom Alltag abzuschalten. Beim anschließenden opulenten Buffet könne sie alles Belastende abstreifen und sich danach richtig gereinigt fühlen. Nebenbei sei dies eine Chance, um glänzende Kontakte zu knüpfen.
Carola fand das Pathos dieser Werbung lächerlich. Dennoch verabredete sie sich mit Doris. Das alte Café auf der Landstraßer Hauptstraße gab es immer noch. Als Studenten hatten sie sich dort öfter getroffen, da es auf dem Heimweg lag und billig war. Die gemütlichen Fauteuils

von damals hatten inzwischen bunten, harten Stühlen Platz gemacht. Diese sollten hippe Atmosphäre verbreiten, waren vor allem platzsparender, sodass mehr Tische samt mehr Gästen ins Lokal passten. Die Jungen von heute hatten mehr Geld in der Tasche als die Studiosi von damals. Ihre fleckigen und löchrigen Jeans standen in absichtlich krassem Gegensatz zu den teuren Cocktails, die sie konsumierten.

Carola fragte sich, warum Doris ausgerechnet dieses Lokal vorgeschlagen hatte. Aus Nostalgie? Hoffentlich war sie nicht in ihrer Phase der grün-rosa Haare stecken geblieben. Die Befürchtung erwies sich als unbegründet. Doris schien dem Partygirl der Studienzeit entwachsen zu sein. Weniger schrilles Outfit, kaum geschminkt, viel sympathischer, als Carola sie in Erinnerung hatte. Sie schien sich über das Wiedersehen ehrlich zu freuen. Keine Spur der früheren Angeberei.

Ihre Laufbahn war bürgerlich verlaufen. Die zwei halbwüchsigen Kinder, die sie mit Lars hatte, erfüllten und strapazierten ihre Lebenszeit. Der Sohn war faul in der Schule, die Tochter von Essstörungen geplagt, beide mit Computerspielen und Smartphones verschmolzen. Unmöglich, sie davon wegzubringen, klagte Doris. Vorschläge, gemeinsam wandern oder ins Kino zu gehen, verhallten ungehört. Die elterliche Idee, gemeinsam eine Komödie von Shakespeare im Burgtheater anzusehen, erntete belustigtes Augenrollen der Teenager. Was sollten sie mit diesem schwulstigen Text in einem verstaubten Kasten auf der Ringstraße? Alles war von der Couch aus zu haben, schnell und billig. Apps waren die wichtigste Quelle von Wissen und Unterhaltung. Wenn es fad wurde, was häufig passierte, drehte man einfach ab.

„Pubertät, was soll ich dir sagen", kommentierte Doris. Es klang wehmütig, als ob sie den Draht zu den Kids verloren hätte. Immerhin ließen sie ihr genug Luft, um ihr Studio zu betreiben. So nannte sie die großzügige Altbauwohnung im achten Wiener Bezirk, wo sie Aufstellungen von Familiengeschichten veranstaltete. Ein Kurzlehrgang in Psychologie und Familientherapie gab ihr das nötige Rüstzeug. Die Klientel rekrutierte sie aus dem großen Bekanntenkreis, den ihr Talent für das Spinnen von Netzwerken ihr über die Jahre beschert hatte.

„Und, wie läuft´s?", fragte Carola.
Der minutenlange Wortschwall, den Doris nun über sie ergoss, ließ sich in keiner einzigen Atempause unterbrechen. Über die alten Studienkollegen, die Erfolge und Niederlagen in allen Lebensbereichen durchgemacht und so vieles erlitten hätten, dass jetzt endlich die Zeit gekommen sei, alles in Aufstellungen zu verarbeiten. Familiäre Beziehungen seien die Wurzel allen Übels, das wisse sie aus eigener Erfahrung, im späteren Leben widerfahre einem die Misere erneut, man weiß gar nicht, warum, lässt es immer wieder zu, erschafft es sich selbst, ohne es zu merken. Den Ursachen tiefer nachzuspüren, sei das Bedürfnis ihrer Klienten.
Doris bezeichnete sich selbst als „Highly Sensitive Person", die ein besonderes Gespür für Menschen und heikle Lebenssituationen hätte. Diese Fähigkeit ermächtige sie, Familienaufstellungen auch ohne große Ausbildung zu leiten. Menschen unterschiedlicher Berufe und Charaktere kamen in der Altbauwohnung zusammen. Neben persönlichen Problemen ging es vor allem um Kontakte und Networking, das beim anschließenden Buffet ausgiebig betrieben wurde.
„Das wäre bestimmt etwas für dich", unterbrach Doris die eigene Erzählung. „In den Medien kannst du immer Kontakte brauchen, oder?"
„Ja, schon", antwortete Carola, überrumpelt von der plötzlichen Chance, etwas zu sagen. „Ich vermute, zu dir kommen viele Leute."
Zuletzt etwas weniger, meinte Doris, die Aufstellungsgruppen seien kleiner und angenehmer. Sicher nur ein vorübergehender Trend, jetzt sei der ideale Zeitpunkt, um einzusteigen.
Finanziell brachte das Ganze wenig, aber Lars unterstützte sie bei allen Aktivitäten. Seine gutgehende Firma mietete die großzügigen Räume der Wohnung für Besprechungen und Unterbringung auswärtiger Gäste. Lars hatte ein gutes Händchen fürs Finanzielle. Auch sonst war er in jeder Hinsicht ein Goldstück, im Gegensatz zu ihrem ersten Mann, den sie ein charmantes, treuloses Arschloch nannte. Zum Glück war sie aus dieser Blitzehe rechtzeitig ausgestiegen.
Carola wusste nicht, was sie von diesem Treffen nach so vielen Jahren halten sollte. Ihre Familiengeschichte wollte sie nicht in einer Auf-

stellung erneut durchleben. Um Doris nicht zu enttäuschen, lud sie sie mit Lars zum Essen ein. Das war das eigentliche Ziel gewesen, das Doris hatte erreichen wollen. Nach dem Abend hatte sich Carola geschworen, den Kontakt abzubrechen.

Die sich seit kurzem häufenden Nachrichten von Doris auf ihrer Mailbox ignorierte sie. Auf keinen Fall wollte sie mit dieser Person die aktuellen Probleme in Job und Familie besprechen. Bestimmt hätte Doris über Facebook und sonstige Kanäle die Gerüchteküche so lange angeheizt, bis sich die abstrusen Geschichten zu Radio Beta 8 verbreiten würden. Das Gerede der Kollegen wäre vorprogrammiert. Über andere als persönliche Themen mit Doris zu sprechen, war nichts als anstrengender Smalltalk.

Nach Wochen der unbeantworteten Nachrichten schickte Doris über WhatsApp einige Fotos mit der Bitte um Carolas Meinung. „Ich schätze deinen ausgezeichneten Geschmack", schrieb sie. „Soll ich diese Bilder ins Netz stellen? Ist für mich beruflich sehr wichtig, bitte um rasche Antwort."

Carola wunderte sich, wie schlank Doris geworden war. Auf den Fotos war ihre ausladende Hüfte zu einem sportlich straffen Hinterteil geworden. Die Haut ihres Gesichts schien glatt, fast durchsichtig, als hätte sie eine Hungerkur gemacht. Die Wangenknochen stachen so unnatürlich hervor, dass Carola einen Schrecken bekam. Vielleicht war Doris krank und wollte sich jemandem anvertrauen. Schlechten Gewissens schlug Carola ein baldiges Treffen vor, selbst das Schickimicki-Lokal im Haas-Haus war ihr recht.

Sie fuhren mit dem Aufzug in die oberste Etage des berühmten Gebäudes am Stephansplatz. Obwohl schon etwas in die Jahre gekommen, strahlte es immer noch junge Rebellion aus. Dass seine Errichtung Ende der Achtzigerjahre einen Skandal ausgelöst hatte, konnte heute nur belächelt werden. Im Herzen Wiens, genau gegenüber dem geschichtsträchtigen Stephansdom, war das Bauwerk mit verspiegelter Fassade damals eine Provokation. Empört forderten die konservativen Wiener den schmucklosen Bau zurück, der nach dem Krieg anstelle des zerbombten Haas-Hauses hingeklotzt worden war. Die Leute maulten über die Entweihung ihres heiligen Platzes und akzeptierten das neue Haas-Haus binnen kurzem. Allzu heftiger Protest liegt dem Wiener Gemüt bis heute nicht.

„Ja, das ist eine Gorrilez", verkündete Doris stolz, noch bevor der Aufzug im obersten Stock hielt. Carola hatte kein Wort gesagt, nur einen verwunderten Blick auf die Tasche geworfen, die Doris lässig an ihrem Handgelenk baumeln ließ. Klassisch konservatives Modell mit dunklen Rechtecken und Kreisen auf heller Lederoberfläche. Ziemlich einfallsloses Muster, völlig unpassend zum schrillen Geschmack, den Doris ansonsten pflegte. Auch ihr kurzer Trenchcoat aus imitiertem Rauleder mit unechtem Pelzkragen war auffällig dezent. Die modische Zurückhaltung wurde durch knallrote, über die Knie reichende Stiefel wettgemacht, deren Absätze die Körpergröße um etliche Zentimeter streckten. Auf den Schuhen prangten Kreise und Rechtecke, diesmal in strahlendem Gold, um dem ordinären Rot etwas Eleganz zu verleihen.
„Der absolute Hammer!" Doris schwenkte die Tasche vor Carolas Augen. „Gorrilez ist das geilste Accessoire, das der Markt derzeit zu bieten hat. Die sozialen Medien stehen Kopf, ich werde mit begeisterten Postings zugeschüttet. Ist in Wirklichkeit der blanke Neid, du glaubst nicht, wie neidisch die Leute sind."
Ohne auf Carolas Antwort zu warten, trat sie würdevoll durch die sich öffnende Fahrstuhltür. Das Restaurant mit Panoramablick auf den Dom hatte sie als würdevolles Ambiente für ihre Tasche gewählt. Das teure Stück baumelte immer kräftiger an ihrem linken Unterarm. Genau die richtige Eintrittskarte für dieses Lokal, wie die einladende Geste des Kellners bewies. Offenbar war Doris hier keine Unbekannte. Lässig warf sie dem Kellner eine Kusshand zu.
Carola fühlte sich peinlich berührt, dass auch sie nicht anonym bleiben würde. Immerhin war beruhigend, dass Doris schon viel besser aussah. Ihre Wangen hatten die gewohnte Polsterung zurückgewonnen und strahlten in normaler Hautfarbe. Selbstbewusst steuerte sie auf das eckige Tischchen an der Glasfront des Raumes zu. Das Schild „reserviert" landete mit Schwung auf dem Nebentisch. Carola besetzte rasch den Platz mit Blick auf den Stephansdom, dessen gotischer

Turm in dieser Höhe etwas Magisches bekam. Ihn aus der Nähe anzusehen gab einem das Gefühl, selbst Teil von etwas Erhabenem zu sein. Vor allem saß man auf diesem Platz mit dem Rücken zum Lokal und all den sich für Promis haltenden Leuten. Doris sah das natürlich anders. Behutsam, gleichwohl auffällig, legte sie ihre Gorrilez-Tasche auf den zweiten freien Stuhl. Für sich selbst holte sie einen dritten vom Nebentisch. Der Wink zum Kellner um zwei Gläser Champagner wirkte wie die vertraute Geste unter Freunden.
„Für mich kein Schampus", wehrte Carola ab. „Wir nehmen Sekt, und du bist eingeladen."
Doris widersprach nicht, nahm nur behutsam ein Taschentuch aus ihrer Gorrilez.
„Wie viel sie kostet, kann jeder wissen", sagte sie leise, aber für die Nebentische deutlich hörbar. „So was leisten sich die Leute nur auf Raten."
„Ein Geschenk von Lars?", fragte Carola.
„Ich habe sie selbst bezahlt, das bin ich mir wert."
Liebevoll strich sie über die Kreise und Rechtecke. „Wenn ich sie nur ansehe, bin ich glücklich. Dieses Leder, weich wie Seide, duftend wie ein junger Hirsch."
„Wie duftet ein junger Hirsch?", fragte Carola. Doris überhörte den Spott.
„Dass sie ihn für mich abgeschossen haben, macht mich schon ein wenig traurig, aber auch stolz. Das edle Tier stammte aus kontrolliertem Jagdbestand, beste Winterfütterung von biologischen Böden. Darauf lege ich großen Wert, gesunde Wälder, nachhaltige Wildhütung, sonst sehen die Designer von mir keinen Cent."
Nun durfte Carola die Tasche anfassen, vorsichtig mit zwei Fingerkuppen.
„Meine ganzen Ersparnisse sind draufgegangen", schwärmte Doris mit noch leiserer Stimme. „Zehn Raten stehen noch aus, falls ich das überhaupt schaffe."
Der Kellner stellte mit nunmehr reserviertem Gesicht zwei volle Sektgläser auf den Tisch.
„Auf dich", hielt Carola ihr Glas der Freundin entgegen. „Und jetzt sagst du mir, warum du mich unbedingt sehen wolltest."

„Um dir dieses Kunstwerk zu zeigen", erwiderte Doris. „Die Gorrilez zu kaufen war ein echtes Abenteuer."
Carola rollte ungeduldig mit den Augen.
„Für den Geruch des Hirsches hast du einen Kredit aufgenommen?"
„Ich bin es mir wert", wiederholte Doris trotzig.
„Soll ich dir Geld borgen?"
„Auf keinen Fall, das Abenteuer gehört mir allein."
„Jaja, wissen deine Kinder davon?"
„Das geht niemanden etwas an. Ich habe lange genug gratis für die Familie gearbeitet, jetzt bin ich dran."
„Mit einer Designertasche, die du in Raten abzahlen musst."
„Die anderen machen es genauso oder noch krasser", sagte Doris. „Sie geben ihr Arbeitslosengeld für eine Gorrilez-Tasche aus. Oder das Kindergeld, wie abartig."
„Wenn sie es zumindest für einen Kinderwagen von Babinassa ausgeben würden", meinte Carola betont ernst.
„Was?", fuhr Doris hoch.
„Den kennst du nicht?", tat Carola entrüstet. Schlagartig sprang sie in die Rolle der Moderatorin. Am Telefon von „Caro's Cocktail" war eine redselige Hörerin, die sich als Fashionexpertin aufspielte.
„Babinassa kennt doch jeder", belehrte sie die sprachlos gewordene Doris. „Du weißt schon, diese junge Designerin aus Bangladesh. Ihre Caddys sind die Rolls Royce der Kinderwagen, absolut cool. Junge Mütter, die etwas auf sich halten, brauchen einen Babinassa. Das Baby in so einer Kutsche im Park auszuführen, ist der Mega-Kick für das Selbstwertgefühl.
Die Falten um Doris' Mund wurden härter.
„Blödsinn. Ich verfolge die Fashion Blogs genau. Da gibt es keine Kinderwagen."
„Irrtum, du siehst sie nur nicht, weil du nicht mehr im gebärfähigen Alter bist. Die jungen Frauen sind verrückt nach Babinassa. Ich wette, viele kriegen nur deswegen ein Kind. Geh mal in den Park, einen dieser Designer-Caddys habe ich schon gesehen, wetten, dass in acht Wochen drei weitere Babinassas durch den Park kutschieren? So lan-

ge ist die Lieferzeit, ohnehin kurz. Die Babys wachsen ja so schnell, da muss die Firma produzieren."
Der Schlag saß, die Pointe verschlug Doris die Sprache. Das Geplapper von Hörerinnen musste man toppen, um sie zum Schweigen zu bringen.
„Echt, Doris, pass auf, dass du nicht etwas verpasst", setzte Carola nach. „Vielleicht hätten wir unsere Eizellen doch einfrieren lassen sollen, um uns jetzt einen Babinassa zu gönnen."
Doris umklammerte ihre Tasche.
„Ich werde mal auf der Tuchlauben schauen, ob sie schon einen haben", presste sie hervor. „Da hat ein neuer Store mit Kinderdesign aufgemacht. Tolle Sachen."
Carola konnte ihr Lachen nicht mehr unterdrücken. „Entschuldige Doris", platzte sie heraus. „Du klingst wie eine pubertierende Jugendliche auf der Suche nach sich selbst. Haben wir das nicht längst hinter uns?"
„Du verstehst den Geist der Zeit nicht", erwiderte Doris verächtlich. „Meine Gorrilez ist eine Tasche für die Ewigkeit. Sie wird noch meiner Enkelin über der Schulter hängen, makellos und chic. Nicht dieses billige Zeug, das nach ein paar Monaten wie ein Müllsack aussieht."
Ihr Blick fixierte Carolas große Umhängetasche, die würdelos unter dem Stuhl lag. Das Leder hatte schon Patina angesetzt, was daran lag, dass es auch davor nicht nach jungem Hirschen gerochen hatte.
„Ich liebe Müllbeutel", sagte Carola. „Weil sie anspruchslos und austauschbar sind. Wertvoll ist nur der Inhalt."
„Haha", machte Doris. „Wirf den Müll weg, jetzt hast du die Chance auf eine Liebesgeschichte. Von allen Seiten mit Selfie fotografiert, millionenfach im Netz geteilt, unendlich oft angeklickt. So viel Zuspruch hast du noch nie bekommen. Deine Hörer werden ausflippen."
Carola fragte sich, was Ewigkeit für Doris bedeutete. Hatte ihr Mann seinen Schwur der Ewigkeit gebrochen?
„Wie geht es Lars?", fragte sie beiläufig.
„Sehr gut. Er hat mich auf die Tasche aufmerksam gemacht. Eine Wertanlage, sagt er."
„Macht er jetzt ein Start-up mit Taschen?"

Wieder traf sie ein verächtlicher Blick.
„Lebst du auf dem Mars, Carola? Der Hype um Taschen hält schon lange an. Du hast ihn natürlich verschlafen mit deinem Tick für Müllbeutel. Gorrilez ist unschlagbar die Nummer eins auf dem Markt, monatlich steigt ihr Preis um ein Vielfaches. Ich kann dir eine Tasche besorgen, nur zwei Wochen Lieferzeit."
„Danke, du weißt, dass ich Designerzeug hasse."
„Sieh es als Wertanlage, die sich von selbst vermehrt. Ich besorge sie dir um tausend Euro, als Dank für unsere lange Freundschaft."
Das war also der Grund der dringenden Anrufe, ein Verkaufsgespräch.
„Bezahlt dir Gorrilez Provision?"
„Ich bin doch nicht blöd", lachte Doris. „Sobald der Preis die Zweitausender-Marke erreicht, verkaufe ich die Tasche mit hundert Prozent Gewinn. Falls ich es schaffe, mich von ihr zu trennen."
Sie strich liebevoll über das Hirschleder.
„Es wird ein Trauma sein. Wenn ich sie anfasse, wird mir weich ums Herz."
Sie sprach tatsächlich von einer Liebesgeschichte, millionenfach im Netz geteilt, samt Selfie zur Berühmtheit hochgeklickt. Ich bin Gorrilez wert, also bin ich.
Das Theater, das Doris veranstaltete, klang wie der überspielte Frust einer auslaufenden Beziehung.
„Jetzt sag schon, was ist mit Lars?"
Doris überhörte die Frage.
„Man muss den Hype nutzen, bevor ein anderes Accessoire den Markt erobert", sagte sie.
„Du musst dich beeilen", mahnte Carola „Neuerdings schwirren Taschen aus Rohseide mit eingewebtem echtem Silber durch die sozialen Netzwerke."
„Seit wann?", schreckte Doris hoch.
„Ja, feinste Qualität, handgemacht in einem Zenkloster in Tibet. Sie sind auf dem besten Weg, die Gorrilez zu verdrängen."
„Quatsch, das sind Fake News", erklärte Doris.
Sie bestellten noch zwei Gläser Prosecco und Mineralwasser.

Carola sah prüfend in Doris Gesicht. Vom makellosen Teint auf den Fotos war nichts mehr zu erkennen. Die Haut wirkte großporig und fahl. Die kleinen Falten um Mund und Nase waren vor drei Monaten noch nicht da gewesen. Wie Zangen umschlossen sie die Lippen, als wollten sie ihnen das Lachen verbieten. Der schmäler gewordene Mund gab dem Gesicht etwas Unruhiges, Gehetztes. Auch die letzte Nachricht auf der Mailbox hatte gehetzt geklungen.
„Welches Licht verwendest du beim Fotografieren?", fragte Carola vorsichtig. „Die Bilder, die du mir geschickt hast, sind richtig gut."
„Ach, das ist alles Retusche", winkte Doris ab. „Das muss man machen, um mithalten zu können."
„Mithalten bei was?"
„Wir sind vierzig, liebe Carola. Da darf man schon ein wenig schummeln. Keine Angst, alles ohne Chirurgen. Geht total leicht und schmerzlos."
Sie öffnete die Fotodatei auf ihrem Smartphone. Unzählige Bilder einer Frau mit strahlenden Augen, vollen Lippen und schlanken Beinen sprudelten dem Betrachter entgegen.
„Toll, und was zahlst du für diesen Schwindel?", fragte Carola.
„Das sind Profi-Apps, kosten ein paar Euro im Monat, die hundertfach zurückkommen", erwiderte Doris. „Als Influencerin muss ich vor allem selbst ein gutes Beispiel geben. Zehntausend Follower habe ich schon."
„Mit magersüchtigen Hüften willst du die Leute beeinflussen?"
„Nicht beeinflussen, sondern informieren.", korrigierte Doris. „Ich stelle Produkte vor, die den Frauen ein besseres Gefühl von sich selbst geben."
„Hungerpillen und Abführmittel?"
„Quatsch, es sind Cremen und Gels mit natürlicher Wirkung. Schon nach wenigen Tagen ist die Haut frisch und deutlich jünger."
„Welch ein Blödsinn", sagte Carola. „Die Haut kann von außen nicht jünger gemacht werden. Das geht nur von innen."
„Klar, deswegen biete ich zusätzlich zur Creme diese Drops an."
Doris stellte ein Döschen auf den Tisch. „Davon jeden Morgen zwei Stück, und du siehst in zwei Wochen um fünf Jahre jünger aus."

„Gibt es tatsächlich Frauen, die diesen Schwachsinn glauben?", fragte Carola.

„Ich mache keine falschen Versprechungen", verteidigte sich Doris. „Ich übertreibe auch die Retusche nicht, man muss für die Vierzigjährigen glaubwürdig bleiben. Diese Zielgruppe ist ja besonders sensibel, nicht wahr?"

Ihr Blick glitt prüfend an Carolas Körper entlang. Ohne zu fragen, drückte sie den Fotoauslöser ihres Handys. Ein paar flinke Wischer über dem Display genügten, um aus Carola eine attraktive Dreißigerin zu machen. Weniger Fältchen um die Augen, glatter Teint, schmäleres Gesicht.

„So könntest du aussehen", sagte Doris ermunternd. „Wohlgemerkt ohne Retusche. Du müsstest nur ein wenig dafür tun."

„Deine Pillen schlucken oder was."

„Eine glättende Creme würde genügen", empfahl Doris. „Ich gebe dir eine, die über Nacht die Fältchen mit spezieller Fettlösung füllt. Der Effekt am nächsten Morgen ist überwältigend."

„Soll ich jetzt täglich meine Fältchen beobachten? Ich mach mich doch nicht lächerlich."

„Es reicht, wenn du dein Selbstbild vom Handy ein wenig korrigierst", meinte Doris. „Und dich dann langsam deinem Wunschbild annäherst. Es funktioniert, das sagen mir tausende zufriedene Follower."

„Und du selbst hast du es auch so gemacht? Als ich deine Fotos gesehen habe, dachte ich, du seiest ernsthaft krank."

„Ich habe mich noch nie so wohl gefühlt", lachte Doris. „Es tut gut, den Menschen zeigen zu dürfen, wie man sein Selbstbild verbessern kann. Eine gute Figur zu machen, ist seit Jahrtausenden ein Grundbedürfnis der Menschen. Mit meiner Arbeit helfe ich ihnen."

Sie nahm Carola das Versprechen ab, zum Follower auf ihrem Instagram-Portal zu werden, regelmäßig die Produkte anzusehen, hin und wieder ein Designerstück zu bestellen, zumindest eine Gesichtscreme gegen das Altern. Auf jeden Fall sollte sie positives Feedback geben und die Produkte weiter empfehlen.

„Du wirst den Kauf nicht bereuen", sagte Doris zum Abschied. „Danke, bist echt eine Freundin."

Sie blieb noch sitzen, um, wie sie sagte, weitere Interessenten an der Gorrilez-Tasche zu empfangen, alles Kundinnen aus der High Society.

Im Aufzug nach unten atmete Carola immer wieder aus, um die zwanghafte Energie abzuschütteln, die sie in diesem Lokal befallen hatte. Sie brauchte einen Ort abseits der morschen Vergänglichkeit des Designs und seiner Schöpfer. Über den bevölkerten Stephansplatz steuerte sie automatisch zum Riesentor des Domes. Drinnen umfing sie die kühle, von Weihrauch gesüßte Luft wie ein beruhigender Schleier. Lange war sie nicht in der Kirche gewesen. Die jahrhundertealten Statuen der Heiligen erzählten von der Sehnsucht des Menschen nach innerem Frieden, nach Ruhe und Schönheit.

Sie setzte sich in eine der Bankreihen hinter der berühmten Pilgramkanzel. Die Opulenz und gleichzeitige Schlichtheit dieses gotischen Kunstwerkes ergriff sie nach Jahren immer noch. Wie viel Zeit und Arbeit an den eigenen Fähigkeiten musste ein Künstler aufbringen, um so ein Opus zu schaffen? Dagegen wirkte die Handtasche eines Designers wie die Sünde am kreativen Talent, das dem Menschen vom Schöpfer geschenkt wurde. Es an eitlen Tand zu verschwenden, musste sich unweigerlich mit Gefühlen der Sinnlosigkeit rächen. Vor allem bei jenen, die das sogenannte Kunstwerk nicht mal geschaffen, sondern nur aus Gier erworben hatten.

Carola fragte sich, was mit Doris geschehen war. Glaubte sie wirklich, als Influencerin glücklich zu werden? Anderen auf subtile Weise einzureden, sie seien wertlos, wenn sie bestimmte Dinge nicht besäßen? Andererseits konnte so ein schlichtes Gemüt beneidenswert sein. Von Menschen wegen einer Tasche geliebt zu werden, genügte als Lebensinhalt. Zum Inszenieren einer heilen Welt brauchte man lediglich genügend Follower, die einem glaubten.

16.

„Jetzt ist die Katze endlich aus dem Sack!"

Mit erhobenen Armen stürmte Specht ins Redaktionszimmer. Auf seinem kahlgeschorenen Kopf glänzten die haarlosen Stellen wie störrische Fettflecke. Um den ovalen Tisch war fast die ganze Mannschaft versammelt. Sechs Moderatoren, vier Redakteure, eine Praktikantin. Aus der kleinen Wandbox tönte Rickys Moderation von „Vorstadtkicker". Sein verbaler Kampf mit einem Hörer, der Videoschiedsrichter im Fußball für absoluten Schwachsinn hielt, drohte zu eskalieren. Specht drehte den Lautsprecher leise und ließ sich auf seinen Stuhl am Tischende fallen. Die flexible Rückenlehne ächzte bedrohlich unter seinem Schwung.

„Entschuldigt die Verspätung, das war eine Monstersitzung. So eine Zitterpartie habe ich noch nie erlebt. Aber wir haben ihn. Habemus papam!"

Der so Geheiligte war der neue Generaldirektor, samt zwei Beisitzern soeben ins Amt gewählt. Monatelange Streitereien waren vorausgegangen, da Müller-Cerussi den alleinigen Vorsitz beanspruchte. Schlanke Verwaltung, schlanke Strukturen, schlankes Budget waren die Argumente für seinen Egotrip. Vorgaben des Medienrechts interessierten ihn nicht. Oder er tat so in der Hoffnung, dass hierzulande alles ein wenig lasch betrieben wurde. Noch immer hatte er die Geldflüsse zur Gründung des Senders nicht offengelegt. In seinem Verständnis von freier Marktwirtschaft waren Konten Privatsache. Inzwischen ermittelte die Staatsanwaltschaft gegen ihn wegen des Verdachts auf Geldwäsche.

Um den Sender aus der Schusslinie zu nehmen, verzichtete er schließlich auf den Solovorsitz. Ein unabhängiges Gremium hatte nun ein Dreierdirektorium für den Sender gewählt. Als Bewerber waren nur Fachleute aus Wirtschaft und Medien zugelassen. Alles passierte unauffällig innerhalb weniger Wochen, sodass die Öffentlichkeit nichts mitbekam.

In der Redaktion wollte niemand über die Wahl diskutieren. Die eigene Meinung zu äußern, könnte später den Rauswurf bedeuten.

„Das Ganze ist zu undurchsichtig, um etwas Klares zu sagen", wurde zum Standardspruch der Redakteure, wenn jemand von auswärts etwas über die Personalrochaden bei Beta 8 wissen wollte.

Umso gespannter warteten alle in der Redaktionssitzung auf Spechts Meldung über die Wahl. Seine gute Laune ließ auf seine gesicherte

Zukunft als Chefredakteur schließen. Die neuen Oberbosse waren ihm wohlgesinnt. Nicht allen Gesichtern in der Runde war Begeisterung anzusehen.

„Und, wer ist es?", fragte Frank in die unangenehm werdende Stille.

„Müller-Cerussi als Direktor", berichtete Specht. „Palwata und Sietzen als Co-Direktoren. Eine Traumbesetzung für uns. Ihre Vorstellungen über den Sender sind ganz auf unserer Linie."

Welche Linie das sein sollte, sagte er nicht. Die beiden Co-Direktoren waren Männer aus der Wirtschaft, die von Finanzen viel und von Radio wenig Ahnung hatten. In ihren Händen sollten für die nächsten vier Jahre alle Entscheidungen über Geld, Personal und Programm des Senders liegen. Dass Müller-Cerussi die Finanzen abgegeben, aber weiterhin ein großes Wort beim Programm mitzureden hatte, war allen klar.

„Ein Triumvirat", sagte Carola enttäuscht. „Keine einzige Frau in der Chefetage. Hat sich keine beworben?"

„Keine Ahnung, da habe ich nichts mitzureden", erwiderte Specht. „Wahrscheinlich war keine ausreichend qualifiziert."

„Oder sie lassen keine Frau in ihre Männerliga", mutmaßte sie. Dass Specht bei der Wahl hinter den Kulissen mitgemischt hatte, vermuteten alle.

„Für uns ist nur eines wichtig", sagte er, „dass unter dieser Führung alle Sendeformate erhalten bleiben. Voraussichtlich."

Die Gesichter der Redakteure verfinsterten sich, niemand stellte eine Frage.

„Wisst ihr, dass es in den Medien noch schlimmer ist als in der freien Wirtschaft?", meldete sich Carola. „An der Spitze sitzen fast nur Männer."

„Nicht schon wieder dieses Thema", stöhnte Micha, der extra zur Sitzung gekommen war. Seine Moderation von „Absacker" begann erst um 22 Uhr. „Ich habe heute echt keinen Bock auf Genderquatsch."

„Die Medien sind ein noch schlimmerer Machohaufen als die Wirtschaft", fuhr Carola fort. „Mit dem einzigen Unterschied, dass bei uns der Sumpf noch tiefer ist."

„Was soll das, kommst du jetzt mit Frauenquoten?", unterbrach Frank. „So ein Schwachsinn hätte uns gerade noch gefehlt."

Vermutlich war er von Specht wieder einmal angewiesen worden, die Debatte im Team kurz zu halten. Auf Du-Ebene ließen sich protestierende Kollegen besser stoppen.

„Klar, eine Frau als Direktorin würde den Finanzen von Anfang an auf die Finger schauen", meinte Carola unbeirrt. „Es ist wie in der Wirtschaft, ganz oben machen die Männer alles untereinander aus."

„Bitte keine Vergleiche mit der Wirtschaft", verwahrte sich Specht. „Mit diesen Kriminellen haben wir nichts zu tun."

„Außer, dass wir ihr Geld nehmen", gab sie zurück.

„Was wollen Sie damit sagen?"

„Das wissen Sie genau. Mit welchem Geld ist dieser Sender entstanden?"

„Alles legal, das haben die Behörden längst geprüft. Sogar die Krawallpresse musste das einsehen."

„Warum ermittelt dann die Staatsanwaltschaft?", ließ Carola nicht locker.

„Bitte, hör auf!", rief Frank. „Das ist alles nicht unser Bier. Oder willst du den Ast absägen, auf dem wir alle sitzen?"

„Vielleicht ist dieser Ast eine morsche Betrugsstory", entgegnete sie. „Immerhin waren die beiden neuen Chefs früher in der Autoindustrie tätig, noch dazu in Deutschland. Jetzt sitzen sie plötzlich bei uns im Vorstand. Komisch, oder?"

„Wäre dir lieber, sie hätten früher Damenstrümpfe produziert?", spottete Frank. „Dann wären unsere Bosse sicher Frauen."

„Haha", machte sie. „Vielleicht hat man die beiden wegen krimineller Manipulationen gefeuert, und jetzt finden sie bei uns offene Arme. Hat das mit Geld zu tun?"

„Das war eine legale Wahl", empörte sich Specht. „Hören Sie auf, dem Sender Kuppelei mit der Wirtschaft zu unterstellen."

„Ich stelle nur Fragen", erwiderte sie. „Wieso haben wir im Vorfeld nichts über das Wahlgremium erfahren? Weil wir recherchiert und vielleicht etwas Faules gefunden hätten?"

„Falsch", konterte Specht. „Weil es schnell gehen musste und wir ungestört den Sendebetrieb weiterfahren wollten. Sie wissen, wie schnell

die Skandalpresse jeden Blödsinn zu einer Staatsaffäre macht. Das brauchen wir nicht. Es geht hier um die rein rechtliche und administrative Verfassung des Senders."
„Klingt gut", lachte Carola. „Harmlos wie immer, wenn Geld und Macht im Spiel sind."
„Hast du ein Problem mit Autoritäten?", spielte Frank ihr den Ball zurück. Sie zwinkerte ihm zu.
„Nicht, wenn sie durch ihre Fähigkeiten in gute Positionen kommen. Figuren der Vetternwirtschaft sind mir zuwider. Verstehst du, was ich meine?"
Frank sah suchend zu Specht. Dass dieser ihn nicht wegen journalistischer Fähigkeiten zu seinem Assistenten gemacht hatte, war in den vergangenen Monaten offensichtlich geworden. Sie waren zwei Verbündete, die einander brauchten.
„Tja, je heikler die Position, umso mehr Männern ist man verpflichtet", orakelte Carola.
„Was unterstellen Sie den Direktoren?", fuhr Specht hoch.
„Dass hier irgendetwas vertuscht werden soll. Eine Runde ehrenwerter Männer macht einträgliche Geschäfte mit anderen ehrenwerten Männern. Vielleicht schuldet der eine dem anderen etwas. Ob es um manipulierte Abgaswerte von Autos oder um Postenschacher in den Medien geht, ist egal. Es sind Deals unter größter Verschwiegenheit, dem Ehrencodex unter Männern. Frauen sind unerwünscht."
„Halleluja", gähnte Micha. „Müssen wir jetzt wieder deinen Männerhass ertragen?"
„Ich halte nur nüchterne Tatsachen fest", entgegnete sie. „Die größten Fälle von Korruption und Misswirtschaft wurden von Männern begangen."
„Mit Frauen in der Vorstandsetagen wäre so etwas nicht passiert, weil Frauen ja viel ehrenwerter sind", spottete Micha, den solche Themen rein gar nicht interessierten. Sein Revier waren nächtliche Drinks samt dazugehörigem Publikum.
„Ich stelle mir die illustre Herrenrunde vor", phantasierte Carola. „Bei Scotch und Zigarren haben sie den großen Deal geplant, dabei Nabelschau betrieben und sich gegenseitig auf die Schulter geklopft.

Gut gemacht, Jungs, Millionen verdient, wenn´s rauskommt, zahlt die blöde Öffentlichkeit."

„Ist schon gut, Frau Melchior", sagte Specht väterlich. „Wir sind kein Autokonzern, wir sind ein kleiner Radiosender. Unsere Aktie geht nicht an die Börse, also beruhigen Sie sich."

„Ich bin ruhig", lächelte sie ihn an. „Mich wundert nur, dass wir diese Männer als unsere Bosse fraglos akzeptieren. Falls Müller-Cerussis Geld wirklich aus unseriösen Quellen kommt, kann dieser Skandal uns alle wegblasen."

„Und, was sollen wir deiner Meinung nach tun?", fragte Frank.

„Eine Frau in den Vorstand wählen", erwiderte sie.

„Woher willst du wissen, dass eine Frau sich skrupellosen Machenschaften nicht anschließt?"

„Jedenfalls nicht ohne Widerspruch. Frauen stecken nicht in Spielregeln fest, sondern hinterfragen und widersprechen. Frauen denken quer."

„Falls sie überhaupt denken", lachte Micha. Bobi, Julia und Carola schickten ihm ein mitleidiges Lächeln. So ein rückständiger Sager war nicht mal Widerspruch wert. Er wusste das und provozierte absichtlich. Seine ironischen Bemerkungen wetteiferten mit Spechts unverhohlener Frauenfeindlichkeit. Solange Frauen im Team angepasst waren, konnten sie mit seiner Unterstützung rechnen. Er gab den charmanten Kavalier, war hilfsbereit und rücksichtsvoll. Zeigte eine Frau Überlegenheit, wurde er zynisch und grob. Sein eitles Ego ertrug nichts weiblich Stärkeres über sich.

Carola hasste seinen gönnerhaften Ton, der sie an Oliver erinnerte. Wenn sie für etwas leidenschaftlich eintrat, sich mit guten Argumenten durchsetzte, kam er mit beschwichtigenden Worten. In Wahrheit wollte er sie heruntermachen, um seine Unterlegenheit zu überspielen. Die Kollegen in der Redaktion hatten längst gemerkt, dass Specht gegen Carolas Argumente nicht ankam. Sie schwiegen, um ihn nicht zu reizen.

„Die Medien sind längst kein Machohaufen mehr", erklärte er. „Die wichtigsten Moderatoren im Fernsehen sind Frauen. Und die wichtigste Moderatorin im Radio ist eine Frau, wie Sie alle wissen."

Carola hatte keine Lust, ein geschmeicheltes Gesicht aufzusetzen. „Jaja, und wer entscheidet, ob und wie lange ich dort sitzen darf?", fragte sie. „Hatten wir schon mal eine weibliche Chefredakteurin?"
„Dann setzten Sie mich ab und bewerben sich", lachte Specht.
„Gute Idee, welche Chancen auf Erfolg habe ich?"
„Die besten. Ein unabhängiges Gremium entscheidet."
„Bestehend aus wie vielen Frauen?"
„Ich kann nichts dafür, dass dort keine Frauen sitzen", sagte er mehr zufrieden als entschuldigend. „Dieses Gremium arbeitet ehrenamtlich, sie haben Jobs in anderen Bereichen."
„Acht Männer, null Frauen, ein guter Schnitt", lobte sie.
„Als Chefin kannst du dann endlich Frauenquoten einführen", schlug Frank vor.
„Klar, freiwillig geben die Bosse ihre Macht nicht her."
„Es steht Ihnen frei, Frau Melchior, sich für den Posten der Generaldirektorin zu bewerben", wollte Specht die Debatte beenden. „Noch läuft die Frist für die Anfechtung dieser Wahl."
„Haben Sie eine Liste?", fragte sie.
„Wie bitte?"
„Eine Liste von Kriterien der Qualifikation für den Direktorenjob. Oder geht es nach Körpergröße?"
„Du lebst im achtzehnten Jahrhundert", höhnte Frank. „Gute Frauen sind längst gleichberechtigt. Es gibt halt wenige gute. Natürlich geht es bei der Besetzung wichtiger Posten nur um Qualifikation."
„Schön gesagt", wandte sich Carola wieder an Specht. „Also, nach welchen Kriterien wurden diese Stellen besetzt?"
„Ich gehöre nicht zu den Entscheidern, aber Sie erfahren sicher Näheres im Vorzimmer der Chefetage."
Sein Augenflackern verriet Anspannung. Hatte er Angst, sie könnte die Wahl des Direktoriums wirklich anfechten? Sich sogar als neue Chefin bewerben? In den letzten Wochen war ihr dieser Gedanke öfter gekommen. Die Diskussionen mit Oliver über gerechte Aufteilung der Familienarbeit führten zu nichts. Sein Vorpreschen in der Karriere war ihm so selbstverständlich wie das Abwälzen der familiären Pflichten auf sie. Er verdient mehr, sie arbeitete mehr, zu fünfzig Prozent unbe-

zahlt für Kindererziehung, Management der Familie einschließlich des psychologischen Gleichgewichts von Mann und Kindern. Die Rechnung ging eindeutig zu ihren Lasten. Und auf ihr Gemüt. Mit diesen Erfahrungen konnte sie den Job als Senderdirektorin locker schaffen.
„Da gibt es klare Auswahlkriterien, die du sicher nicht erfüllst", kam Frank seinem verunsicherten Chef zu Hilfe. „Die tragen große Verantwortung, entscheiden über riesige Geldsummen. Das erfordert andere Kompetenzen."
„Ja, Skrupellosigkeit und andere Skrupellose, die einen nicht anzeigen", erwiderte sie. „Wurden die drei zu Direktoren bestellt, weil sie die krummen Geldflüsse gedeckt haben?"
„Fangen Sie nicht schon wieder an", drohte Specht. „Sonst bekommen Sie ganz schnell eine Verleumdungsklage."
„Von Ihnen?"
„Ich bin besorgt um Sie, Carola. Die da oben verstehen keinen Spaß." Dass er selbst in die Ermittlungen gegen Müller-Cerussi verwickelt sein könnte, war in der Redaktion ein Tabu. Er habe davon aus den Medien erfahren, beteuerte er auf Anfrage, und sei darüber entsetzt gewesen. Außerdem gelte für alle die Unschuldsvermutung.
„Also, wo ist die Liste?", fragte sie.
„Was?"
„Die Liste mit Qualifikationen für den Direktorposten. Ihr habt keine, weil es keine gibt. Für Topjobs werden nicht die objektiv Besten ausgesucht, sondern Leute, die denjenigen passen, die schon in diesen Topjobs sitzen. Und das sind Männer."
„Dein Männerhass ist echt langweilig", stöhnte Micha. „Ist dein Alter zuhause so eine Niete?"
„Weniger als du", lachte sie. „Jedenfalls hat er kapiert, dass die Führungsetagen geschlossene Denkbüchsen sind. Auf sich bezogen, beschränkt und unreflektiert. Da sind Querdenkerinnen unerwünscht, die Frischluft ins modrige Gehege bringen könnten."
„Wir sind keine politische Partei", protestierte Specht. „Wir sind ein innovativer Sender, der von Frischluft lebt. Neue Ideen sind unser Brot. Wie ihr wisst, betreiben wir seit kurzem auch einen Fernsehender. Mehr als die Hälfte unserer Moderatoren sind Frauen."

„Frauen als Garanten für Frischluft!", spottete Micha.
„Ohne die ihr ersticken würdet", ergänzte Julia und stand auf, um ein Fenster zu öffnen. Sie hatte die ganze Zeit schweigend die Tastatur ihres Notebooks bearbeitet, nur gelegentlich erstaunt hochblickend. Jetzt reichte es ihr.
„Vielleicht ist euch aufgefallen, dass immer ich oder Bobi die Fenster öffnen. Euch ist es völlig egal, wenn wir in der Sitzung ersticken."
Die Männer in der Runde sahen ratlos drein. Offene Fenster schienen ihnen selbstverständlich.
„Da fällt euch nichts ein, was?", versetzte Julia. „Weil es für euch normal ist, dass Frauen die gewöhnliche Arbeit machen, die wichtig ist, zu der ihr aber keine Lust habt. Ihr wollt die Führung über die arbeitenden Ameisen. Männer sind Entscheider, Männer haben das Geld in der Hand, egal, wie unfähig sie damit umgehen. Wer kennt bei den privaten Sendern eine Frau als Intendantin?"
Jemand nannte einen Sender in Frankreich.
„Bewerbt euch doch alle als Generaldirektorinnen", sagte Specht genervt. „Ein Triumfeminat, echt super."
„Super schwachsinnig. Dieses Gendern geht mir echt auf den Geist", machte sich Micha Luft.
„Dann schaff deinen Geist ab", schlug Julia vor. „Da hast du wenig zu tun."
„Wisst ihr was?", ging Rudi dazwischen, dessen Stimme immer im richtigen Moment kam. Sein rauchiger Tonfall gab der Frühsendung „Espresso" etwas schläfrig Unpassendes, das die Hörer liebten.
„Ich schlage vor, die Frauen des Senders richten eine Petition an das Direktorium. Darin stehen klare Qualifikationen für den Direktorposten. Querdenken extra erwünscht, Außenseiterinnen werden bevorzugt. Dann schauen wir mal, was passiert."
Carola sah ihn erstaunt an. Endlich einer, der außerhalb der Schachtel dachte. Und es zu äußern wagte.
„Gar nichts wird passieren", wusste Julia. „Die Eliten halten zusammen. Eine Hand wäscht die andere. Jeder sagt und tut das Gleiche, auch wenn er etwas anderes denkt. Irgendwann denkt keiner mehr, weil eh alles Mainstream ist. Und alle reden von Kreativität."

„Immerhin haben sie keine linksliberalen Dummköpfe ins Direktorium gewählt", schloss Specht erneut die Diskussion.
„Sondern Glatzköpfe, denen die Assistentin Kaffee macht", ergänzte Carola. Er sah sie böse an.
„Hören Sie auf, hier holt sich jeder seinen Kaffee selbst."
„Auch Sie?"
„Ich trinke keinen Kaffee."
„Nein, den Tomatenjuice bringt Ihnen Bobi jeden Tag mit Salz und frisch gemahlenem Pfeffer obendrauf. Bitte nicht umrühren."
„Das macht sie freiwillig. Niemand zwingt sie dazu."
„Natürlich nicht. Assistentinnen muss man nicht zwingen. Deswegen sind sie ja Assistentinnen."
„Bobi wird auch für Sie einen Juice holen, nicht wahr, Bobi?"
Bobi schaute unsicher zu Carola, die dankend abwinkte.
„Also, wo ist das Problem?", fragte Specht.
„Dass ich das nicht erwarte, schon gar nicht fordere", sagte Carola.
„Vielleicht ist genau das dein Problem", meldete sich Frank. „Wenn du von deiner Assistentin einen Juice verlangen würdest, wärst du entspannter."
„Es ist im Kleinen wie im Großen", stimmte Specht zu. „Das Problem der Frauen ist, dass sie nicht fordern, sondern sich anpassen. Sie wollen den Konsens, den Kompromiss, die Harmonie. Das liegt in der weiblichen Natur."
„Wie bitte?", fuhr Monika hoch, die als Praktikantin erst vor Kurzem ins Team gekommen war. „Weibliche Natur, was soll das sein?"
Alle Köpfe drehten sich erstaunt zu ihr. Bisher hatte Monika bei den Sitzungen immer still mitgeschrieben. Jetzt sah sie kämpferisch in die Runde, offenbar entschlossen, ihren Rauswurf zu riskieren.
„Wo bin ich hier gelandet?", rief sie. „In einer Machorunde, wo die Gockel zusammenhalten wie Ritter der Tafelrunde? Soll da eine intelligente Frau mitmachen?"

17.

Specht und Müller-Cerussi kannten einander seit ihrer Zeit in den USA, wo beide bei einem populären Talk-Sender in San Francisco gearbeitet hatten. Specht machte ein Praktikum im Rahmen seines Auslandsstipendiums für Politikwissenschaft. Schon bald freundete er sich mit dem Moderator Müller-Cerussi an, dessen Assistent er wurde. Müller-Cerussis Großmutter war im Krieg als junge Frau von Wien über London nach Amerika geflüchtet. Als glühende Bürgerin der Neuen Welt war sie von deren Größe und Freiheit fasziniert. Das Leben selbst gestalten zu können, egal, wie arm man war, ohne Vetternwirtschaft, nur mit den eigenen Fähigkeiten, war ihr aus dem bürgerlichen Wien unbekannt. Sie zog weit nach Westen, heiratete einen Kalifornier, der sein Geld als Arbeiter auf einer Bohrinsel im Pazifik verdiente. Später bauten sie gemeinsam ein erfolgreiches Immobilien-Business auf, erwarben Häuser, Grundstücke und das Bewusstsein, mit Arbeit alles schaffen zu können. Aus dem Alten Kontinents behielt die Großmutter Bildung als den höchsten Wert, der den Menschen vor kulturlosem Hass bewahrte.
„Verhetzung der Massen entsteht auf dem Boden von Dummheit", pflegte sie ihren Kindern zu sagen. „Ungebildeten Menschen kannst du alles erzählen, du musst nur gut reden können. Wenn es den Leuten schlecht geht, fressen sie jeden Unsinn, um sich nicht mehr minderwertig zu fühlen."
Dass Bildung einen nicht vor dem todbringenden Mob schützen konnte, sagte sie nicht dazu. Mit ihrem Enkel Lyndon sprach Großmutter nur Deutsch. Neben dem Hunger nach Bildung vererbte sie ihm auch die Sehnsucht nach Wien. Sie selbst kehrte nie wieder zurück.
Der junge Lyndon Müller-Cerussi war sprachbegabt und unternehmungslustig. Ins Immobiliengeschäft seiner Familie einzusteigen, interessierte ihn nicht. Nach dem College begann er als Reporter bei einem Radiosender in San Francisco, wo sein Sprechtalent schnell entdeckt wurde. Als Moderator der täglichen Talkshow „Blue Wave" gewann er schnell eine breite Hörerschaft. Sein provokanter Redestil empörte oder begeisterte die Hörer, die am Telefon heftig mit ihm

stritten. Zum Anheizen von Debatten war ihm kein Thema zu langweilig. Die immer noch vorhandene Rassendiskriminierung an der Universität kam ebenso dran wie das viel zu teure Leben in der Stadt oder die Nahostpolitik des damaligen US-Präsidenten. Bei heiklen Themen wählte Müller-Cerussi diplomatische Worte, um unparteiisch zu erscheinen. Dank seines feinen Gespürs für Menschen fand er den richtigen Ton, egal, ob er den Hörer intelligent oder idiotisch fand.

Als 2001 die Nachricht kam, dass mörderische Flugzeuge in die New Yorker Zwillingstürme gerast waren, stand der kleine Sender in San Francisco für einige Minuten still. Lyndon Müller-Cerussi unterbrach seine Diskussion mit der jungen Linda über schonende Anbaumethoden des Weines im nahegelegenen Nappa Valley. Das Thema interessierte niemanden mehr. In den folgenden Wochen diente das Talkradio hitzigen Diskussionen, wie sich die USA vor Terroristen schützen sollten.

In dieser Zeit absolvierte der junge Journalist Specht aus Wien sein Praktikum in der Redaktion. Nächtelang diskutierte er mit Müller-Cerussi über die Todesstrafe, den Sinn von Folter und Krieg als Lösung von Konflikten. Oft gerieten sie aneinander, da Lyndon die Österreicher in der Weltpolitik für inkompetent hielt.

„Habt Ihr überhaupt eine Armee?", fragte er einmal.

„Nein, wir schießen mit Steinschleudern, in denen Atomköpfe sind", antwortete Specht. „Natürlich haben wir eine Armee, du arroganter Idiot."

Sie verstanden sich gut. In Müller-Cerussi köchelte immer noch die Sehnsucht, eines Tages im weit entfernten Wien zu leben. Als Moderator machte er eine Sendung auf Deutsch und knüpfte Radiopartnerschaften zwischen San Francisco und Wien, die einander Redakteure und Praktikanten schickten.

Specht blieb in Kalifornien, um sein Studium zu beenden. Kurz vor Ausbruch des Irakkrieges verließ Müller-Cerussi den Sender, da er nicht neutral moderieren wollte. Seine wahre Meinung zu äußern, schien ihm in diesen Zeiten zu gefährlich. Im Immobiliengeschäft seines Vaters war das Geld leichter zu verdienen.

Die Freundschaft mit Specht hatte seinem Traum von Wien neue Nahrung gegeben. Sie beschlossen, gemeinsam ein Talkradio nach kalifornischem Vorbild zu gründen. Das wahre Lebensgefühl der Menschen, abseits der medialen Zwangsbeglückung, sollte ausgestrahlt werden.
Um als Bewerber für eine Radiolizenz in Österreich ernst genommen zu werden, musste Specht nach seiner Rückkehr erst einmal Erfahrungen im Mediengeschäft sammeln. Es vergingen einige Jahre, bis es endlich klappte. Spechts politisch gut vernetzter Onkel gab ihm einen Tipp für die neu besetzte Medienbehörde. Im zweiten Anlauf und mit neuem Inhalt wurde seine und Müller-Cerussis Bewerbung um die Lizenz für ein Privatradio angenommen. Die Reichweite der Frequenz erstreckte sich zunächst nur auf Wien, Niederösterreich und Teile des Burgenlands.
Ob der unerwartete Erfolg der Radiomacher durch politische Kontakte möglich geworden war, wurde nicht öffentlich, ebenso wenig die genaue Herkunft des Startkapitals. Müller-Cerussis Vater hatte im Immobiliengeschäft ein Vermögen gemacht und dem Sohn einiges hinterlassen. Ob es aus Spekulation mit Immobilien oder der Vergabe von Krediten stammte, blieb unklar.
Binnen weniger Wochen entstand im obersten Stock des neuen Einkaufszentrums in Wien-Kagran ein modernes Studio. Radio Beta 8 bekam Specht als Chefredakteur und Müller-Cerussi als Geschäftsführer. Den Programmdirektor übernahm er aus Mangel an geeigneten Bewerbern.
Auf die Frage, für wie lange der Kalifornier sein Projekt in der Alpenrepublik plane, gab er immer die gleiche Antwort: „So lange, bis ich den amerikanischen Akzent abgelegt habe. Dann verschwinde ich."
Vor dem Sendestart kursierten in Boulevardmedien abenteuerliche Gerüchte, bis hin zu kriminellen Geldquellen, zu deren Reinwaschung der Sender gedient haben sollte. Ein von den Radiomachern selbst lancierter PR-Gag, wie Insider vermuteten.
„Alles medienrechtlich völlig legal und transparent, Österreich ist keine Bananenrepublik!", empörte sich Müller-Cerussi in Interviews. Er war ein Showman und brillanter Rhetoriker, dem selbst in Deutsch

nie die Worte fehlten. Binnen weniger Monate avancierte er in Wien zur geheimnisumwitterten Kultfigur, die der Boulevardpresse reichlich Futter gab. Dass die Radiokonkurrenz Gerüchte über die Seriosität seines Senders streute, kam ihm sehr gelegen.

„Dies ist ein wunderbares Land", befeuerte er die Verschwörungsküche. „Aber wehe, jemand will etwas Neues machen und alte, liebgewonnene Strukturen aufmischen. Dann ist es hier die Hölle. Wir freuen uns darauf."

Beta 8 lief von Beginn an mit stetigem Hörerzuwachs. Das war auch nötig, denn – laut Krawallpresse – war es nur ein Pilotprojekt, das von den undurchsichtigen Kapitalgebern ein Jahr Schonfrist bekommen hatte. Danach musste sich der Sender durch Werbung selbst finanzieren, um spätestens in zwei Jahren deutliche Profite abzuwerfen. Dass diese nicht in Österreich bleiben, sondern zu den mafiösen Geldgebern ins Ausland fließen würden, war für die Skandalblätter ein klares und gefundenes Fressen.

„Alles Fake News, die perfekte Werbung für unseren Sendestart", frohlockte Müller-Cerussi vor den frisch angeheuerten Moderatoren. Alle nickten eifrig, ohne wirklich zu wissen, was er meinte. Die erste Versammlung fand auf dem einzigen schon getrockneten Betonstreifen des neuen Studios statt. Computer und technisches Equipment waren noch nirgends zu sehen. Keine Stühle, keine Tische, Notizen musste man im Stehen machen. Manche fragten sich, ob der Glaskasten inmitten der Baustelle wirklich nur als improvisiertes Büro des Chefs diente. Vielleicht war es in Wahrheit das Studio, das minimalistisch betrieben werden sollte, als Zeichen erfolgreicher Digitalisierung. Die Höhne in den Sozialen Medien konnte man sich vorstellen.

„Überlebenskampf bei Beta 8. Neuer Sender sperrt Redakteure in Glaskabine!"

Ein solches Szenario hielt die versammelte neue Mannschaft für durchaus wahrscheinlich. In manchen Gesichtern wechselte Belustigung mit Wut, dass man auf einen Scharlatan hereingefallen war. Vielleicht war das Ganze nur ein Werbegag für irgendein bescheuertes Label, das die Gratiszeitungen für ihre Schlagzeilen bezahlte.

Müller-Cerussi schien die Verwirrung zu genießen. „Don´t worry, alles wird wunderbar, wir schlagen die Schmierfinken mit ihren eigenen Waffen", verkündete er. „Unser Stil ist Offenheit und Transparenz. Damit werden wir zum beliebtesten Sender der Österreicher werden. Nicht mit Lügen und bösartigen Witzen, sondern mit niveauvoller Unterhaltung."
Die Neuen sahen einander gespannt an. Endlich kam etwas halbwegs Seriöses vom neuen Arbeitgeber. Seine Stimme klang nüchtern und professionell.
„Unser Programm wird direkt am Menschen sein, sie in ihrem Alltag abholen wie eine Tonspur, die mitten durchs Volk läuft. Do you understand, was ich meine?"
Erneut nickten alle im Gleichtakt. Jede Stunde sollten kurze und knappe fünf Minuten News sein, alles Übrige Talk, manchmal mit einem Studiogast, meist mit den Hörern.
„Ich will kein braves Abspulen von Themen, wie es andere Langweiler tun. Wir wollen Betroffenheit auslösen und Betroffene erreichen. Unsere Hotline ist der Ort der Geborgenheit und Aussprache. Die Leute werden unsere Nummer im Smartphone gespeichert haben, um uns jederzeit anzurufen."
Seine tadellose deutsche Grammatik schlug sich mit dem amerikanischen Akzent.
„Sorry, I am not a Wiener, aber meine Großmutter, she was a great lady."
Die Stimmung in der Gruppe lockerte sich. Specht stand etwas abseits und beobachtete schweigend die neue Truppe. Seine Rolle als Chefredakteur schien ihm nicht sehr angenehm zu sein.
„Sollen wir die Alternative zu Hasspostings im Internet sein?", fragte Micha, der spätere Moderator des nächtlichen „Absacker".
„Schluss mit Hasspostings", verkündete Müller-Cerussi. „Sie sind Ausdruck der Hilflosigkeit der Menschen, die nicht wissen, wohin mit ihrem Frust. Wir sind die Alternative zum zahnlosen Ombudsmann. In diesem braven Land raunzen alle, aber keiner will dem anderen wirklich auf die Füße treten. Erst, wenn man anonym bleiben darf, bricht der feige Hass richtig los. Bei uns darf jeder reden, aber je-

der Anrufer wird registriert, bevor wir ihn On Air schicken. Er kann sagen, was er oder sie will, bleibt aber nicht anonym."

Das klang kämpferisch und klar, keine „Ähs" und „Ohs" störten den Fluss der Worte. Offensichtlich hatte er die Punkte seiner Rede auswendig gelernt. Die skeptischen Blicke der Redakteure entgingen ihm nicht.

„Ich weiß, dass die Menschen in Wien anders ticken als in San Francisco. Aber keine Sorge, ihr werdet sehen, wie die Hörer in Scharen anrufen. Das Einzige, was anonym bleiben soll, sind die Familiennamen unserer Moderatoren. Wir wollen niemanden gefährden."

Die Einschulung dauerte knapp zwei Wochen. Als professioneller Moderator kannte Müller-Cerussi Techniken und Tricks, um die Moderation spannend und kurzweilig zu gestalten. Seine Ausführungen würzte er mit Einlagen, in denen er schlechte Moderatoren parodierte.

„Meine Damen und Herren, ich begrüße Sie heute mit diesen Themen." So was war ein No-Go zum Einschlafen.

Die Hörer dranzuhalten, war das Wichtigste. Schon das kurze Absacken der Stimme des Moderators konnte einen Hörer zum Abschalten bewegen.

„Du musst Stammhörer gewinnen", erklärte er. „Heutzutage kann jeder tausende Dinge hören, alles unverbindlich und flach. Die Leute, ganz besonders die Jungen, sehnen sich nach etwas Verbindlichem, einer Person, die mit ihnen wirklich spricht, sie ernst nimmt, sie wertschätzt. Wenn du es schaffst, als Stimme der stabile Freund zu sein, gehört der Hörer dir. Youtube oder sonstige Plattformen können dir keine Konkurrenz machen."

Jeder verstand, was er meinte. Die Moderatoren lernten mehr nach Gefühl als nach Strategie. Sie mochten Müller-Cerussi als Trainer, der seine Anleitungen nie besserwisserisch weitergab. Wichtig waren Tricks, um mit aufgebrachten Hörern umzugehen.

„Halte es vor allem kurz", riet er. „Gib dem Rüpel keine Plattform zur Selbstdarstellung. Sei ruhig und freundlich, schalte ihn schnell off-air zum Assistenten am Telefon. Der soll ihn dann beruhigen, niemals abdrehen. Manche Leute drehen sonst durch."

Er hatte einen guten Blick für Menschen. Dass Carola für die Mittagssendung passen würde, erkannte er gleich beim Casting. Während des kurzen Trainings bestätigte sich sein Eindruck. Als sie den Vorschlag machte, ihre Sendung „Caro´s Cocktail" zu nennen, stimmte er sofort zu.
Während der Trainigsphase erstellten die Moderatoren Sendungstexte zu aktuellen Themen aus Politik und Gesellschaft, zunächst mit dem Chefredakteur, bald selbstständig. Am Tag des Sendestarts waren alle euphorisch und voll Kampflust.
„Beta 8 wird die neue Galaxie am Radiohimmel!", riefen sie im Chor, kurz bevor Müller-Cerussi und Specht zusammen den symbolischen roten Knopf „On Air" drückten. Eine Schar Journalisten umringte sie. Aus der Politik kam niemand.

Müller-Cerussi war ein kreativer Geschäftsmann, Specht sein pragmatischer Arm. Der Genius und der Stratege, eine kongeniale Verbindung. Ob sie aus Freundschaft oder Kalkül entstanden war, wussten beide nicht genau. Als Menschen waren sie sehr verschieden. Specht war kein großer Redner, der gute Ideen verkaufen konnte. Als verlässlicher Arbeiter zog er Projekte durch und hielt Flops aus. Um ans Ziel zu gelangen, bediente er sich auch unfairer Methoden. Menschen zu verletzen, war Risiko des Spiels, niemand war gezwungen, mitzumachen. Seine Position als Chefredakteur verband er mit dem Recht, die Leute im Team offen zu kritisieren oder zu feuern, wenn sie widersprachen. Das charmante Wortgefecht war nicht sein Ding. Natürlich hatte er das letzte Wort, welche Themen in die Sendungen kamen, wie der Moderator die Gäste ansprechen, wen er/sie einladen sollte.
Die Konkurrenz war hart, das Ziel klar. Hörer und Werbekunden zu bekommen, die Einnahmen zu steigern, den Sender zu den Tops in den Medien zu machen. Wie er das mit seinem Team schaffte, ging nur ihn etwas an. Bisher lief diese Strategie optimal, kein Grund, sie zu ändern.
Für Müller-Cerussi galt Specht als verlässlicher Partner, der ihn selbst immer auf den Boden der Tatsachen holte.

18.
Kurz nach der Wahl des Direktoriums von Beta 8 wählte das ganze Land endlich eine neue Regierung. Viele Wähler hätten lieber die Interimsregierung behalten, nicht nur wegen der ersten weiblichen Bundeskanzlerin. Das politische Klima im Land hatte sich beruhigt, da die Regierenden nur „verwalten", nicht gestalten wollten. Das hieß sachliche Arbeit statt gegenseitiger Blockade, kompetente Aussagen statt populistischer Sprüche. Eine Wohltat für die Bürger, die natürlich nicht von Dauer sein konnte.

Die Wahl brachte, wenig überraschend, der türkisen Volkspartei die Mehrheit. Zum Glück, was nicht jeder im Land so sah, waren die rechtsextremen Blauen so ramponiert, dass sie als Koalitionspartner nicht mehr in Frage kamen. Zum ersten Mal kamen die Grünen als Koalitionspartner zum Zuge und verpassten dem Regierungsprogramm einen ökologischen, vor allem menschlicheren Anstrich.

Einzig befremdend blieb der Plan, die vorbeugende Sicherungshaft für Asylwerber einzuführen. Die früher mitregierende rechts außen stehende Partei hatte die Saat ausgestreut und Zustimmung etlicher Wähler erhalten. Beflügelt vom lange ersehnten Machtzuwachs, hatte sie ihre rechte Gesinnung flink in die Tat umgesetzt. Migranten wurden zu illegalen Subjekten erklärt, zu Schmarotzern an unserem Sozialsystem, die noch dazu potenziell gefährlich waren. Entsprechend sollten sie behandelt, isoliert, im Zweifelsfall vorbeugend eingesperrt werden. Dass dies gegen das in der Verfassung verankerte Recht auf persönliche Freiheit verstieß, kümmerte die Rechten wenig. Da müsse halt die Verfassung entsprechend geändert werden, verkündete der damalige Innenminister. Menschenrechte seien ein Gut, das dem Wandel der Zeit anzupassen sei. Und sowieso hätte das Recht der Politik zu folgen, nicht umgekehrt.

Der empörte Aufschrei von Juristen und Medien ließ ihn nur verbal etwas zurückrudern. Die Grünen lehnten vorbeugende Sicherungshaft grundsätzlich ab, im neuen Regierungsprogramm konnten sie diesen Passus nicht verhindern. Für die türkis-grüne Regierung blieb er weiterhin eine Option. Der größere Regierungspartner sagte dazu wenig oder schwieg. Erstmals gab es steuerlich und ökologisch Er-

freulicheres abzuarbeiten. Und überhaupt sei das alles kein Problem, andere europäische Länder machten es genauso. Die innere Sicherheit sei für unser Land das Wichtigste.
„Halten die uns für blöd?", eiferte sich Carola in der Redaktionssitzung. „Sie tun, als stünde das Land vor dem Abgrund durch kriminelle Ausländer. Dabei gehört Österreich zu den sichersten Ländern der Welt. Sollen wir die geflüchteten Menschen als Verbrecher sehen?"
„Einige davon sind es sicher", erwiderte der Chefredakteur.
„Weniger als unter unseren Einheimischen", entgegnete sie. „Die meisten dieser Menschen haben selbst Angst. Sie sind vor der Gewalt in ihrem Land geflohen, dem Hunger, der unsicheren Zukunft."
„Um bei uns Leute zu erstechen, die ihnen nicht geben, was sie wollen."
Einige der Redakteure am Redaktionstisch nickten zustimmend. Carola stöhnte. Immer wieder wurde dieses Beispiel eines abgelehnten Asylwerbers angeführt, der aus Rache einen Beamten erstochen hatte.
„Den hätten die Behörden längst einsperren können", sagte sie. „Dafür gibt es auch jetzt schon Gesetze. Gefährliche Asylwerber kann man in Schubhaft nehmen, ohne gleich die Verfassung zu ändern. Aber keiner hat richtig hingeschaut, wie so oft in diesem Land."
„Ganz so einfach ist es nicht", sagte Specht, ohne auf ihr Argument näher einzugehen. „Auf jeden Fall ist die Bevölkerung verängstigt, das kann ich verstehen."
„Weil die Politiker nichts erklären, was ihnen schaden könnte. Diesen Kriminellen hätte man mit jetzigem Gesetz einsperren können, bevor er den Mord begeht. Jetzt wollen die Rechten die Verfassung ändern und reden schwammig daher, um keine Wähler zu verlieren."
„Sie sind nicht die Rechten, sondern Mitte-rechts", verbesserte Specht.
„Aber sie äffen genau das nach, was die extrem Rechten gepredigt haben. Die schauen jetzt belustigt von der Oppositionsbank zu."
Specht gähnte demonstrativ.
„Andere Länder sperren auch vorbeugend Asylwerber ein. Die haben kein Problem damit", sagte er.
„Blödsinn", widersprach sie. „Andere Länder haben andere Verfas-

sungen. Österreich hat die persönliche Freiheit explizit in der Verfassung verankert. Und das ist gut so nach unserer autoritären Geschichte."
„Was wollen Sie also tun?", fragt Specht ironisch. „Ihre Hörer auffordern, gegen die neue Regierung auf die Straße zu gehen?"
„Ich überlege noch, was ich tue", erwiderte sie trocken. „Auf jeden Fall sollen die Leute nachdenken. Das Recht auf persönliche Freiheit von uns allen steht auf dem Spiel. Da müssen wir uns als Bürger wehren."
„Sie halten sich da raus, Frau Melchior." Spechts Stimme bekam einen drohenden Unterton. „Als Sender sind wir in unserer politischen Haltung neutral, das gilt auch für Sie."
„Ich erlaube mir nur, als Staatsbürgerin nachzudenken", gab sie spitz zurück.
„Ihr Nachdenken kenne ich." Specht klang alarmiert, dass sie das Thema in ihrer Sendung ansprechen könnte. Sein Freund Lukaschil hatte kürzlich im Innenministerium einen wichtigen Posten erhalten. Einige der Entscheidungen gegen Asylwerber würden sicher über seinen Tisch gehen. Carolas Haltung zu rechten Gedanken war im Sender bekannt.
„Wir haben keinen Grund zu Sorge", versuchte Specht zu beruhigen. „In der Regierung sitzt eine große Partei mit christlichen Werten, mit den Grünen zusammen werden sie sich wieder auf Menschlichkeit besinnen."
„Das glauben Sie doch selbst nicht", spottete sie. „Die sogenannte christliche Partei hat ihre Ideale an die Lotterie verkauft. Sie stimmt allem zu, was ihr Wählerstimmen bringen kann. Es geht ja nur um Asylwerber, die will eh keiner haben, also kann man sie gleich wie Tiere in Gehege sperren und abtransportieren."
„Es passiert alles rechtskonform", meinte Specht.
„Wie bitte?", rief sie wütend. „Das Einsperren von Leuten, die gar nichts getan haben, ist rechtskonform? Damit beginnt die Regierung, den Rechtsstaat auszuhebeln, ganz langsam geht das, die Leute kapieren gar nicht, was da passiert."
„Carola, bitte bleib am Teppich", schaltete sich Frank ein. Er hatte soeben den Raum betreten und die dicke Luft sofort erschnüffelt. Oder

schon länger vor der Tür gelauert, um den richtigen Zeitpunkt für sein Einschreitens zu wählen.

„Reg dich nicht auf, Carola, noch hat die Regierung gar nichts beschlossen."

„Weil die Grünen samt einem Teil der Opposition ihre Zustimmung verweigern", konterte sie. „Zum Glück sind sie intelligent genug, die Verfassung auf keinen Fall zu ändern. Ansonsten würden die regierenden Gutmenschen die persönliche Freiheit aller ganz schnell einschränken und das fertige Gesetz den Leuten unter die Nase reiben. Kapierst du überhaupt, was das heißt, Baby Frank?"

Sie war aufgestanden und umrundete den ovalen Tisch, an dem Frank rasch Platz genommen hatte. Die anderen Kollegen beobachteten sie schweigend und ungeduldig. Keiner hatte wirklich Lust, etwas zum Thema zu sagen. Es war bald Mittag, jeder wollte hinaus an die Luft. Carola pflanzte sich drohend vor Frank auf.

„Du stehst immer auf der Seite deines Chefs, was?", fuhr sie ihn an. „Egal, was er sagt, Hauptsache, du behältst deine privilegierte Stellung als Made im Speck. Ansonsten müsstest du irgendwo am Bau arbeiten, weil du sonst nichts gelernt hast. Genau so funktionieren alle Diktaturen, mit inkompetenten Jasagern und Arschkriechern."

Vom Sessel daneben kniff Micha sie warnend in die Pobacke. Es war zu spät, Carolas Wangen glühten vor Zorn.

„Leute wie du sind eine Gefahr für die Demokratie", funkelte sie Frank an. „Aber noch herrscht bei uns das Recht auf persönliche Freiheit. Und auf Äußern der eigenen Meinung. Unser Sender hat gegenüber den Hörern eine Pflicht."

Dass viele Hörer diese Pflicht nicht wertschätzten, erfuhr sie in den folgenden Tagen. Es war beklemmend, wie viele Menschen der schlechten Behandlung von Asylwerbern zustimmten. Selbst den minimalen Stundenlohn für gemeinnützige Arbeit fanden manche nicht unmenschlich. Nicht mal das Einsperren auf Verdacht schien die Leute zu stören.

Carola war entsetzt. Wie konnte unsere angeblich christliche Tradition es gutheißen, dass manche Politiker die Menschenverachtung als Tugend vor sich hertrugen? Waren wir derart abgestumpft?

Viele Wähler schienen nicht darüber nachzudenken, dass sie selbst die nächsten Opfer dieser Politik werden könnten. Falls das Recht auf persönliche Freiheit in der Verfassung eingeschränkt werden sollte, konnte nicht nur ein Asylwerber, sondern jeder unliebsame Bürger eingesperrt werden. Es reichte, als „staatsgefährdend" eingestuft zu werden. Diese Einstufung könnte nach außen als berechtigt verkauft werden, in Wahrheit aber willkürlich erfolgen, wenn jemand den Regierenden nicht passte. So etwas hatte es in unserer Geschichte schon gegeben, mit katastrophalen Folgen.

Als Carola dieses Szenario den Hörern ihrer Sendung schilderte, schien niemand wirklich alarmiert zu sein. Die Reaktionen reichten von „Ihre Phantasie geht mit Ihnen durch, Caro!" bis „Da kann man halt nix machen, es wird nicht so schlimm sein."

Sie merkte schnell, dass die Hörer über dieses Thema nicht wirklich reden wollten. Wo war das protestierende Volk auf der Straße? Offenbar starrten die Leute lieber stumpf in ihre Handys, als über politische Entscheidungen nachzudenken. Ständige Impulse aus dem weltweiten Netz zu konsumieren, war bequemer, als sich selbst eine Meinung zu bilden.

Was machte diese Flut der Informationen mit den Gehirnen? Wurden sie vom ständigen Zuschütten irgendwann überfordert und gleichgültig, um sich selbst zu schützen?

Eine eigene Meinung erfordert zuerst Nachdenken. Um das zu können, sollte man sich informieren, aus verschiedenen, seriösen Quellen. Das braucht nicht viel Zeit, nur die Bereitschaft, auf die Flut sinnloser, allzeit verfügbarer News aus dem Handy zu verzichten. Was täten wir ohne sie? Welcher Milliardär seinen nächsten Urlaub auf dem Mond plant, ist natürlich eine lebenswichtige Info, falls man sich doch entschließen sollte, mitzufliegen. Die neueste Diätformel auf Instagram, die den Hunger komplett stoppt, bei Essen sofort Ekel, bei Hungern hingegen Glücksgefühle auslöst, muss millionenfach angeklickt werden. Das sind unsere wahren Probleme. Wen kümmert da die Nachricht, dass die persönliche Freiheit per Verfassung eingeschränkt wird.

„Male nicht den Teufel an die Wand", sagte Oliver, als sie ihm von ihrer letzten Sendung erzählte. „Du siehst überall Gespenster. Warte ab, was die neue Regierung wirklich erreicht. Einigen von uns wird sie sicher Ärger und Geld ersparen. Oder willst du, dass der ganze afrikanische Kontinent zu uns auswandert?"
Genau diese Sprüche hörte sie auch von Leuten, die sie eigentlich für gebildet und informiert hielt. In Wahrheit beschränkte sich auch deren Weitsicht auf das Display ihres Smartphones. Getreu den Hasstiraden im Netz hielten sie die aktuellen Flüchtlinge für das größte Problem.
„Warum beklagen sich alle über die Asylanten?", fragte Carola bei einem der selten gewordenen Gläser Wein, die sie abends mit Oliver trank.
„Weil es etliche Staatsbürger gibt, die hier schon in der dritten Generation oder noch länger leben, aber immer noch nicht richtig integriert sind", antwortete er. „Sie legen keinen Wert auf gute Deutschkenntnisse und Schulbildung, unsere Gesellschaftsform lehnen sie ab. Ich nenne das mangelnde Integration. Davon wollen die Leute nicht noch mehr im Land."
„Forscht da jemand nach, warum das so ist?", fragte sie.
„Darüber haben wir doch schon oft gesprochen." Oliver klang gelangweilt, bemühte sich gleichwohl, den Blick von seinem Tablet fernzuhalten.
„Sie akzeptieren unsere Gesellschaft nicht, nutzen aber ausgiebig ihre Vorteile", erwiderte er. „Dass wir sie angeblich nicht gleichberechtigt behandeln, ist ein guter Vorwand, sich abzuschotten."
„Denkst du nicht, dass die Abgrenzung von beiden Seiten ausgeht?", fragte sie.
„Sicher nicht", widersprach er. „Wenn jemand sich bemüht, unsere Sprache lernt und die Kultur akzeptiert, ist jeder willkommen. Niemand muss seine eigene Kultur verleugnen. In Wahrheit sind die Österreicher wohlwollende und tolerante Menschen, vielleicht aus Bequemlichkeit, aber sie sind es."
Er wischte ein paar Mal über das Display seines Tablets, um neueste Nachrichten abzurufen. Carola beobachtete seine mimischen Mus-

keln, die bei jeder neuen Information zuckten, als würde er etwas essen. Sie fragte sich, ob er nach dieser elektronischen Nahrung süchtig war.

„So ist halt die Politik, alles Lügner und Halsabschneider", kommentierte er. „Egal wen du wählst, sie sind alle gleich."

Damit war das Thema für ihn erledigt. Er goss den Rest des Cabernet Sauvignon vom Weingut Antinori in die beiden Gläser und wandte sich seinem Tablet zu.

19.

Welchem Schwachkopf war es eingefallen, ihr einen Co-Moderator ins Studio zu setzen? Noch dazu diesen Primitivling, dessen Bildungsniveau kaum die Grundschule überstieg. So eine Schnapsidee konnte nur von Specht kommen, der langsam Angst vor ihr bekam. Mit ihrer beliebten Sendung könnte sie bei Beta 8 zu viel Einfluss bekommen, ihm sogar Konkurrenz machen. Ihre bohrenden Fragen zur Qualifikation von Chefposten im Radio hatten ihn alarmiert.

Dass der Programmdirektor viel von ihr hielt, hatte Specht von Anfang an nicht gepasst. Er hatte sie nur in Ruhe gelassen, weil Müller-Cerussi mächtiger war als er. „Caro´s Cocktail" lief zu gut, um die Moderatorin abzusägen. Also musste er sie schwächen, solange sie noch nicht zu erfolgreich war. Als Teil seines Teams war sie seinen Anweisungen untergeordnet. Im Vorfeld seiner Entscheidungen musste er nichts mit ihr besprechen, es reichte, sie nach ihrer Sendung in sein Büro zu zitieren und einfach zu überrumpeln.

„Soll das ein Witz sein?", schoss sie heraus, als er ihr den neuen Moderator vorstellte.

„Das werden sich auch die Hörer fragen", lachte Specht mit einem Zwinkern zu Ricko, der Carola siegessicher anlächelte. Er war halb so alt wie sie, ein kleinwüchsiges, aber kräftiges Bürschchen mit seitlich kahlgeschorenem Kopf. Die Haare auf dem Scheitel waren mit Pomade zu einem steifen Kamm geglättet. Erst vor kurzem war er als Mädchen für alles in die Redaktion gekommen, schleppte Kabel, entsorgte alte Geräte, bohrte nötige Löcher in die Wände. Zwischendurch wischte er wie ein Süchtiger am Display seines Smartphones, als könnten ihn die Social Media zum Milliardär machen. Carola beachtete ihn nur, wenn er ihr persönliche Post brachte. Dass er dabei viel Unnötiges in grauenvoll fehlerhafter Grammatik schwatzte, fand sie blamabel für das hiesige Bildungssystem. Nur seine angenehme Stimme veranlasste sie zu freundlichen Grußworten. Jetzt war sie perplex, ihn in Spechts Büro zu sehen.

„Wozu ein Co-Moderator?", stammelte sie.

„Zwei so gegensätzliche Typen im Studio erzeugen große Spannung unter den Hörern", erklärte Specht. „Zuerst werden sie neugierig sein, dann Partei für einen von euch ergreifen, sodass ihr kämpfen müsst."

Wollte er sie auf das Niveau dieses Prolojungen stellen? Die Hörer von Caro´s Cocktail waren an ihre kritische, pointierte Moderation gewöhnt. Heikle Themen, schwierige Gäste im Studio, ruppige Hörer am Telefon, sie waren der Stoff, der sie zur Höchstform auflaufen ließ. Noch nie hatte eine Situation bei Caro´s Cocktail sie überfordert. Das spürten die Hörer und gaben ihr Futter. Binnen eines Jahres hatte die Sendung einen beachtlichen Höreranteil erreicht, Tendenz steigend.

Sogar mit ihrer Assistentin Bobi kam sie mittlerweile halbwegs zurecht. Never change a winning team, diese uralte Weisheit wollte Specht über den Haufen werfen.

Was sollte der Neue ihrer Sendung bringen? Intellektuell war Ricko eine Null. Nur den Jargon der Internet-Junkies beherrschte er mit seiner großen Klappe perfekt. Kein Wunder, klebte er doch stundenlang am Tablet, Smartphone oder sonstigem Netzspielzeug. Immerhin war er so schlau gewesen, daraus bare Münze zu machen. Aus den Social Media lernte er die dämlichsten Postings auswendig, um sie beiläufig am Gang des Radiosenders vor sich hinzuplappern. Natürlich immer in Hörweite des Redaktionsbüros, wo gerade der Chefredakteur den Kollegen etwas mitzuteilen hatte.

Carola wollte jedes Mal die Tür schließen, da ihr das Geplapper draußen auf die Nerven ging. Specht bat sie, die Tür offen zu lassen, damit Luft hereinkäme. In Wahrheit spitzte er seine Ohren für hörerwirksame Sprüche. Sofort war ihm klar, dass Ricko mit der sonoren Stimme gut ankommen würde. Die fehlende Allgemeinbildung machte seine Sager erst richtig witzig, vorausgesetzt, er bekäme eine Gegenstimme, die ihm Kontra gab. Der Dialog zwischen ihm und Carola sollte zu einem unverwechselbaren Original werden. Die Hörer würden begeistert oder empört sein, schimpfend auf beide Moderatoren losgehen und schließlich deren Sager kopieren. Auf jeden Fall würden sie keine Sendung versäumen.

„Geld ist kein Thema", verkündete Ricko, als Specht ihm für die Probezeit von sechs Monaten nur geringes Taschengeld anbot. Auch als Mädchen für alles bekam er nicht mehr, genauso konnte er sich ins Studio stellen. Es gab nichts zu verlieren.

Carola war entsetzt. Ganz offenbar sollten mit dieser Aktion neue Hörerschichten angelockt werden.

„Wir müssen als Team innovativ sein", erklärte Specht. „Mit neuen Mitarbeitern aus einer ganz anderen Welt, die mit Journalismus gar nichts zu tun hat. Outsourcing nennt man das."

„Wozu soll das gut sein?", fragte Carola.

„Um frischen Wind ins Unternehmen zu bringen. Auch die Radiowelt braucht die Kraft der Innovation."

„Sind leerdreschende Großmäuler innovativ?", konterte sie. Ricko sprang auf.

„Bist du bescheuert?", krähte er. „Wofür hältst du dich eigentlich?"

„Für einen Menschen, der Bücher liest. Bücher, du weißt schon, dieses bedruckte Papier, das man umblättern muss."

„Du bist echt eine Null", fauchte Ricko.

„Sie sind zu eingebildet auf Ihr Studium, Frau Melchior", meinte Specht. „Das mögen die Hörer nicht."

„Falsch, genau das schätzen meine Hörer, intelligenten Klartext mit normalen Worten, kein Nachplappern von digitalem Unsinn. Geben Sie Ricko doch seine eigene Sendung. Man könnte sie ‚Kanaldeckel' nennen."

„Du bist eine arrogante alte Schachtel." Ricko bewegte sich drohend auf sie zu. „Ist dein Hirn so aufgeblasen wie dein Busen?"

„Ist beides echte Substanz", lächelte sie. „Allerdings für Typen wie

dich nicht zu fassen. Aus deinem Hirn sollte man die Luft rauslassen, bevor es platzt. Aber keine Angst, da gibt es Medikamente."
„Großartig, ihr kommt ja richtig in Fahrt!" Specht hielt Rickos Faust vor Carola zurück. „Genauso wird es im Studio laufen. Die Anrufe werden sich überschlagen."

Es war klar, dass er ihr den Neuen mit allen Mitteln reindrücken wollte. Das war längst beschlossene Sache. Wieso hatte Müller-Cerussi als Programmdirektor alles abgesegnet? Sie hielt ihn, trotz der Vorwürfe um seine Geldgeschäfte, für einen anständigen Typen. Innerlich spürte sie in ihm eine verwandte Seele, die nicht nur Visionen hatte, sondern auch den Mut, diese umzusetzen. Ihr spontaner Auftritt beim Casting hatte ihn überzeugt, obwohl er fast nichts von ihr gewusst hatte. Sie bekam ihre Chance als Moderatorin. Wieso riskierte er jetzt ihren Absturz?
Die einzige Erklärung war, dass der Sender dringend Geld brauchte. Werbekunden mussten her, samt neuen Hörerschichten, die all den in der Werbung angepriesenen Müll kaufen sollten. Carola sollte als Vehikel dienen, um auch ihre Hörer in die Werbeschiene zu zwingen. Wenn der Auftraggeber sogar einen neuen Moderator fordern durfte, mussten die Werbesummen riesig sein.
Ricko hatte den Vertrag bestimmt längst in der Tasche, so dreist, wie er sich gebärdete. Warum riskierte Specht diesen Deal? In der begehrten Tageszeit neue Hörer anzulocken, konnte auch ins Auge gehen. Als Medienprofi musste er wissen, wie eine Doppel-Conference zwischen Carola und einem Typen wie Ricko enden würde. Wenn primitive Männer sich einer Frau unterlegen fühlen, werden sie gern sexistisch. Dafür gab es im Internet genug Beweise. Auch mit manchen Hörern erlebte sie diesen Effekt. Zum Glück fand sie fast immer den richtigen Ton, um solche Komplexler zu neutralisieren. Mit Ricko im Studio könnte es schwierig werden.
Bei der Vorstellung, ihn als Co-Moderator an ihrer Seite zu haben, legte sich ein schleimiger Klumpen auf ihre Zunge. Caro´s Cocktail würde nicht mehr spritzig, sondern ein fader und zugleich ätzender Brei sein. Die Ausstrahlung dieses Menschen würde ihre Schlagfer-

tigkeit zu plumpen Redereflexen reduzieren. Am Ende der Sendung wäre sie erschlagen, die Atmosphäre im Studio vergiftet, ihre Hörerschaft irritiert. Ricko war einer, der so etwas gar nicht merkte. Großmaulig würde er sich vor dem Mikrofon aufpflanzen und hinterher jedem erzählen, wie gut er es der intellektuellen Tussi gegeben hätte.

Sie versuchte, ein gefasstes Gesicht zu machen, während die Gedanken wie Blitze durch ihren Kopf rasten. Es war unerhört, dass der Chefredakteur seine beste Moderatorin wie ein zweitklassiges Showgirl behandelte. Sie sah ihm direkt ins Gesicht.
„Ist es Teil Ihrer Innovation, so mit den Mitarbeitern umzugehen?"
„It´s a nasty job", meinte er gleichmütig. „Davor habe ich Sie schon am Anfang Ihrer Karriere gewarnt."
Ein fieser Job sei das, für den man hart im Nehmen sein müsse. Diesen Satz hatte er aus den USA mitgebracht, wo die Uhren angeblich anders liefen als im abgesicherten Österreich. Specht war stolz auf diese Weisheit, die er immer auf Englisch wiederholte und niemals begründete.
„Nicht der Job ist fies, es sind die Menschen, die ihn fies machen", berichtigte Carola zum wiederholten Mal. Die gleiche Szene hatte sie schon einmal erlebt, nachdem Specht einen jungen Kollegen gefeuert hatte. Dieser war sehr bemüht, nur etwas ungeschickt mit der digitalen Technik.
„Er soll das woanders lernen, wir sind keine Berufsschule", hatte Specht den Rauswurf begründet. Wenn es um die Schwächen anderer ging, war er unbarmherzig. Carola war damals empört gewesen, ohne zu ahnen, dass sie wenige Monate später selbst Opfer dieses fiesen Jobs werden sollte.
War es von Anfang an der Plan gewesen, ihr irgendwann einen Co-Moderator ins Studio zu setzen? Vielleicht hatte Specht erkannt, dass sie privat mit ihren Kindern zunehmend auf sich allein gestellt war. Vielleicht hatte er Spione auf sie angesetzt, um ihr Privatleben auszuforschen. Ihr manchmal lautstarker Streit mit Oliver über Kindererziehung konnte vorbeigehenden Passanten nicht entgehen. Im Sender kursierten Gerüchte, dass Spechts Vertraute ihm alles zutru-

gen, was außerhalb seines Blickfeldes passierte. Auch scheinbar Unwichtiges, vor allem Persönliches war wichtig, wie jemand drauf war, was er/sie sagte, vor allem beim Rauchen am Balkon, wenn die Leute sich entspannt unterhielten.

Den Kollegen war nicht entgangen, dass sie verzweifelt versuchte, Familie und Job unter einen Hut zu bringen. Vermutlich wussten alle im Sender über den Co-Moderator Bescheid, nur sie hatte es in der alltäglichen Hektik verpasst.

Sei nicht paranoid, versuchte sie sich zu beruhigen, während die Wut in ihr hochstieg. Es war klar, sie hatten Ricko bewusst gesucht. Er sollte kraftstrotzend das Ruder übernehmen, falls sie eines Tages zusammenbrechen und mit letzter Kraft ins Mikrofon krächzen sollte. Dann wäre Specht sie auf bequeme Weise los. Ob Rickos primitive Sprüche den Hörern auch dann noch gefielen, wenn sie nicht mehr dagegenhielt, war zu bezweifeln. Derbes Gerede nutzte sich schnell ab. Für diesen Fall hatte der gerissene Chefredakteur sicher vorgesorgt. Er würde einfach jemanden anderen ans Mikrofon setzen. Die Hörer waren für ihn ohnehin nur Schafe, die alles fraßen, wenn sie es nur lange genug hörten. Vermutlich war sie bloß Konservenfutter, das vor allem massigen Umsatz bringen musste. Wenn nicht, würde das Fleisch gegen frisches getauscht, wie in einer Schlachtfabrik.

Sie saß wie angeklebt auf ihrem Stuhl, unfähig, Specht ihre Wut ins Gesicht zu schreien. Es war zum Kotzen, gleichzeitig sinnlos, sich zu widersetzen. Das alte Gefühl der Wehrlosigkeit stieg wie flaue Brühe in ihr hoch. Stumm saß sie da, die hochschießenden Tränen in die Kehle zurückdrängend. Heulen war das Letzte, was diese Primitivlinge verdienten. Niemand, der ihr weh tat, würde sie jemals weinen sehen.

Das Wegdrücken des Schmerzes hatte sie von klein auf gelernt. Ihrer schluchzenden Mutter mit eigenen Tränen zu begegnen, hätte deren Katastrophe nur verschlimmert. Ein einziges Mal war sie im Streit mit Mutter in Tränen ausgebrochen. Sie fühlte sich ungerecht behandelt, zu wenig gelobt, obwohl sie sich bemüht und alles allein geschafft hatte. Das Mittagessen nach der Schule zubereitet, allein gegessen, die Küche blitzsauber gemacht, das Bad gleich dazu. Mutter kam abends von der Arbeit nach Hause und nörgelte an allem herum. Als Carola sich wütend wehrte und schließlich in Tränen ausbrach, ging Mutter schweigend ins Wohnzimmer. Auf dem Sofa brach sie in lautes Schluchzen aus.

„Ich kann nicht mehr", hauchte sie mit schmerzverzerrtem Gesicht. Ihr Körper begann, sich in ruckartigen Wellen zu schütteln. Carola bekam Panik, dass Mutter sterben und sie allein lassen würde. Deren verkrampften Rücken anstarrend, fühlte sie sich hilflos und schuldig. Anstatt der Mutter Trost nach dem anstrengenden Arbeitstag zu spenden, hatte sie mit ihrem Weinen alles schlimmer gemacht.

Das Ritual wiederholte sich immer, wenn Carola wegen irgendetwas maulte. Angesichts Mutters Tränen wurde sie schlagartig ruhig und bat um Verzeihung. Nach längerem Weinkrampf entspannte sich Mutters gekrümmter Rücken zur stolzen Geraden. Mit lächelndem Gesicht wandte sie sich Carola zu.

„Es ist alles gut, mein Schatz. Hast du Hunger?"

Immer gab es etwas Leckeres. Carola aß ohne Appetit. Als die Mutter sich frohgemut auf das Sofa und die Kleine auf ihr Knie setzte, war es für Carola wie eine Ohrfeige, schmerzhaft, aber irgendwann lehrreich. Nie mehr wollte sie vor Zorn und Enttäuschung weinen. Die Angst vor noch größerem Schmerz war ihr bester Lehrer. Wenn die äußere Übermacht ihr den Boden unter den Füßen wegzog, war es sinnlos, zu kämpfen. Kritik an ihrer Arbeit empfand sie immer als vernichtend. Nicht als die Person angenommen zu werden, die sie war, kam der Ablehnung ihrer Existenz gleich. Wenn Rebellieren unmöglich war, schien auch der Sieg unmöglich.

Unter anderen Umständen würde sie im Büro des Chefredakteurs selbstbewusst ihre Position als Moderatorin verteidigen. Der junge Ricko täte ihr mit seiner Oberflächlichkeit leid. Sie würde ihm raten, zuerst anständig Deutsch zu lernen und sein Potenzial nicht mit kurzlebigem Radioschmarren zu vergeuden. Mit Nachdruck würde sie ihn animieren, etwas Sinnvolleres zu tun.

Stattdessen legte sich die Angst wie ein Korsett um jeden vernünftigen Gedanken. Sie stand auf und ging zum Fenster.

„Seht mal den Goldregen unten im Hof, herrlich!", rief sie. „Fast

schon ein Baum, seht ihr die leuchtend gelben Blüten? Sie sind ein Zeichen für Reichtum. Jetzt ist unsere Zeit gekommen, wir machen den Neuanfang zur perfekten Innovation. Ricko und ich als neues Paar für Caro´s Cocktail, das wird die Sensation des Jahres. Hast du Sekt im Kühlschrank?"
Specht sah sie verwirrt an. Mit Du angesprochen zu werden hatte er sich ausdrücklich verbeten.
„Sorry!", entschuldigte sie sich. „Ich bin von allem so überwältigt."
„Kein Problem", sagte er. „Ich habe noch eine Flasche im Kühlschrank. Wir machen eine kurze Pause, in zehn Minuten im Redaktionszimmer."
Das Gespräch war beendet, er wandte sich seinem Laptop zu.
Ricko hatte Carolas Gesicht ständig beobachtet. Jetzt eilte er zur Tür des Büros, um ihr den Vortritt zu lassen. Wortlos ging sie an ihm vorbei in Richtung Ausgang. Am anderen Ende des Ganges leuchtete die schwere Tür des Studios als Eingang zu ihrer persönlichen Spielwiese. Würde morgen schon ein zweites Mikro für Ricko bereitstehen?
Im Foyer des Senders ging sie grußlos an der Empfangsdame vorbei. Das Treppenhaus schien ihr heute wie eine Rampe in die Freiheit. Zwei Stufen auf einmal nehmend, gelangte sie ins Erdgeschoß, wo die Menschen kauflustig flanierten. Vor wenigen Monaten waren ihr die eleganten Geschäfte wie Schatzkisten erschienen, jetzt rasten sie als Einpeitscher zur Löwenshow vorbei. Endlich kam die Straße.

21.
„Das hört sich nach einem klassischen Burn-out an", konstatierte der Arzt. „Sie sollten unbedingt kürzertreten, bevor Sie echte Probleme bekommen."
War das alles, was er ihr zu sagen hatte? Dass sie mehr Pausen einlegen, das Handy auch mal abschalten und auf sich achtgeben sollte? Das wusste sie selbst. Und er wusste, dass dadurch ihr Stress nicht abnehmen würde. Seit Tagen wachte sie wieder um drei Uhr nachts auf, ohne erneut Schlaf zu finden. Diesen qualvollen Zustand hatte sie für überwunden gehalten, nachdem sie die Ernährung umgestellt und

sich selbst besser organisiert hatte. Schon bald war der Schlaf ohne Tranquilizer ruhiger geworden. Den Arzt wieder um ein Rezept bitten zu müssen, käme einer Niederlage gleich. Wenn sie ihn jetzt aufsuchte, sollte er mehr als weichgespülte Ratschläge für sie parat haben.

„Ich habe Ihnen schon erzählt, dass Stress in meinem Job normal ist", sagte sie ungeduldig. „In den letzten Monaten konnte ich gut abschalten, sobald ich mich abends hingelegt habe. Aber jetzt ist es, als liefe in meinem Kopf eine Schallplatte, die hängen geblieben ist. Wissen Sie, was ich meine?"

„Natürlich", meinte er. „Das höre ich öfter von Patienten, die unter großem Leistungsdruck stehen. Die Ausschüttung von Stresshormonen kann tatsächlich für einige Zeit zur Erhöhung der Leistung führen. Wenn Druck zu lange andauert, führen diese Hormone zu Schlaflosigkeit. Auf Dauer brennt der Körper aus."

Diese Erklärung schien für ihn ganz logisch zu sein. Sie beobachtete ihn wie einen Professor, der eine langweilige Vorlesung hielt.

„Gut, was soll ich also tun?", fragte sie.

„Längere Pausen einlegen, nicht Stunden, sondern Wochen, nur dann kann der Körper völlig abschalten."

Sie schüttelte den Kopf. Als Arzt und Psychotherapeut musste er doch wissen, dass ihre Art von Druck durch Pausen nicht zu mindern war.

„Zu viel Arbeit ist nicht mein Problem", sagte sie. „Ich liebe meinen Job, er gibt mir Energie und Selbstbewusstsein."

„Ein tolles Privileg, das viele Menschen nicht haben", entgegnete er. „Aber irgendetwas an diesem Job lässt Sie offenbar ausbrennen."

Sie sah ihn gelangweilt an. Was faselte er von Burn-out? Ein Modewort, mit dem selbst ernannte Fachleute gern herumwarfen, wenn ihnen sonst nichts einfiel. Jeder Zweite hatte heutzutage ein Burn-out, fast konnte man stolz darauf sein. Es zeugte von einem engagierten Berufsleben voller Karrieresprünge. Je voller der Terminkalender, umso gefragter die Person. Man gehörte dazu und würde irgendwann bei den ganz Großen mitspielen, inklusive Bewunderung und Neid derer, die es nicht geschafft hatten.

„Ich brauche weder Bewunderung noch Neid anderer", sagte sie. „Ich will nur das gut machen, was mir Freude bereitet.

„Sie haben sich als Moderatorin unschlagbar gefühlt, aber jetzt will sie jemand schlagen, richtig?"
Seine offene Frage ließ sie zusammenzucken. Was wusste er über den geplanten Co-Moderator? Sie hatte ihm nur von chaotischen Sitzungen erzählt, die sie Kraft kosteten.
„In der Redaktion wird viel Überflüssiges geredet, das ist normal", antwortete sie knapp.
„Man droht Ihnen mit Konkurrenz und einem Typen, der Ihnen zuwider ist, richtig? Der Chefredakteur demütigt Sie, und Sie können sich nicht wehren."
Sie sah ihn erstaunt an. Offenbar kannte er ihre Situation von anderen Klienten.
„Wenn Sie erfolgreich sind, werden immer Leute versuchen, Sie abzusägen", meinte er. „Machtspiele gibt es in allen Berufsgruppen. Sie schweben als ständiges Schwert über Ihnen."
„Ja, ist nichts Neues, das habe ich von Anfang an gewusst."
„Aber nicht geahnt, dass Sie mit Krisen nicht umgehen können. Eine Minikrise kommt, und Sie rutschen aus."
Er hatte den Punkt getroffen. Die lächerliche Szene mit Ricko hatte sie völlig aus der Fassung gebracht. Sie war aus dem Sender geflüchtet, um nicht in Tränen auszubrechen. Auf der Straße war sie gestürzt und erst im Krankenwagen wieder zu sich gekommen. Die Unfallambulanz verließ sie mit dringender Empfehlung des Arztes, sich weiter untersuchen zu lassen.
„Werde ich natürlich nicht machen", erzählte sie dem Psychiater. „Mir fehlt nichts, ich ertrage es nur nicht, wenn meine Arbeit abgewertet wird. Diese Typen im Sender sind Hyänen."
„Es könnte auch sein, dass alles ganz anders ist", versuchte er zu beruhigen. „In Wahrheit ist Ihr Chef selbst verunsichert, schätzt Sie aber als tolle Moderatorin."
„Vielleicht", hob sie wenig überzeugt die Schultern. Von diesem Experten war keine Lösung zu erwarten. Den Weg hätte sie sich sparen können.
„Kann es sein, dass etwas anderes Ihnen Kraft wegnimmt?", fragte er unvermittelt.

„Und was bitte?"
„Sie wirken wie ein trainierter Dauerläufer, den plötzlich die kleinste Brise umhaut. Nicht, weil Sie das Laufen verlernt haben, sondern absichtlich zu wenig trinken."
Sie nahm das Glas Mineralwasser, das bisher unberührt auf dem kleinen Tischchen zwischen ihnen gestanden war. Gierig trank sie es aus und bat um ein weiteres. Er reichte ihr die Flasche.
„Wenn man erschöpft ist, neigt man dazu, alles schwarz zu sehen", meinte er. „Den Weltuntergang vorherzusagen, obwohl die Sonne scheint."
„Schön gesagt. Wie soll ich die Sonne schön finden, wenn ihre Hitze mich verbrennt?"
„Vielleicht stehen Sie an der falschen Stelle. Wie wäre es, den Standpunkt zu wechseln?"
„Mir einzureden, dass alles gut ist und alle es gut mit mir meinen?"
„Dass es Ihnen egal sein kann, ob jemand es gut mit Ihnen meint. Sie tun so, als hinge Ihr Leben von diesem Job ab. Ständige Lebensgefahr brennt einen aus."
„Hören Sie auf! Versuchen Sie mir einzureden, dass meine Begeisterung für die Arbeit mich vergiftet?"
„Ihre Begeisterung finde ich toll", erwiderte er. „Zu Gift wird sie nur, wenn der Job das Einzige ist, was Sie begeistert."
Das dritte Glas Wasser zitterte in ihrer Hand.
„Kann es sein, dass Ihr eigentlicher Stress nicht der Job, sondern Ihre familiäre Situation ist?", fragte er.
„Deswegen bin ich nicht hier."
„Sicher nicht?"
Sie schwieg, ohne ihn anzusehen.
„Ich erinnere mich, dass Sie erwähnten, Ihr Mann mache Karriere und Sie lebten in einer guten Beziehung. Sie ist noch gut, oder?"
Sie nickte.
„Dann sind Sie ja finanziell auf den Job nicht angewiesen."
„Wie bitte? Dass mein Mann gut verdient, soll meine Stabilität garantieren? Das meinen Sie nicht ernst."
Er hob abwehrend die Hände.

„Entschuldigung! Ich weiß natürlich, dass eigenes Geld das Symbol von Unabhängigkeit ist."
„Schön, dass Sie das erkennen. Für uns Frauen mit Kindern immer noch ein Reizthema, wissen Sie das?"
„Natürlich, für mich sind berufstätige Mütter die Heldinnen unserer Zeit."
Sie sprang entrüstet auf.
„Was soll das sein, berufstätige Mütter? Ich bin eine Frau, die versucht, ihr Talent beruflich auszudrücken. Dass ich Kinder habe, hat damit nichts zu tun. Wie meine Ehe ist, spielt keine Rolle."
„Schön wärs", gab er zurück. „Diese Unabhängigkeit gesteht die Gesellschaft leider nur den Männern zu. Familie ist immer noch Sache der Frau."
Sprach er aus eigener Erfahrung? Sie hätte gern gewusst, ob seine Frau begeistert ihrem Beruf nachging.
„Ein großer Vorteil ist, dass Ihr Mann und Ihre Schwiegermutter Sie unterstützen", fuhr er fort. Nahm er solche Lügen allen seinen Klienten ab? Sie hatte ihm Positives von ihrer Familie erzählt, jedoch verschwiegen, dass Oliver und Lisbeth nichts von ihrem Zustand wussten. Schon gar nicht, dass sie professionelle Hilfe suchte. Die Reaktion ihrer Schwiegermutter konnte sie sich ausmalen.
„Kein Wunder, dass dich dieser Job kaputt macht, mit zwei Kleinkindern ist das nicht zu schaffen."
Ein anderer Job war schon zu schaffen, um den Kauf des Hauses zu finanzieren, darüber waren er und seine Mutter sich einig. Dass das Radio schlecht für Carola war, galt erst, seit sie damit Erfolg hatte. Freude an der Arbeit wurde als Argument nicht akzeptiert.
Erschöpft lächelte sie den Arzt an.
„Warum soll ich es weiter leugnen, Sie sehen mir doch an, dass mich keiner unterstützt. Trotzdem will ich im Job Freude und Geld. Derzeit habe ich Angst, beides zu verlieren."
Er nickte ihr verständnisvoll zu.
„Das werden Sie nicht. Mit einem klaren Programm können wir Ihre Widerstandskraft stärken. Da gibt es gute Techniken, um das Problem binnen weniger Wochen in den Griff zu bekommen."

Sie erinnerte sich an ihr Programm der Selbstoptimierung, das sie nach wenigen Wochen aufgegeben hatte. Das Besorgen aller nötigen Utensilien, Kräuter und Säfte war aufwändiger als jede Hausarbeit. Schnell hatte sie sich wieder als Hamster im Rad gefühlt und das Ganze auf ein Minimum gekürzt.
Egal, lass ihn reden, es ist sein Job, dir Mut zu machen. Vor allem muss er zeigen, dass er die Techniken beherrscht. Ob er den Kern des Problems erfasst, ist nebensächlich.

Er empfahl ihr ein Achtsamkeitstraining, das er für andere Stressgeplagte abhielt. Im kleinen Kreis sollten die Teilnehmer wieder Gefühl für ihren Körper bekommen. Diese neumodischen Trends waren ihr verdächtig, da sie Zeit und viel Geld kosteten. Ihre anfängliche Skepsis legte sich schon in der ersten Stunde, als die bleiern schweren Gedanken sich überraschend schnell verabschiedeten. Aufrecht sitzend ließ sie ihre Atmung durch den Körper strömen, die Füße wie tiefe Wurzeln in den Holzboden vergraben. An einem festen Anker hängend, begannen die Gedanken zu fließen.
Anfangs wollte sie die Anspannung nicht loslassen. Die Pflichten und Ängste des Alltags schwebten wie ein Rettungsring über ihr. Nicht loslassen, sonst geht der Sinn des Lebens verloren! Nach einigen Sitzungen entspannte sich der Körper automatisch, sobald die Stimme des Therapeuten erklang. Jeder einzelne Körperteil war klar und unabhängig zu spüren, als ob das Blut mit anderem Pulsschlag fließen und die Gedanken in eine harmonische Bahn treiben würde. Die Angst verzog sich wie eine Gewitterwolke. Anstelle der scharfen Probleme zeigten sich runde Bausteine eines möglichen neuen Weges.
Beim anschließenden gemeinsamen Essen ging es achtsam zu. Sie sprachen wenig, kauten sorgfältig, nahmen den Geschmack der Speisen intensiv wahr. Die Atmosphäre war gelöst und friedlich. Carola genoss die Treffen, die sie in milde Gleichgültigkeit versetzten.
Nach einigen Wochen tauchte die Frage auf, wozu sie dieses Training eigentlich machte. Um den Alltag besser zu bewältigen? Um effizienter mit den eigenen Fähigkeiten umzugehen, noch besser zu funktionieren? Diese Ziele nannten einige Teilnehmer der Gruppe, denen

der Arbeitgeber das Training bezahlte. Sie sollten achtsam werden für ihre stärksten Talente und Ressourcen, um diese dem Unternehmen zur Verfügung zu stellen. Jeder sollte den optimalen Platz in der Firma bekommen. Was man am besten kann, macht man am liebsten, und alle profitieren davon. Eine Win-win-win-Situation, das liebt die Wirtschaft.

Für Carola war diese Rechnung gelogen. Mit dem Ziel des Profits lässt sich keine Achtsamkeit erreichen. Warum brennen Menschen aus? Was genau ist es, das die Kraft versiegen lässt? Laut Wirtschaftsexperten ist es die fehlende Belohnung. Als Motivation reiche es, am Ende des Hürdenlaufs eine Trophäe zu bekommen. Der Platz am Siegespodest samt Applaus der Menge sind die stärksten Antriebe für Leistung. Dann kann man locker das nächste Ziel anpeilen, höher, fordernder, mit schönerer Trophäe. Dann den nächsten Gipfel und den Gipfel danach. Natürlich alles mit Spaß an der Sache.

22.
Das Problem des Co-Moderators löste sich in nichts auf. Specht erwähnte das Thema nicht mehr, als hätte er mit dem Vorschlag nur ihre Reaktion testen wollen. Vermutlich hatte Müller-Cerussi ein Machtwort gesprochen, um Caro's Cocktail vor dem kulturellen Niedergang zu bewahren. Eines Tages erschien Ricko nicht mehr im Sender, den Job des Mädchens für alles übernahm ein schlaksiger Student. Carola hätte befreit und mit neuem Elan moderieren können, zumal das Training der Achtsamkeit ein besseres Lebensgefühl versprach.
Stattdessen kamen die Schlafstörungen zurück. Zwar schlief sie abends sofort ein, um mehrere Stunden in traumlosem Tiefschlaf zu bleiben. Gegen fünf wachte sie völlig ermattet auf. Sofort aufzustehen war unmöglich, der Kreislauf wäre zusammengebrochen. Langsam setzte sie sich auf und ließ die Beine vom Bettrand hängen. Die Dämmerung des Raumes verhieß zu früher Stunde noch keine Hektik. Neben ihr bestätigte leises Schnarchen Olivers erholsamen Schlaf. Er hatte die göttliche Gabe, keine Störungen aus dem Tag ins Bett mitzunehmen. Sobald er sich in die Waagrechte begab, verließ ihn das wa-

che Bewusstsein binnen weniger Minuten. Selbst bei Tageslicht, falls einigermaßen Ruhe herrschte, konnte er einschlafen, um nach zehn Minuten erfrischt den Tag fortzusetzen. Alles eine Frage des Willens, meinte er, als sie ihn fragte, ob die nervenden Kollegen nicht seine Träume bevölkerten.

„Doch nicht diese Idioten! Denen gestatte ich nicht, meine süße Ruhe zu stören."

Diese Gelassenheit war das Verdienst seiner Mutter. Lisbeth hatte ihrem Sohn ein stabiles seelisches Fundament erhalten, jenes Urvertrauen, mit dem wir alle geboren werden. Das Recht auf Fürsorge, Nahrung und Schlaf darf lautstark bekundet werden, als Signal des eigenen mächtigen Selbst. Ihm stehen die Grundrechte des schutzlosen Lebewesens zu, bedingungslos und immer. Dass die angeborene Persönlichkeit gefördert und gelobt wird, ist selbstverständlich. Jeder kleine Fortschritt wird als epochal gepriesen. Fehler werden nicht bestraft, sondern als Bausteine des Wachsens willkommen geheißen. Völligen Mist zu bauen, auf dem die Fahne des Sieges gehisst wird, gibt dem Jungen Selbstvertrauen und Lust, es erneut zu versuchen. Mut zur Tat ist der eigentliche Sieg.

In dieser Atmosphäre wächst ein starkes, vertrauensvolles Selbst, dem der Hass auf andere fremd ist. Es schlägt nur zu, wenn es bedroht wird, dann aber kräftig. Selbst in stürmischen Zeiten nimmt es sich das Recht auf ruhigen Schlaf.

Soweit der Wunschtraum aller Neugeborenen. Dass ihre Grundrechte schon früh verletzt und den Bedürfnissen der Eltern untergeordnet werden, ist ebenso traurig wie häufig. Dem Kleinkind bleibt keine Wahl, als sich anzupassen, da es von der Liebe der Eltern abhängig ist. Das eigene Selbst den Bedürfnissen anderer unterzuordnen, wird früh zur Normalität, später zum Zwang. Gesellschaftliche Erwartungen zu erfüllen, auch wenn sie einem zuwider sind, gibt vermeintliche Sicherheit. Einen prestigeträchtigen Beruf zu wählen, sich ins Rad der Leistungsträger einspannen zu lassen, auch wenn es einen überfordert, ist ein gut eingeübtes Muster.

Die Gesellschaft belohnt die Angepassten mit Geld und Anerkennung. Nicht einmal zu merken, dass man fremdbestimmte Programme abspult, lässt das Muster lange funktionieren. Diese frühkindlich dem Unterbewusstsein eingravierte Software passt dem Erwachsenen wie eine zweite Haut. Man kann sich ihr kaum verweigern. Dass die Verleugnung der eigenen Bedürfnisse den Menschen verwundbar und auf Dauer krank macht, hat die Medizin bisher nicht verstanden. Stress und zu viel Arbeit sind nicht das Problem, wenn man sie selbst gewählt hat. Pech nur, dass frau ihre Arbeit für die Familie meist nicht selbst wählen kann. Kinder trösten, Probleme lösen, Tränen trocknen, nebenbei den Geschirrspüler ein- und ausräumen, tausend angeblich banale Dinge, die erledigt werden müssen, ob frau will oder nicht. Wer würde alle diese Tätigkeiten sonst machen, damit nicht alles den Bach runtergeht? Fremdbestimmt durch den Alltag zu taumeln, raubt Gelassenheit und Schlaf.

Dank seiner Mutter machte sich Oliver über all das keine Gedanken. Er hielt es für eine Frage des Willens, ob man Problemen oder Menschen den Zugang zum eigenen Seelenfrieden gestattete. Sich von ihnen den Schlaf rauben zu lassen, war geradezu lächerlich. Carola hätte gern ein kleines Stück der Gelassenheit gehabt, die leise neben ihr schnarchte. In die Kissen sinkend legte sie ihren schweren Kopf an seine Schulter. Nach wenigen Minuten schlief sie ein.

Das Lachen aus dem Kinderzimmer drang als Weckruf herüber. Oliver lockte die Zwillinge mit allerlei Tricks aus den Betten. Für zwei Wochen hatten sie die morgendlichen Rollen getauscht, um Carola mehr Zeit für sich selbst zu lassen. Alles probeweise, bevor sie sich endgültig für ein Au-pair-Mädchen entscheiden wollten. Eine Kostenfrage, wie die Schwiegermutter immer wieder betonte, wenn sie sich selbst als Hilfe für die Kinder anbot. Das Haus so schnell wie möglich abzuzahlen sollte Priorität haben. Carola hatte es aufgegeben, darüber zu diskutieren.

Der Rollentausch am Morgen schien Oliver zu gefallen. Alles klappte, die Zwillinge wetteiferten, wer am schnellsten ohne seine Hilfe angezogen war. Am Vorabend hatte Carola alle Kleidungsstücke herausgesucht und in zwei Häufchen fein säuberlich auf Stühle neben die kleinen Betten gelegt.

Alles war perfekt organisiert, damit sie nicht gleich morgens in Stress geriet. So hatte es ihr der Arzt geraten. Dennoch fragte sie sich, wie sie den Tag überstehen sollte. Sich auch nur aufzurichten und ins Bad zu schleppen, schien ein unüberwindbarer Kraftakt. Haare bürsten, zu einem Knoten wickeln, duschen, das weiche Badetuch um den Körper wickeln, eine Minute im Bad sitzen bleiben, um den Geruch des Duschgels auf der Haut einzuatmen. All die Tätigkeiten, die sie immer geliebt hatte, deren Intimität ihr kreatives Denken angespornt und sie jeden Morgen zu einem neuen Menschen gemacht hatte, wurden jetzt zur Qual. Das Haar über der großen Rundbürste föhnen? Zeitverschwendung, die Haare fielen auch von selbst auf die Schultern. Sich schminken? Unnötig, Wimperntusche reichte völlig. Sich in neuem Outfit stylen? Langweilig, den Typen in der Redaktion fiel die attraktive Kollegin nicht mal auf. Jeder war mit sich selbst beschäftigt, die ganze Truppe ein ignoranter, selbstverliebter Haufen.

Am schlimmsten war Specht, für den sie die quatschende Quotentussi war, die er gern vernascht hätte. Nur weil sie dem Sender viel Geld brachte, ließ er sie in Ruhe, um seinen Job nicht zu gefährden. Als Mensch bedeutete sie ihm nichts. Wem bedeutete sie etwas?

Sie zwang ihre Beine aus dem Bett. Die Freude auf den Tag hatte immer als Wirbel im Magen getobt, jetzt wich sie bleierner Schwere. Keine Ideen, keine Kraft, keine Lust, nur beklommene Leere im Kopf, Enge im Herzen. Wie eine Glocke lag die Traurigkeit über ihr, unsichtbar und mächtig. Der Versuch, sie abzuschütteln, machte alles noch schlimmer.

Selbst kleine Dinge, die ihr früher leicht gefallen waren, kosteten nun Überwindung. Als ob ihr Körper seinen Energiehaushalt auf Sparflamme gestellt hätte, weil die meiste Energie woanders verloren ging. Was ihr eigentlich so viel Kraft raubte, war unklar.

Bis vor wenigen Wochen hatte sie es noch im Griff gehabt. Morgens fuhr sie drei Kilometer auf dem Hometrainer, duschte heiß, zum Schluss eiskalt. Der aufgescheuchte Kreislauf trieb die schlechten Gedanken auseinander, zumindest für zwei Stunden. Orangensaft zum Frühstück putschte das Blut auf, warmes Porridge beruhigte die kalte Seele.

Zumindest hatten die anderen bisher nichts gemerkt. Oliver lachte mit den Mädchen und erfand immer neue Wettkämpfe, um sie in der Küche einzuspannen. Das Frühstücksgeschirr hatte er in den unteren Küchenschrank geräumt, gut erreichbar für alle. Wer es morgens zuerst auf den Tisch stellte, bekam zum Porridge noch eine Scheibe Brot mit Nutella. Anfangs hatten sich die Kinder um die Tassen gestritten, bis eine auf den Boden gefallen und zerbrochen war. Oliver musste den Tisch decken, das Schokobrot aß er selbst. Jetzt sprachen sich die Mädchen schon im Bett ab, einmal war Valerie, dann Melanie an der Reihe. Zu Olivers Erstaunen teilten sie das Schokobrot jedes Mal, egal, wer den Tisch deckte.

Carola hörte sie plappern, während sie sich im Schlafzimmer anzog. Die trüben Gedanken ließen sich zu Melodien formen, wie sie es als Kind getan hatte, um einsame Nachmittage zu überstehen. Gegen Trübsal funktionierten Lieder immer.

In der Küche drückte sie singend den Kindern Küsse auf die Wangen. Oliver rührte am Herd das heikle Porridge, um es dann vorsichtig in drei Schüsseln zu verteilen. Seine Portion löffelte er aus dem Topf. Noch bevor Carola seinen Mund küssen konnte, erfasste sein Blick sie in Sekundenschnelle.

„Du siehst toll aus", log er.

„Ihr seid echte Profis", lobte sie den gedeckten Tisch. Aus dem großen Honigglas gab sie jedem einen Löffel Waldhonig auf das Porridge. Den letzten vollen Löffel leckte sie selbst ab.

In der Mitte des Tisches lag, fein säuberlich halbiert auf einem Teller, die Brotscheibe mit Schokoaufstrich, das Symbol ihrer kleinen, heilen Welt. Früher hatten diese Momente Carolas Gemüt immer erhellt, als würde ein unerwarteter Wasserstrahl sie treffen. Heute setzte sie eine grinsende Maske auf.

„Magst du ein Nutellabrot?", fragte Melanie und schob ihr den Teller hin. In ihren Augen glänzte unschuldige Angst.

„Danke, Schatz, ich bekomme eines in der Redaktion."

„Fährst du heute hin?", fragte Valerie prompt. Kinder besitzen ein untrügliches Barometer für die Wahrheit.

„Natürlich, Vally, nur etwas später."

Olivers besorgtem Blick wich sie aus. Seit zwei Tagen fiel es ihr schwer, in den Sender zu fahren. Sobald sie das Haus verließ, überfiel sie lähmende Angst, ihre Schritte nicht mehr kontrollieren zu können. Falls sie stürzte und ohnmächtig wurde, wer würde sich dann um ihre Töchter kümmern? Diese Panik hatte sie bisher nur vom Fahrstuhl gekannt, wo Menschen auf engem Raum einander die Luft nahmen. Jetzt kam die Angst überall, auf der Straße, in der U-Bahn, auf den Rolltreppen, sogar auf dem Gang des Senders. Alles hätte so einfach sein können, wenn die traurige Glocke nicht jeden Gedanken eingesperrt hätte. Tonnenschwer wog die Angst, zu versagen, zu enttäuschen, es nicht mehr zu schaffen. Sie war sicher, eines Tages abgeschoben zu werden, weggesperrt ins Irrenhaus, weg von den Mädchen, weg von Oliver, weg von der Welt. Schluss. Ende. Kein vernünftiger Gedanke konnte dagegen ankommen, Wille schon gar nicht. Die Zwangsjacke der Angst war ihr als Haut angewachsen.

Sie schämte sich, da sich zuhause seit Wochen alle um sie bemühten. Oliver kam abends früher nach Hause, spielte mit den Kindern, las ihnen Geschichten aus echten Büchern vor, verfügte für den Abend ein Bildschirmverbot. Sogar seine Mutter hatte er dazu gebracht, Carola nicht mehr zu kritisieren. Wenn die Mädchen schliefen, setzte er sich mit einer Flasche Montepulciano auf das zuletzt selten bewohnte Sofa. Nur die Kinder hatten es als Trampolin fast durchgetreten. Wenn Carola sich zögernd neben ihn setzte, stellte er Fragen nach ihrem Befinden und ihren Wünschen. Langsam entspann sich ein Dialog zwischen ihnen, als wollten die guten Gespräche von früher der verstaubten Schublade entsteigen. Nur die Gedanken der Partner hatten sich seither verändert. Carola wollte auf seinen Zug nicht mehr aufspringen.

23.

Sie zwang sich zu funktionieren. Mechanisch erledigte sie den Alltag, fuhr in den Sender, in den Kindergarten, zur Elternversammlung, zum Einkaufen. Alles schien glatt zu gehen, in Wahrheit war es kalt und gefühllos. Die Dinge rauschten wie leere Hülsen an ihr vorbei,

deren Inhalt irgendwo verlorengegangen war. Sie fühlte sich fremd in der Welt, fremd in sich selbst. Bis sie eines Tages in der Redaktion zusammenbrach. Nach der gut moderierten Sendung versagten ihr auf dem Gang einfach die Beine. Bobi, die gerade aus dem Waschraum kam, stürzte erschrocken zu ihr.
„Niemanden rufen", war das Einzige, was Carola herausbrachte. Bobi zog sie am Boden entlang ins leere Redaktionszimmer.
„Danke, ich brauche keine Hilfe", presste sie heraus. „Es war nur die Hitze im Studio, die sollen sich mal die Lüftung anschauen."
Nach einer Stunde stand sie auf und verließ den Sender. Am nächsten Tag moderierte sie wieder, als wäre nichts gewesen. In der nachfolgenden Redaktionssitzung kippte sie plötzlich vom Stuhl, so lautlos, dass keiner der um den Tisch versammelten Redakteure etwas merkte. Nur Micha, der neben ihr saß, hielt ihren zur Seite kippenden Stuhl fest. Sie rutschte an der Lehne entlang zu Boden und blieb zusammengekauert liegen. Mit einem leisen „Hey!" stieß Micha den Stuhl zurück, um sich neben sie zu knien.
„Macht ein Fenster auf!", befahl er den verdutzten Kollegen. Drei Fenster standen bereits offen, nachdem die Männer sich vor Wochen freiwillig verpflichtet hatten, für Frischluft zu sorgen. Die Sitzung hatte gerade erst begonnen, Specht und sein Assistent Frank waren auswärts unterwegs. Langsam begriffen die Kollegen, was passiert war. Auf den umgefallenen Stuhl starrend, kamen sie langsam näher.
„Hört auf zu glotzen, gebt mir lieber eine Flasche Wasser", machte Micha seinem Schrecken Luft. Vorsichtig legte er die Hand unter Carolas Nacken und goss ein paar Tropfen über ihr Gesicht. Als sie benommen die Augen aufschlug, entfuhr ihm ein erleichtertes Schnaufen.
„Ist echt eine Affenhitze hier, sehr gescheit, dass du dich hinlegst, unten ist es kühler."
Der Versuch, witzig zu sein, gelang ihm nicht wirklich. Sein Gesicht verzog sich zur grinsenden Maske. Sanft hielt er das Glas Wasser an ihre Lippen.
„Gleich geht´s dir besser. Soll ich einen Krankenwagen rufen?"
Sie schüttelte unmerklich den Kopf. Einige Kollegen hatten schon

ihre Smartphones gezückt, um Hilfe zu rufen. Unschlüssig standen sie in respektvollem Abstand zur liegenden Carola.

„Wir kommen klar, Leute, die Sitzung ist auf morgen verschoben, danke!", scheuchte Micha alle aus dem Zimmer. Mit beiden Händen unter Carolas Achseln fassend, zog er sie zum Fenster.

„Specht ist mit seinem Geliebten unterwegs. Du hast das Zimmer für dich."

„So viel Fürsorge sieht dir gar nicht ähnlich", scherzte sie mit schwacher Stimme.

„Das ist mein Frauenhass, weißt du ja. Jetzt bleib erst mal liegen, ich bringe dich dann nach Hause."

Sie hob abwehrend den Arm.

„Ist echt nicht nötig, alles gut, bitte hol mir ein Taxi."

Beim Versuch, sich hochzurappeln, verlor sie erneut das Gleichgewicht und kippte kraftlos zur Seite. Knapp vor dem Aufprall auf das Fensterbrett fing Micha sie auf.

„So, das reicht jetzt", entschied er. „Halte mich für einen primitiven Macho, aber ich fessle dich jetzt und bringe dich nach Hause."

Bevor noch mehr Kollegen von der Sache Wind bekamen, verließen sie die Redaktion durch den Hintereingang. Micha wusste, dass sie Panik vor Aufzügen hatte. Seinen Arm fest um ihre Hüften geschlungen, zog er sie sechs Stockwerke hinunter. Das letzte Stück bis zum Auto lag sie wie ein Kartoffelsack auf seinem Rücken. Den geschickten Griff hatte er beim Rettungsdienst gelernt.

„Du hast echt Qualitäten", bedankte sie sich, als er sie endlich auf dem Beifahrersitz verstaut hatte.

„Du willst nicht zum Arzt und nicht nach Hause, richtig?", erwiderte er.

„Fahr mich zu den Enten auf der Alten Donau", bat sie.

Sie fuhren in Mauros Eiscafé, das Micha angeblich nicht kannte. Schweigend und Mauros speziellen Kräutertee schlürfend beobachteten sie die ruhigen Bewegungen der Enten auf dem Wasser. Carolas Kreislauf beruhigte sich langsam.

„Jetzt gefällst du mir schon besser", meinte Micha. Die Situation schien ihn etwas verlegen zu machen. Zum ersten Mal saßen sie pri-

vat, nur zu zweit in einem Lokal. Der fehlende Lärm der Redaktion schien ihm die Worte zu verschlagen. Die schmissige Art, mit der er heikle Diskussionen zu meistern pflegte, war für diesen Ort unpassend. Carola hatte sie ihm ohnedies nie abgenommen, ebenso wenig seine Unkenntnis über Mauros Café. In Wahrheit wollte er nichts Privates über sich preisgeben, um nicht angreifbar zu sein. Sein vor Besorgnis verzerrtes Gesicht, als sie nach der Ohnmacht die Augen aufschlug, hatte ein kleines Detail seiner Seele verraten.
„Es tut gut, eine mitfühlende Person dabei zu haben", unterbrach sie das Schweigen. Als er sein übliches ironisches Lächeln aufsetzte, legte sie unvermittelt die Hände an seine Wangen. Mit beiden Daumen drückte sie seine Mundwinkel zusammen.
„Hör auf zu grinsen, das hier ist kein Witz, du bist ein feiner Typ, danke."
Der aufkommende rötliche Schimmer in seinem Gesicht war ihm peinlich. Rasch hob er den Arm, um dem Kellner Zahlungsbereitschaft zu signalisieren. Im Auto sprachen sie nicht mehr. Er fuhr eine Schleife auf den Kahlenberg, um, wie er sagte, den ganzen Wahnsinn mal von oben zu betrachten. Dann werde das eigene Problem ziemlich lächerlich. Die Aussicht auf die Weinberge und die Stadt unter ihnen war atemberaubend.
„Wenn man diese Idylle sieht, glaubt man gar nicht, welche Bestien in ihr leben, nicht wahr?"
„Falsch", verbesserte sie. „Wien ist die lebenswerteste Stadt der Welt. Das ist in internationalen Studien belegt."
„Siehst du das auch so?", fragte er.
„Es ist hier sicher, sauber und schön", entgegnete sie trocken. „Wir haben Geld, Spitäler und funktionierende Gesetze."
„Ja, alles gutes Mittelmaß, das funktioniert, solange alle mittelmäßig sind. Wenn du mehr als Mittelmaß willst, schießen sie dich ab."
„Hier wird niemand abgeschossen", widersprach sie. „Sie stutzen dich nur auf das Mittelmaß zurück. Wenn es dir damit schlecht geht, bekommst du Hilfe."
„Auch du wirst Hilfe bekommen, wenn du ständig zusammenbrichst", sagte er. „Ist es das, was du willst?"

„Ich habe keine Wahl. Früher, ohne Kinder, bin ich ins Ausland gegangen. Woanders ist es kreativer und freier, aber unsicher und anstrengend."

„Und jetzt?" Micha sah sie durchdringend an.

„Jetzt habe ich Kinder."

„Dein Mann ist mit dem Mittelmaß zufrieden, und du bist unglücklich, weil es auf deine Kosten geht, stimmt´s?"

Sie erwiderte nichts, tippte nur eine knappe SMS an Oliver, dass sie heute später kommen würde.

Es war schon dunkel, als sie endlich in Penzing ankamen. Oliver stand ungeduldig vor dem Haus, als erwarte er eine ohnmächtige Carola. Etwas überrascht half er ihr aus dem Auto, winkte Micha zum Abschied, ohne ihn ins Haus zu bitten.

„Die Mädchen schlafen schon, ich habe ihnen nichts erzählt", sagte er zur Begrüßung. Der Chefredakteur hatte ihn angerufen, sobald die Kollegen Carolas Zusammenbruch gemeldet hatten. Am Telefon hatte er sehr besorgt um Carola geklungen. Dass seine Frontfrau und beste Moderatorin einen Schwächeanfall erlitten hatte, könne er sich nicht erklären. Er selbst sei wegen eines dringenden auswärtigen Termins nicht dabei gewesen, wisse aber aus sicherer Quelle, dass kein Streit in der Redaktion vorangegangen sei. Kein Mobbing der Kollegen, das hätten ihm alle glaubhaft versichert. Über Olivers Frage nach dem grundsätzlichen Arbeitsklima in der Redaktion war Specht befremdet.

„Wir regeln unsere Missverständnisse wie zivilisierte Menschen", antwortete er in beleidigtem Ton. „Unser Beruf lehrt uns Feingefühl, das A und O des Journalisten."

Carola wunderte sich über Olivers Erzählung. Warum sprach er über den Chefredakteur, anstatt sie zu fragen, was passiert war? Vielleicht wollte er auf diese Weise seine eigene Besorgnis verdecken. Direkte Fragen, wie sie sich vor dem Umfallen in der Redaktion gefühlt hatte, schienen ihm nicht einzufallen.

In den folgenden Tagen drängte er sie zu neurologischen Untersuchungen, um die Ohnmacht aufzuklären. Es sei wahrscheinlich ganz harmlos, meinte er, aber alles Gefährliche müsse ausgeschlossen wer-

den. Dann könne sie wieder ruhig schlafen. „Ich bin ruhig, auch ohne Ärzte", sagte sie.
Widerwillig ging sie in den nächsten Tagen zur Tomografie und ins Labor, um Ruhe zu haben. Alle Befunde waren negativ, die Ängste unbegründet. Dennoch verordnete der Arzt mehrere Wochen Pause vom Arbeitsleben. Als ihm das Wort „Burn-out" herausrutschte, bekam Carola einen Wutanfall.
„Hören Sie auf mit diesem neumodischen Unsinn! Ausgebrannt ist das Hirn der Idioten, die dieses Wort erfunden haben!"
Sie fügte sich dennoch und übergab die Moderation von „Caro´s Cocktail" an Julia. Die Hörerzahlen stürzten ab, die Hörer bombardierten sie mit E-Mails samt Genesungswünschen. Auch Hasspostings ließen nicht lange auf sich warten. Sie wurde als Verräterin beschimpft, die sich ihren Hörern angebiedert habe, um an ihnen gut zu verdienen. Jetzt mache sie auf krank und liege irgendwo faul am Strand. Ob sie nicht ein Nacktfoto von sich hätte, zumindest das sei sie ihren Hörern schuldig. Der Arzt riet dringend, die Postings und Mails nicht zu lesen, Radio Beta 8 nicht zu hören, sich aus dem Sendebetrieb völlig herauszunehmen. Selbst kleinste Arbeiten würden zur Ausschüttung von Stresshormonen führen, die weit länger anhielte als die Tätigkeiten selbst. Das Einzige, was Carola jetzt helfen könne, sei völliger Abstand zur Arbeit.
Einige Wochen hielt sie sich daran, machte dann im Geheimen kleine Radiobeiträge am Laptop, die Micha in seine Sendung „Absacker" einspeiste. Ihre Texte sprach er mit sonorer, weicher Stimme, immer mit leiser Ironie. Sie lernte einen sensiblen, gar nicht abgebrühten Micha kennen. Manchmal trafen sie sich in Mauros Eiscafé, um die Enten zu beobachten.
„Sei froh, dass du aus dem Hyänengarten raus bist", sagte er. „Specht macht Julia nieder, weil die Hörerzahlen sinken. Sie kann nichts dafür, der Hype der Sendung ist halt vorbei, so ist das im Showbusiness. Der Typ spielt sich auf, als wäre er allmächtig, dabei steht ihm das Wasser bis zum Hals."
Laut Micha braute sich in der Chefetage irgendetwas zusammen, das Specht sehr nervös machte. Die bundesweite Lizenz für Privatradio

war von der Medienbehörde erneut abgelehnt worden, worauf der Programmdirektor Müller-Cerussi in die USA abreiste.
„Irgendetwas muss er dort mit den Geldflüssen klären, bevor sie ihm hier die Lizenz geben", berichtete Micha. „Die Stimmung in der Redaktion ist mies, ich überlege, ob ich mir das weiter antun soll."
„Überleg dir das gut", riet Carola. „Müller-Cerussi ist einer der wenigen nicht Mittelmäßigen, er verdient Loyalität."
Sie erzählte ihm vom Casting auf der Baustelle, als vom neuen Sender noch nichts zu sehen war, über die Offenheit Müller-Cerussis, der sie aus der Depression der Babypause gerettet hatte.
„Er steht zu sich und seiner Vision, ohne Angst vor Autoritäten, eine Seltenheit in diesem Land."
„Er kann es sich leisten", erwiderte Micha. „Wenn es schiefgeht, verschwindet er über den Ozean."
Sie hoffte, dass Müller-Cerussi wiederkommen würde, um ihren Traum weiterlaufen zu lassen.

24.

In der frei werdenden Zeit drängten sich Fragen auf, die sie nicht loslassen wollten. Wie war sie in diese Situation gekommen? Die Doppelbelastung mit Job und Familie konnte für eine moderne Frau nichts Ungewöhnliches sein. Sie hatte es nie als Problem empfunden, zumal die Arbeit ihr Spaß gemacht hatte. Viele Frauen lebten mit diesem Dauerstress, aber nicht alle stürzten ab. Warum gerade sie?
Bruchstücke ihrer Kindheit tauchten immer wieder auf. Der enttäuschte Blick der Mutter, wenn im Zeugnis der kleinen Carola eine Drei in Rechnen auftauchte. Der Vater war erfolgreicher Ingenieur, und die Tochter konnte nicht rechnen, eine Schande! Die Eltern waren geschieden, seit Carola vier war, dennoch wurde ihr der Vater immer als leuchtendes Beispiel vorgehalten.
Mutter selbst hatte nur geringe Schulbildung, weil, wie sie sagte, ihre Eltern sie nie zum Lernen angehalten hatten. Später hatte sie sich durch Lesen einiges Wissen angeeignet, um mit Vater Schritt halten zu können. Vor der Ehe arbeitete sie für die Buchhaltung eines

Lagers, ein schrecklicher Job, der sich später zum Glück erübrigte. Vater verdiente als Ingenieur gut, sodass die Familie in recht sorglosem Wohlstand lebte. Nach der Scheidung zahlte er gute Alimente, bis er wieder heiratete und erneut Kinder bekam. Ein schwerer Schlag für Mutter, die immer gehofft hatte, ihn zurückzugewinnen. Fortan musste sie putzen gehen, um mit der Tochter einigermaßen über die Runden zu kommen.
Umso größer waren die Erwartungen an Carola. „Du bist faul, streng dich mehr an, sei die Beste, stelle alle in den Schatten, denke aber ja nicht, du seiest jemals gut genug! Wenn du alles erfüllst, weit über das Ziel hinausschießt, wird vielleicht jemand Notiz von dir nehmen. Ansonsten bist du es nicht wert, geliebt und beachtet, ja nicht mal angesehen zu werden."
Den Erwartungen zu entsprechen, hatte Carola von klein auf gelernt. Alles andere wäre selbstmörderisch gewesen. Fehler wurden nicht akzeptiert, somit von der Kleinen peinlichst vermieden. Passierte ihr dennoch einmal ein Missgeschick, kam sie gewaltig in Stress. Mit aller Kraft musste der Fehler ausgebügelt, wieder gutgemacht und mehrfach kompensiert werden. Falls nicht, würde Mutter nicht mehr mit ihr sprechen, sie ignorieren wie stickige Luft, die den Raum vergiftete. Diese Sprachlosigkeit war schlimmer, als Schläge zu bekommen. An solchen Tagen der Strafe blieb für Carola die Zeit stehen, sie konnte nicht essen, schlief unruhig und hatte zu nichts Lust. Alles, was entspannen und Freude machen konnte, wurde von der Bemühung erstickt, Mutters Gunst wiederzugewinnen.
Die Traurigkeit, die all diese Anstrengungen in ihr auslösten, interessierte niemanden. Sie spielte die Fröhliche und Ausgeglichene, um die häufige Trübsal der Mutter auszugleichen. Vielleicht würde Vater wiederkommen, sie zumindest öfter als drei Mal im Jahr besuchen, wenn sie sich nur mehr bemühte.
Carolas eigenes Wesen bekam wenig Raum. Mutters Seelenzustände überlagerten alles, was ein Kind zum Ausleben des eigenen Selbst braucht. Freude, Wut, Begeisterung, Lust, alles spontan Empfundene, nach freiem Ausdruck Drängende war verboten. Nur an Tagen, an denen es Mutter gut ging, wurde plötzlich alles anders. Sie verwan-

delte sich zur fröhlichen Spielgefährtin, die mit Carola über den Zaun zum verbotenen Gelände der alten Burg in Kaiserebersdorf kletterte, mit ihr wilde Geschichten über Ritterinnen spielte, verwegene Turniere mit Ästen ausfocht, um die im Kerker schmorende Burgfrau zu befreien. Sie erfanden Handlung samt Dialogen, die sie in verschiedenen Rollen mit bunten Tüchern spielten. Nach Stunden der Abenteuer kehrten sie mit zerkratzten Armen, blauen Flecken und erhitzten Gemütern zurück.
Oder sie gingen in den Eislaufverein am Heumarkt, um unter freiem Himmel endlose Runden zu drehen. Diese sonntäglichen Nachmittage waren für Carola ein Paradies, aus dem sie nie wieder auftauchen wollte. Dafür lohnte es sich, die Zuwendung der Mutter zu erkämpfen. Im Streben nach Liebe ging Carolas kindliche Kreativität auf, einer Sisyphusarbeit ohne Ende.

Nach außen vermittelte Mutter einen ganz anderen Eindruck. Alle sahen sie als alleinerziehende Frau, die trotz widriger Umstände eine warmherzige Perle geblieben war. In Gesellschaft gab sie die glänzende Unterhalterin, deren Charme wie eine Fackel alles erleuchtete. Sobald Publikum in Sicht war, verwandelte sich ihre übliche Trübsal in fröhliche Geselligkeit. Als ob sie einen Hebel umlegte, um vom Schatten in den Lichtkegel der Aufmerksamkeit zu tauchen. Alle Anwesenden waren von ihr begeistert. Wie konnte ein Mann so eine lebenslustige Frau verlassen haben? Na klar, wegen einer anderen, die eine Kanone im Bett war, die Männer sind alle gleich. Eine Frau wie Carolas Mutter konnte sich ein Mann doch nur wünschen! Sie redete viel, hatte zu jedem Thema eine Meinung, vertrat diese energisch, aber niemals beleidigend für andere.
Dass sie nur geringe Schulbildung besaß und sich mit keinem Thema ernsthaft beschäftigte, ging im Redeschwall unter. Den Dingen echte Zuwendung zu widmen, interessierte sie nicht. Das Gesagte sollte Aufsehen erregen, etwas Besonderes sein, ohne Anstrengung zu fordern. Den Vorwurf, dass sie mit ihrer Inszenierung anderen Menschen Raum nahm, wies sie von sich. Jeder konnte sich produzieren, wenn er wollte, und falls er/sie nicht wollte oder konnte, war das nicht ihre

Schuld. Die Zuhörer als Bühne für sich selbst zu nutzen, war schließlich auch ein künstlerischer Akt, den nicht jeder beherrschte. Viele Jahre später erfuhr Carola von Vater, dass auch er von Mutters extrovertierter Art anfangs fasziniert gewesen war. Später nannte er sie „affektiert". Oft ging er zu Veranstaltungen nicht mit, ohne einen triftigen Grund zu nennen. Ob er genauso wortlos weggegangen war, erzählte er Carola nicht. Nach ihm hatte Mutter noch einige Verehrer, die jedoch ihren Ansprüchen nie genügten. Lieber ging sie putzen, bevor sie sich wieder von einem Mann abhängig machte. Warum sie ihr offensichtliches Werbetalent nicht zum erfolgreichen Beruf ausbaute, blieb unklar.

Als Carola zehn war, trat ein netter, aber farbloser Stiefvater in ihr Leben. Als glühender Verehrer ihrer Mutter durfte er bleiben.

Carola rätselte lange über den Widerspruch von Mutters erdrückender Melancholie und dem alles erfassenden Frohsinn. Dass beides die gleiche Quelle, das Streben nach Dominanz, hatte, war ihr lange nicht bewusst, ebenso wenig, dass sie darunter litt. Sie hatten ein inniges Verhältnis als Freundinnen, da Carola keine beste Freundin hatte. Mit Mutter konnten alle Probleme der Pubertät ausgiebig diskutiert werden, Selbstzweifel, Liebeskummer, Übergewicht und die Unmöglichkeit, dieses loszuwerden. Dass Carolas übermäßiges Futtern mit Unterdrückung ihrer Persönlichkeit zu tun haben könnte, wurde nie angesprochen. Mutter beherrschte die Szene als scheinbar legitimes Gleichgewichtspendel der kleinen Familie.

Der echte Vater hatte darin keinen Platz. Seine neue Familie nahm ihn so sehr in Anspruch, dass er für seine älteste Tochter keine Zeit hatte. So lauteten Mutters Erklärungen, wenn sein Besuch angekündigt und in letzter Minute abgesagt worden war. Die kleine Carola war traurig, ohne sich jemals zu beklagen. Mutter unternahm mit ihr etwas Schönes, später kam der Stiefvater mit, der Carola gut behandelte und sogar adoptieren wollte. Da war sie schon elf und weigerte sich. Falls Mutter ihn nur geheiratet hatte, um nicht mehr putzen gehen zu müssen, wollte sie ihn als Vater nicht haben.

Als Heranwachsende lehnte sie es trotzig ab, ihren leiblichen Vater in Graz zu besuchen. Wenn er etwas von ihr wollte, könne er ja nach

Wien kommen. Nach ihrer Matura kam er tatsächlich. Mit einem riesigen Blumenstrauß stand er am Haupttor des Stephansdomes, wo sie sich zur Sicherheit verabredet hatten. Ein neutraler Ort, falls sie einander nicht wiedererkennen oder kurz vor dem Treffen umkehren sollten. Sie erkannte ihn sofort. Sein zielsicherer Blick rief in ihr tiefe Erinnerungen hervor. Wie ein Laser suchte er die Umgebung nach etwas ab, das er sicher zu finden erwartete. Dieses unruhige, dennoch selbstbewusste Suchen spürte sie oft in sich selbst, wenn eine Entscheidung ganz nah, aber noch nicht klar war.

Das Treffen war herzlich und unkompliziert. Die Tränen in seinen Augen registrierte sie mit leiser Genugtuung. Als Überraschung schenkte er ihr die Maturareise nach Griechenland. Ihrem erstaunten Blick begegnete er mit der Aussage, sich über die Jahre immer wieder nach ihren Schulleistungen erkundigt zu haben. Ihr Klassenvorstand habe ihm am Telefon von der Reise erzählt. Er wisse natürlich, dass das Geschenk keine Entschädigung für die Jahre sei, die sie ohne ihn habe aufwachsen müssen. Aber er sei unendlich stolz auf sie, dass sie die Schule und ihr bisheriges Leben so gut geschafft habe. Vielleicht könnten sie einander jetzt öfter sehen. Carola gab keine Antwort. Die wenigen Male, die sie einander danach begegneten, verliefen harmonisch wie unter Seelenverwandten. Carola war überzeugt, ihm mehr nachgeraten zu sein als ihrer Mutter.

Sie begann, Elektrotechnik zu studieren, obwohl das Fach sie nicht interessierte. In Vaters Fußstapfen als Ingenieur zu treten, war ihr und Mutters größter Wunsch. Ihre schlechten Prüfungsnoten an der Uni standen in krassem Gegensatz zum glanzvollen Gymnasium. Enttäuschtes Kopfschütteln der Mutter war die Folge. Der entfernt lebende Vater würde sie für diese miesen Klausuren auslachen. Dass sie ein Beweis für das falsche Studium waren, kam nicht in Frage. Ihr wahre Berufung, das gesprochene und geschriebene Wort, war zuhause niemandem ein Gespräch wert. Sie nahm ihr Talent nicht ernst, obwohl der Deutschlehrer sie früher oft darauf aufmerksam gemacht hatte. Als sie nach zwei Jahren Frust das Technikstudium abbrechen wollte, ging Mutter wütend auf sie los.

„Seit wann gibst du auf, weil du es nicht schaffst?"
Carolas empfindlichster Nerv war getroffen. Das erwachsene Kind war nicht in der Lage, sich zu wehren. Die bleierne Mutlosigkeit, die sie in solchen Momenten überfiel, blockierte jede Veränderung. Sie spielte weiterhin die Rolle der Erwachsenen, meisterte pflichtbewusst das Leben, dessen Verantwortung Mutter zunehmend abgab. Wann immer ein größeres Problem auftauchte, reagierte sie hilflos und depressiv. Carolas Stiefvater war als Hilfe ungeeignet. Wichtige Entscheidungen des Alltags übernahm Carola wie selbstverständlich. Als sie mit zwanzig von zuhause auszog, begann das gute Mutter-Tochter-Verhältnis zu bröseln. Mutters Depressionen kamen prompt und heftig, trotz Carolas Einladungen ins Theater, ins Kaffeehaus und in ihr neues Zuhause. Erst als sie Mutter in ihr selbstständiges Leben einbezog, ihr sogar potenzielle Liebhaber vorstellte, die sie meist bald darauf wieder verließ, beruhigte sich der Gemütszustand.
Endlich entschloss sich Carola, das Studium zu wechseln. Politikwissenschaft war weniger ruhmreich als Technik, interessierte sie aber brennend. Dank ihrer Begeisterung und rhetorischen Begabung gelangen die Prüfungen spielend. Den Kontakt nach Hause versuchte sie möglichst gering zu halten, um sich den neuen Weg nicht miesmachen zu lassen.

Als Vater völlig unerwartet starb, war Carola schockiert. Obwohl sie ihn nur oberflächlich kannte, hatte sie seit der Kindheit davon geträumt, irgendwann eine engere Beziehung zu ihm aufzubauen. Nach seinem plötzlichen Tod machte sie sich große Vorwürfe, sich nicht mehr um ihn gekümmert zu haben. Dass sie als Kind unter seiner Abwesenheit gelitten hatte, schien jetzt wie eine Lappalie. Sie hätte nicht auf ihre Mutter hören sollen, die ihn als fähigen Ingenieur, aber labilen Schürzenjäger bezeichnete.
Keiner der Eltern hatte Carola jemals den wahren Grund ihrer Trennung verraten. Sie vermutete, dass er Mutters schwankende Seelenzustände nicht ertrug und abgehauen war. Das neue Leben mit seiner früheren Jugendliebe in Graz nannte Mutter die feige Aktion eines Mannes, der immer den Weg des geringsten Widerstandes wählte.

Die neue Frau sei nicht nur viel hässlicher als Mutter, sondern ohne jeden Charme und Witz. Sie streichle aber Vaters Eitelkeit, habe ihn auf ein Podest gestellt, wo er seiner Selbstherrlichkeit frönen könne. Klar, dass sie selbst als frühere Ehefrau keine Lust mehr auf sein Ego hatte.

Obwohl die Trennung schon zwanzig Jahre her war, vermutete Carola, dass diese Ehe ihre Mutter immer noch belastete. Nach dem Tod des Vaters rief sie häufig an, um schlimme Gemütszustände der Mutter rechtzeitig zu erahnen. Geduldig hörte sie am Telefon dem Wortschwall zu, der nichts an Dominanz verloren, aber, zu Carolas Erstaunen, plötzlich ganz andere Inhalte hatte. Kein Wort mehr über Depressionen oder Medikamente, stattdessen lebhafte Berichte über Gesellschaften, die Mutter nach langem wieder besuchte.

„Endlich kann ich mein theatralisches Talent ausleben", erzählte sie. „Du glaubst nicht, wie viele Menschen mir Mut und Trost geben."

„Warum Trost?", fragte Carola.

„Weil ich doch Witwe geworden bin."

„Wie kann eine geschiedene Frau Witwe werden?"

„Bis dass der Tod euch scheidet, heißt es, aber das versteht ihr jungen Leute nicht."

Carola war sprachlos. Mutter redete, als hätte der Tod des Exmannes sie endlich erlöst. Warum sie die angeblich tröstenden Leute nicht schon früher gesucht hatte, blieb unklar. Plötzlich schien ein lähmender Klotz von ihr abgefallen zu sein. Sie nahm ihr Leben in die Hand, erledigte finanzielle und behördliche Dinge, meisterte den Alltag, als hätte sie nie etwas anderes getan.

Es war zu befürchten, dass die neuen Aktivitäten nur als Flucht vor der Trauer über Vaters Tod, vor allem über das unerfüllte Leben mit ihm dienen sollten. Nach einiger Zeit würde die Verdrängung erlahmen und die Depression umso schlimmer zuschlagen. Als ein Jahr später Mutter immer noch aktiv und guter Dinge war, löste sich der Krampf in Carolas Herz. Sie beendete ihr Studium der Politikwissenschaft mit Auszeichnung und verschwand zum Masterstudium nach Bologna.

Dass sie sich dort unsterblich in Raffaele verlieben würde, war nicht geplant. Sie erlebte eine Zeit des seelischen Rausches, den sie nie ge-

kannt hatte. Nach einem Jahr verließ sie den Mann wortlos und in Panik. Nach der Rückkehr stürzte sie sich in Arbeit. Kurse für Rhetorik, perfektes Erlernen der deutschen Sprache, Sprechen am Mikrofon. Ihre Redebegabung brachte ihr Einladungen zu Veranstaltungen über die Freiheit des Wortes. Sie redete gegen die Vertreibung der Central European University aus Budapest und gegen die Pseudodemokratie in manchen osteuropäischen Staaten. Dass die österreichische Regierung sich autoritären Machthabern anbiederte, fand sie unerträglich. In die Politik zu gehen, lehnte sie ab. Sich an Wahlprogramme einer Gruppe anpassen zu müssen, schien ihr wie die Rückkehr ins Gefängnis ihrer Kindheit. Sie wollte endlich ihren Gedanken freien Ausdruck gewähren.
Als Volontärin bei Radio Orange gestaltete sie Reportagen über das Leben im Wiener Grätzl, über Menschen, die den Alltag trotz ärmlicher Verhältnisse mit Frohsinn bewältigten. Ihre Interviews und Kommentare begeisterten die Hörer durch provokanten Inhalt bei gleichzeitig warmherzigem Ton. Nach einem Jahr bot ihr das öffentlich-rechtliche Radio Ö1 die erste Reportage an. Fortan arbeitete sie erfolgreich als Journalistin, verdiente gut, war selbstständig und unabhängig. Keiner durfte ihr Vorschriften machen, wenn er in ihren Augen nicht kompetent war. Sie schonte niemanden mit Kritik, am wenigsten sich selbst. Alle respektierten ihre Fähigkeiten, ohne die harte Arbeit, vor allem die Angst dahinter zu ahnen.
Diese kam immer wieder wie ein Bumerang zurück, egal, wie viel sie arbeitete. Die vom Kind geforderte Leistung hatte sie all die Jahre ohne Zwang geliefert. Stürzte sie jetzt ab, weil die Panik, zu versagen, nicht mehr zu kontrollieren war?
Eigentlich waren ihr alle diese Zusammenhänge nicht neu. Im Training der Achtsamkeit hatte sie es als überwundenen Schnee von gestern abgehakt. Jetzt genügte ein lächerlicher Vorfall im Job, um den Teufelskreis neu zu entfachen. Du bist nicht gut genug, bald wirst du kritisiert, verlacht und in die zweite Reihe gestellt. Als ob die Angst sich zu einer reitenden Hexe verselbstständigte, die jeden Schritt blockierte. Konnten sich die inneren Befehle so hartnäckig ihrem Wesen eingepflanzt haben?

Mit der Mutter hatte das längst nichts mehr zu tun. Seit Carolas Rückkehr aus Bologna kümmerten sich Mutter und Tochter wenig umeinander. Zu Weihnachten und dem Geburtstag von Melanie und Valerie kamen kleine, nicht zu teure Geschenke per Boten. Carola wollte es so, um ihre Kinder nicht an eine Oma als Melkkuh zu gewöhnen. Vor allem hatte sie Angst, dass ihre Mutter die Kleinen an sich klammern würde, wie sie es mit ihr selbst als Kind getan hatte. Dass dahinter nicht wirklich Liebe war, hatte sie schmerzlich erfahren müssen. Ihre eigene Kindheitsgeschichte zog sich wie ein Schweif hinter ihr her.

25.
Wozu sind Freunde da? Diese einfache Frage kann zum tränenreichen Labyrinth werden, aus dem kein roter Faden herausführt. Spätestens dann, wenn einem klar wird, dass man eigentlich keine echten Freunde hat. Höchste Zeit, zu überlegen, wohin sie verschwunden sind. Oder ist man selbst verschwunden? Dem Freundeskreis entwachsen, der einst Heimat und Zufluchtsort war? Fehlende Zeit wird gern als Grund für abgeflaute Freundschaft angegeben, oft auch tatsächlich geglaubt. Der alles fressende Beruf, der Partner, die Kinder, all die Sachzwänge des an Karriere und Wohlstand verzweifelnden Menschen.
Wer kann da an menschliche Beziehungen denken? Zumal Freundschaft keinen materiellen oder sonst wie messbaren Gewinn bringt, jedoch Investition kostet. Man muss gedankliche Energie für den Freund/die Freundin aufwenden, zuhören, Empathie zeigen, sich im Notfall engagieren, um ihm/ihr aus dem Tief herauszuhelfen. Dieses Humankapital könnte man viel einträglicher für das eigene berufliche Weiterkommen nutzen. Dies tut man oder frau oft und lässt die Freundschaft einfach ruhen. Bekanntlich ist es nie eine Frage der Zeit, sondern der Prioritäten. Was ist mir diese Person wert?

Sie hatten sich seit Jahren nicht gesehen, nicht einmal telefoniert, wie sie es früher täglich gemacht hatten. Ihre Seelenverwandtschaft hatte sich jeden Tag auf selbstverständliche Weise erneuert. Seit sie sich auf

dem Waldfest des Tiroler Bergdorfes um denselben Tanzpartner gestritten hatten, war das gemeinsame Band nicht mehr abgerissen. Carola hätte Marie am liebsten deren ins Dirndl hineingepresste Brüste abgeschnitten, die sich dem begehrten Tänzer so dreist anboten. Sie selbst hätte sich geschämt, so aufgebrezelt daherzukommen, obwohl ihr Busen größer und schöner war. Sie hasste sich für ihre Eifersucht auf dieses Mädchen, das sie gar nicht kannte. Wer weiß, vielleicht war die Tussi mit dem feschen Tänzer verlobt, diese Bauerntrampel hatten ja eigene Gesetze. Das ganze Waldfest war eine blödsinnig lächerliche Landpartie, einer kultivierten Stadtpflanze nur im Zustand größter Langeweile würdig. Das Feriencamp, wohin ihre Mutter sie seit ihrem achten Lebensjahr jeden Sommer geschickt hatte, brauchte sie nun als Betreuerin der Kinder. Ein langweiliger Ferienjob für eine Sechzehnjährige, die gierig aufs Leben war. Keine Lokale, keine Discos, keine Strände mit surfenden und Beachball spielenden Jungs.
Heute war ihr erster freier Tag. Vom verschlafenen Waldfest versprach sie sich zumindest etwas Abwechslung. Dass sie sich prompt verknallte, kam wie ein kalter Windstoß im schwülen August. Nur ein Mal tanzte sie mit dem Feschak, bevor Marie ihren knalligen Busen gegen sein Hemd drückte. Der Idiot war natürlich hingerissen. Carola räumte sofort das Feld, unwissend, wie sie mit ihren weiblichen Reizen umgehen sollte. Sich weiblicher Konkurrenz zu stellen, kam ihr dämlich vor. Sie setzte sich abseits, allein und den Tränen nahe. Nach dem Tanz kam die künstlich Vollbusige zu ihr.
„Ich bin Marie", klopfte sie ihr auf die Schulter. „Der nächste Tanz ist Damenwahl, mach schnell, dass du den Hannes noch kriegst."
Sie schubste Carola zur Tanzfläche. Es war der Beginn einer wunderbaren Freundschaft. Sie schrieben einander regelmäßig und offen über die erste Liebe, die öde Schule, das enge Leben. Der schöne Hannes war längst vergessen. Marie dürstete ebenso wie Carola nach Freiheit. Sie wuchs bei ihrer Großmutter im kleinen Bergdorf auf, nachdem ihre Eltern sich in Innsbruck getrennt hatten. Ihre Liebe zur Natur stand in krassem Gegensatz zum Hass gegen die rückständige Haltung mancher Bewohner.
„Als wären sie nie hinter ihrem Kachelofen hervorgekommen",

schrieb sie ihrer Freundin nach Wien. „Hauptsache, sie haben genug Vieh und Schnaps. Kein Interesse an Politik, Kultur, außer am blöden Schuhplattler. Die Kühe auf der Alm haben mehr Durchblick."
Als Marie endlich zum Studium der Bodenkultur nach Wien kam, hatten die beiden Freundinnen schon einige gemeinsame Bergtouren sowie eine Interrail-Reise nach England und Schottland absolviert.
Als Marie viele Jahre später den schönen Hannes heiratete, war Carola erstaunt. Seit dem Waldfest hatten sie nicht mehr über ihn gesprochen. Marie betonte immer wieder, auf jeden Fall in der Stadt bleiben zu wollen. Das Bergdorf sei für die Ferien gut, ansonsten tödlich langweilig. Carolas Männergeschmack hatte sich während des Studiums stark gewandelt. Als Bäuerin zu einem Mann aufs Land zu ziehen, war das Letzte, was sie vom Leben erwartete. Sie nahm Maries Entscheidung gelassen, ohne zu kommentieren. Bis Marie sie bat, ihre Trauzeugin zu sein.
„Hannes wird das nicht gefallen", sagte sie.
„Wieso?", erwiderte Marie. „Auch er kann seine Zeugen frei wählen, so haben wir es ausgemacht."
„Du bist echt naiv. Siehst du nicht, wie argwöhnisch er unsere Freundschaft beobachtet?"
„Das kommt dir nur so vor", meinte Marie. „In Wahrheit ist er froh, dass ich mit dir über all das spreche, worüber er mit mir nicht reden möchte."
„Sex zum Beispiel?"
„Sex im Zusammenhang mit weiblicher Überlegenheit. Das ist nicht so sein Ding."
„Heiratest du einen katholischen Patriarchen?", fragte Carola mehr entsetzt als belustigt. Sie hatte im örtlichen Wirtshaus ein Gespräch aufgeschnappt, in dem Hannes sich über ihre Freundschaft ausließ. Wie konnten zwei Frauen, die so gar nicht zueinanderpassten, echte Freundinnen sein? Marie sei sehr weiblich, erklärte er den Freunden, Carola hingegen eine frustrierte Feministin. Dass ihr Freigeist schlecht auf Marie abfärbte, war für den konservativen Hannes klar.
„Das ist eitles Geschwätz unter Männern", lachte Marie, als Carola es ihr erzählte. „Hannes ist viel moderner, als er scheint. Bei seinem

Antrag habe ich ihm erklärt, dass ich keinesfalls als Bäuerin zu ihm nach Tirol gehen werde. Er war einverstanden."
„Ehe auf Distanz?", fragte Carola ungläubig.
„Nur am Anfang", erwiderte Marie. „Meine Projekte zur ökologischen Landwirtschaft werde ich aus einer Zweitwohnung in Innsbruck betreiben. Die Nähe zur Universität ist wichtig, das Pendeln auf den Hof am Wochenende kein Problem."
„Das akzeptiert er?", zweifelte Carola.
„Bis zum ersten Kind, dann bleibe ich auf dem Hof."
„Um mit Kühen und Hühnern über Politik zu diskutieren", ergänzte Carola belustigt. „Über EU-Förderungen und Milchpreise für ökologische Rinder, na grüß Gott."
Sie warnte Marie eindringlich, sich von Hannes abhängig zu machen. Die konservativen Tiroler wären nur nach außen modern und aufgeschlossen, in Wahrheit stamme ihr Frauenbild aus der Mitte des letzten Jahrhunderts.
„Jetzt tut er auf Gleichberechtigung, aber warte, bis euer erstes Kind kommt, dann bist du an den Herd gefesselt."
Sie wusste, dass Hannes sie für eine beziehungsgestörte Emanze ohne Respekt für menschliche Werte hielt. Marie widersprach nicht und ernannte Carola zu ihrer Trauzeugin. Er hoffte auf Entfremdung der Freundinnen, sobald Carola wieder in Wien war.
Das letzte Gespräch führten sie an der üppigen Hochzeitstafel, die Maries Großmutter auf dem Hof ausrichtete. Danach war sechs Jahre lang Funkstille. Zu Weihnachten und zum Geburtstag tauschten sie Karten mit herzlichen Bekundungen des Wohlwollens aus. Über gemeinsame Bekannte informierte sich jede über das Leben der Freundin, ohne selbst den Kontakt zu suchen. Als hätten sie ihre Seelenverwandtschaft gewaltsam durchtrennt, um den eigenen Weg fortsetzen zu können.
Maries Telefonnummer war nicht im Smartphone gespeichert. Carola kramte ihr altes Adressbuch heraus, dessen Ledereinband schon Patina angesetzt hatte. Die Handynummer stimmte nicht mehr. Daneben hatte Marie beim eiligen Abschied die Festnetznummer des Bauernhofes hingekritzelt. Immerhin, das Freizeichen kam.

„Burger."

„Marie?", verschluckte sich Carola. Nach drei Schrecksekunden kam Maries gewohnt ruhige Stimme.

„Na endlich", grüßte sie.

„Ich habe oft an dich gedacht, aber irgendwie, du weißt schon", war alles, was Carola einfiel. „Wie geht's dir?"

„Irgendwie sollten wir uns treffen, und zwar schnell", antwortete Marie. Carola erinnerte sich, dass die Freundin früher immer die Verzweiflung in ihrer Stimme gehört hatte. Hunderte Male hatten sie telefoniert, um einander die Seelen auszuschütten.

„Ich komme übermorgen nach Wien", verkündete Marie. „Passt dir um fünf im Café Stein?"

„Und dein Baby?", platzte Carola heraus. Sie hatte alle Infos über Maries drittes Kind von Doris bekommen, die Marie zwar kaum kannte, aber über Studienkollegen anderer Fakultäten bestens informiert war.

„Baby Paul kommt mit, samt Au-Pair-Mädchen", antwortete Marie. „Sie gehen spazieren, während wir reden."

Sie trafen sich in ihrem Café nahe der Universität. Marie war mit ihren Kindern etwas fülliger geworden, was ihr gut stand.

„Du siehst sexy aus", sagte Carola bewundernd. „Gar nicht nach Bäuerin am Herd."

„Danke, und du siehst aus wie der Tod in der Warteschleife. Was macht dieser Oliver mit dir?"

Sie kannte Oliver nur als Kommilitonen, über dessen linkische Art sie sich beide lustig gemacht hatten. Dass er inzwischen mit Carola Zwillinge aufzog, war über die Informanten bis nach Tirol gedrungen.

„Er macht Karriere", erklärte Carola kurz.

„Und du machst Karriere plus Familie, beides als Hochleistungssport, richtig?" Maries ironischer Lacher ließ keinen Zweifel an ihrer Meinung über Oliver.

„Du kennst ihn nicht, er tut sein Bestes", sagte Carola. „Er ist halt gelassener als ich. Du kennst mich ja, perfekt ist nicht genug."

„Er tut nicht sein Bestes", widersprach Marie. „Er tut das Nötigste, und das nur manchmal, weil er weiß, dass du den Rest erledigst."

„Rede nicht über jemanden, den du nicht kennst", brauste Carola auf.

Maries Besserwisserei war ihr schon früher auf die Nerven gegangen.
„Ich kenne ihn über meinen alten Freund Georg", erklärte Marie. „Sie haben gemeinsam IT-Seminare gemacht. Oliver hat nur das Nötigste selbst erledigt, alles andere von den Frauen im Kurs abgekupfert. Gute Noten hat er immer bekommen."
Carola hatte nicht wirklich Lust, Oliver zu verteidigen.
„Das ist doch ewig her", erwiderte sie mit müdem Lächeln.
Marie sah ihr angriffslustig ins Gesicht. „Ich weiß, dass sie dich bei Beta 8 gefeuert haben. Du warst eine super Moderatorin, ich habe dich ein paarmal gehört. So eine feuert man nicht einfach, außer, wenn sie nicht mehr kommt. Was ist passiert?"
Carola sah sie für einen Moment erschrocken an, dann brach sie in Tränen aus.
„Weißt du, was am beschissensten ist?", schluchzte sie. „Dass Oliver nichts gegen meine Traurigkeit tun kann. Egal, was er sagt, egal, wie er sich bemüht, ich bin immer traurig, als hätte sich ein undurchsichtiger Schleier über mich gelegt. Meine Seele ist grau und schal wie Abwaschwasser. Sieh mich an, ich sehe aus wie eine Leiche, die sich zufällig bewegt, in Wahrheit bin ich längst tot. Mittlerweile ist der Schlaf der einzige erträgliche Zustand. Sobald ich aufwache, legt sich der Trübsinn auf mich wie ein Klotz, der mich begraben will. Er sollte es endlich tun."
Ihre Stimme war ganz leise geworden. Die Schultern hingen wie zwei kraftlose Pfeiler, unfähig, den geraden Rücken zu stützen. Sie legte beide Hände an die Kieferknochen, als müsste sie den Kopf aufrecht halten. Nur ihr Gesicht zeigte den hellen Schimmer der Erleichterung. Marie zog ihren Stuhl heran und legte ihren Arm um die Schultern der Freundin.
„Du kommst zu mir nach Tirol", sagte sie. „Wir fahren morgen gemeinsam zurück. Danach reden wir weiter."

26.

Das schmale Tal in tausend Metern Seehöhe hatte sich seit damals nicht verändert. Von hohen Bergen eingeschlossen, konnte es nur

von einer Seite erreicht werden. Hinter einem dicht bewaldeten Hügel versteckte sich die enge Zufahrt, bewacht von der kleinen, aber wehrhaften Burg aus dem zwölften Jahrhundert. Der ungewöhnlich hohe Burgfried sollte jedem Furcht einflößen, der waghalsig den Burgfelsen zu erklimmen versuchte. Nicht nur für heutige Touristen konnte der Kletterspaß tödlich enden. Vor über zweihundert Jahren hatten sich wehrhafte Bauern in dem abgelegenen Gebiet verschanzt, um den bayrischen Soldaten zu trotzen.
Ursprünglich diente das schmale Tal der Aufzucht von Pferden, die lange Laufstrecken, aber keine Fluchtwege über die Berge fanden. Später entstanden verstreute Weiler und bäuerliche Siedlungen mit Viehzucht und karger Landwirtschaft. Beidseits der Hauptstraße gab es nur fünfzig Meter Platz bis zu den Gehöften direkt am Fuße der Berge. Die Kühe konnten vom Stall sofort auf den Forstweg zur Alm getrieben werden. Die Bauern weiter oben lebten von dem Wenigen, was die steilen Hänge hergaben.
In früheren Zeiten verirrten sich nur selten Touristen auf die unwegsamen Pfade. Oben belohnte die strahlende Sonne jeden, der den Aufstieg wagte. Von den monatelang schneebedeckten Wipfeln sprudelten mehrere Waldbäche mit glasklarem Wasser. Es gab Welse und Biber als normale, noch nicht schützenswerte Bewohner.
In den Siebzigern, bevor der Wellness-Tourismus in die Berge einfiel, lud einer der Bauern Kinder aus der Stadt zu Ferien auf seinem Bauernhof ein. Die zusätzliche Einnahmequelle entpuppte sich als Erfolgsgeschichte mit vielen Nachahmern. Einige Gehöfte wurden komplett zu Ferienhäusern für Kinder umgewandelt. Für kindliche Zufriedenheit musste nicht viel investiert werden. Großer Speisesaal, Schlafräume, gemeinsame Waschräume. Im verbleibenden Kuhstall konnten Bauern beim Melken beobachtet und neugeborene Kälber bestaunt wurden. Die Wälder rundum waren ein Paradies für Räuberspiele, nächtliche Mutproben und Wettbewerbe im Beerenpflücken. Als Trophäen wurden ganze Kübel voller Heidelbeeren mit Zucker verspeist.
Carolas Mutter schickte die Tochter jedes Jahr ins Ferienlager am Bauernhof, um auch mal allein Urlaub machen zu können.

Während der drei Wochen mussten die älteren Kinder zwei Wanderungen auf hohe Gipfel absolvieren, ob sie wollten oder nicht. Carola hasste die mühsamen Touren, die ihr Übelkeit und Blasen an den Füßen verursachten. Während des Aufstiegs horchte sie auf das Rauschen eines der Waldbäche, um sich heimlich von der Gruppe abzusondern. Am Wasser zog sie die schweren Schuhe aus und kühlte die brennenden Füße auf den nassen Steinen. In diesen magischen Momenten der Freiheit vergaß sie das beklemmende Heimweh.
„Wo bist du denn, los, wir wollen hier nicht übernachten!", rief die Erzieherin gnadenlos. Die Magie glasklaren Wassers interessierte sie nicht. Die einzige Sorge war, alle Kinder rechtzeitig zum Gipfel und wieder zurück zu bringen. Hastig trocknete Carola ihre Füße mit der Jacke ab. Das Pflaster für die kleine wunde Zehe lag immer griffbereit im Rucksack. Mutter hatte es ihr mitgegeben, damit sie nicht die Erzieherin fragen musste. Klagen über Schmerzen passten nicht zum Sportsgeist des Jugendlagers.
Eigentlich war das Tal ein romantischer Ort, der die Kraft unberührter Natur ausstrahlte. Nur vereinzelt mischten sich Traktor- oder Autogeräusche von der Straße zwischen das Muhen der Kühe. Dennoch flößten die dicht bewaldeten Hänge Carola Angst ein. Selbst im Sommer ließen sie nur für wenige Stunden täglich die Sonne durch. Ab dem frühen Abend wurde das klare Blau des Himmels immer trauriger, bis es in der dunklen Silhouette des Waldes verschwand.
Im Winter ließ sich die Sonne nie blicken, nur einige geizige Strahlen wurden vom Schnee reflektiert. Die Menschen zogen sich hinter die riesigen Kachelöfen zurück, die einzigen lebendigen Mittelpunkte des öden Winters. In den Gasthöfen schnellte der Schnapskonsum nach oben, natürlich nur für Männer.
Jede der vier größeren Siedlungen im Tal hatte einen Gasthof und eine Kirche, zusätzlich zu den kleinen Kapellen und Marterln entlang der Wege zu den Gehöften. Der katholische Glaube war nicht nur als moralische Autorität unter den Bewohnern stark verwurzelt. Finanzielle Zuwendungen des Vatikans ermöglichten den Ausbau eines Jugendzentrums samt angrenzendem Sportplatz. Der Besuch des Kardinals aus Rom, der sich als Fürsprecher eingesetzt hatte, wurde zum

rauschenden Volksfest. Aus allen Ortschaften kamen die Bürgermeister samt Lokalpolitikern, um den ehrwürdigen Gast zu empfangen. Die größte, hoch über das Tal ragende Kirche war so vollgestopft, dass noch eine zweite Messe gehalten werden musste, diesmal ohne Kardinal. Danach spielten zwei Blaskapellen auf dem Hauptplatz zwischen Fahnen und Luftballons, Trachtenvereine führten gemeinsam einstudierte Tänze auf, Kinder rezitierten Gedichte und sangen Balladen. Die Bewohner hatten ihre besten Gewänder angezogen, um dem Gast ihre Verehrung zu bekunden. Für die Alten war es das Ereignis ihres Lebens, dem sie kein zweites Mal beiwohnen würden. Als wäre ein Heiliger aus dem unerreichbaren Land zu ihnen herabgestiegen und hätte ihrem Tal etwas Erhabenes geschenkt.

Carola stand mit den anderen Kindern des Ferienlagers am Hauptplatz, wo der Kardinal im Wagen des Bürgermeisters ankam. Sie verstand nicht, warum dieser freundlich lächelnde, etwas dickliche Mann ein langes, rotes Gewand trug. Damit ihn alle deutlich sehen konnten? Zwar war er kleiner als die meisten Männer um ihn herum, strahlte jedoch etwas aus, was Carola damals noch nicht verstand. Charisma nannte sie es später, diese rätselhafte Gabe, die weder von prächtiger Robe noch vom reichen Gefolge abhängig ist. Der Kardinal trug keine hohe, golddurchwirkte Mütze, wie sie es im Fernsehen bei einer feierlichen Messe gesehen hatte. Nur ein rundes, weißes Käppchen bedeckte sein wenig behaartes Haupt. Gold leuchtete in den Messegewändern der anderen Priester, die hinter ihm feierlich in die Kirche einzogen. Carola hätte gern auch so ein leuchtendes Bühnenkostüm getragen, samt der Fähigkeit, die Blicke vieler Menschen auf sich zu ziehen. War das Ganze ein Theaterstück, zu dem alle Dorfbewohner eingeladen waren? Nach der Messe mussten die Kinder vor der Kirche Spalier stehen, klatschen durften sie nicht.

Sie fuhr noch öfter in das Ferienlager, der Kardinal im roten Gewand kam nie wieder. Vierzig Jahre später war die Kirche nur sonntags geöffnet und mäßig gefüllt. Maries Großmutter war tot, ihr Hof zu Ferienwohnungen umgebaut. Die Bäche sprudelten weniger, da der Schnee nur noch ganz oben auf den Gipfeln lag. Die wenigen übrig gebliebenen Bauernhöfe hatten Kanalisation, Melkmaschinen und automatische Futteranlagen. Überall wurden Zimmer vermietet, um die bescheidenen Erträge aus der Viehzucht aufzubessern.

Die einstige Gottesfurcht war der weltlichen Stimmung des Tourismus gewichen. Mit Wellness für stressgeplagte Städter ließ sich leichter Geld verdienen als mit harter Stallarbeit. Die Wohltaten für Körper und Seele gaben dem dunklen Tal etwas Leichtes. Von den Balkonen hingen bunte Geranien, die selbst am späten Nachmittag das Sonnenlicht reflektierten. Jedenfalls entstand dieser optische Eindruck in den Köpfen der immer zahlreicheren Gäste. Die Straße mitten durch das Tal wurde schon zum dritten Mal verbreitert, diesmal von einer Baufirma mit schwarzafrikanischen Arbeitern. Die Globalisierung hatte vor den bewaldeten Hängen nicht haltgemacht. In den Gasthäusern hörte man nur noch selten den örtlichen Dialekt. Die Kellner beherrschten gutes Englisch, manchmal Russisch, Japanisch und immer öfter Chinesisch. Ob sie die Gäste oder nur deren Brieftaschen mochten, war hinter der professionellen Freundlichkeit nicht zu erkennen.

„Es ist Vorsaison, du kannst bleiben, solange du willst." Marie stellte Carolas Koffer in die Mitte des großen Raumes. Nichts Bäuerliches war an der Einrichtung zu erkennen. Die Möbel aus hell gebeiztem Holz schienen eher einem Strandhotel in Riccione zu entstammen. Großes, niedriges Bett, italienische Kommode, zwei weiße Korbsessel am runden Tisch mit geschwungenen Beinen. Die seidig schimmernde Tapete gab dem Raum zusätzliche Eleganz. An der Wand hing ein einziges großes Bild des Künstlers, der im Foyer des Hotels ausstellte. Billig sah das alles nicht aus.

„Wir hatten vor Jahren einen römischen Designer zu Gast", erklärte Marie. „Schräger Vogel, ging immer allein in die Berge, trug immer Schwarz mit silbernen Streifen an den Ärmeln, redete fast nichts. Ich weiß nicht, was er hier wollte. Unser verschlafenes Tal hat ihn total begeistert, nur die Bauernmöbel fand er scheußlich. Sein Angebot, das Haus neu zu gestalten, habe ich zuerst abgelehnt. Dann nannte er mir einen lächerlich kleinen Preis für die komplette Ausstattung, nur das Material müssten wir zahlen. Zuerst dachte ich, der ist ein Spinner oder Hochstapler."

War er offenbar nicht, der Raum strahlte unaufdringlichen Luxus aus. Durch die offenen Fenster strömte sauerstoffgetränkte Luft, als wollte sie die Arbeit des Künstlers noch adeln.

„Wahnsinn", war das Einzige, was Carola einfiel. Sie zog Schuhe und Socken aus. Das Parkett unter den Füßen fühlte sich herrlich kühl an. Sie trat zum Fenster und tat einen lauten Atemzug. „Manchmal trifft man die richtigen Leute zur richtigen Zeit", seufzte sie.

„Sie werden einem zugeworfen", berichtigte Marie. „So wie du mir jetzt."

Carola drehte sich fragend um. „Ich dir? Eher umgekehrt, würde ich sagen. Du bringst mich aus der Hölle der Stadt in deine Oase."

„Über meine Oase reden wir noch". Marie stieß die Tür ins weitläufige Badezimmer auf. In den Regalen standen Carolas beliebte Kosmetika, Lotionen und Schminksachen.

„Daran erinnerst du dich noch?", staunte Carola.

„Alles, was du brauchst, ich hoffe, ich habe die richtigen Sachen erwischt. Hier unten sind Haarbürste, Haarspülung und Schaumfestiger. T-Shirts kann ich dir leihen, nächste Woche fahren wir nach Meran, die haben schöne italienische Sachen."

Am Bettrand sitzend wischte Carola eine Träne aus ihrem Augenwinkel. „Du bist irre, ich weiß nicht, was ich sagen soll. Aber du weißt, dass ich in wenigen Tagen zurück zu meinen Mädchen muss. Wir können nicht mehr träumen wie früher."

„Doch, das können wir." Marie umarmte Carola fest.

Die Woche verging im Fluge. Carola telefonierte täglich mit Melanie und Valerie, die Mama nicht zu vermissen schienen. Das schlechte Gewissen, mit dem sie weggefahren war, erwies sich als völlig unbegründet. Das neue Au-pair-Mädchen Adèle war ein Volltreffer. Marie hatte sie kurzfristig über eine Agentur besorgt, ohne Carola zu fragen. Die Kinder hatten Adèle sofort angenommen, da sie so lustig Deutsch sprach, wie Oliver am Telefon erzählte. In Zagreb geboren, in Triest aufgewachsen, mit der Großmutter deutsch gesprochen, somit eine echte Europäerin. Carola hatte sie vor der Abfahrt nur kurz begrüßt, ihr die Autoschlüssel gegeben und Glück gewünscht. Das meinte sie ehrlich, da Marie nicht nach den Auswahlkriterien gefragt hatte.

„Wenn ich euch frage, kommst du hier nie weg", erklärte sie, als sie schon auf der Autobahn Richtung Süden fuhren. „Wenn es schiefgeht, bezahle ich es."
Carola vertraute Maries guter Spürnase für Menschen. Auch Olivers wütende Kommentare hatte sie vorausgesagt. Dass Carola ihn und die Kinder verließe, sei unerhört, ein Straftatbestand, den sie mit ihrer Depression nicht rechtfertigen könne. Er trage in seinem Beruf große Verantwortung, der man nicht noch mehr Stress aufhalsen könne. Jedem normalen Menschen sei klar, dass er mit der neuen Situation völlig überlastet sei. Was denke sie sich dabei, die Familie so kurzfristig einfach hängen zu lassen? Dass ihre Freundin Marie sie angestiftet hatte, war ihm klar, auch wenn Carola dies vehement abstritt. Sie beschwor Marie, bei ihrem Besuch nicht zu ihnen nach Hause zu kommen, um Oliver und seiner Mutter keinen Grund für Beschuldigungen zu geben. Vor allem fürchtete sie, in einer scharfen Konfrontation zusammenzubrechen, sich schließlich auf Olivers Seite zu stellen und zuhause zu bleiben. Alles wäre noch schlimmer als vorher, da sie wieder eine Niederlage eingesteckt hätte. Jetzt, nach wenigen Tagen ihrer Abwesenheit, klang Oliver am Telefon ganz anders. „Adèle ist sehr professionell", sagte er bewundernd über das Au-pair-Mädchen. „Sie versorgt die Kleinen, fährt sie in den Kindergarten, macht den Haushalt, als ob sie hier immer schon gewohnt hätte. Natürlich alles unter meiner Anleitung."
„Natürlich." Carola wusste, dass seine Mutter diese „Anleitung" gab, nachdem sie gleich nach Abfahrt der Schwiegertochter ins Haus eingezogen war. Bestimmt gebärdete sie sich als Frau des Hauses und wies Adèle den Stand des Dienstmädchens zu. Alles nur, um ihrem Göttersohn den beruflichen Rücken freizuhalten. Hoffentlich hielt Adèle die Alte aus, ohne nach wenigen Tagen Reißaus zu nehmen.
„Keine Angst", beruhigte Marie. „Die Mädchen sind von der Agentur auf solche Machtspiele geschult. Das müssen sie sein, du hast keine Ahnung, wie neurotisch es in manchen Familien zugeht. Da ist deine Schwiegermutter noch harmlos."
Tatsächlich schien alles gut zu klappen, Carola war erleichtert, sogar ein wenig eifersüchtig, dass sie zuhause so entbehrlich war.

„Sei froh und genieße es", riet Marie. „Das Jammern kommt früh genug, wenn die Kleinen Heimweh nach dir bekommen. Bis dahin hast du Auszeit."

27.

Es war nach vielen Jahren die erste Woche, die sie als Single verbrachte. Die freie Zeit tat gut. Ihr Körper begann sich zu entspannen, als ob sich eine Luftschicht um ihn legen und den Krampf in sorglose Leichtigkeit verwandeln würde. Die anfängliche Unsicherheit machte schnell der alten Neugier Platz. Gleich am zweiten Tag zog sie los, bepackt mit zwei Käsebroten und einer kleinen Flasche Molke, die sie vom Frühstücksbuffet mitgenommen hatte. Dass man den aus den Bergen sprudelnden Bächen ihrer Kindheit kein Trinkwasser mehr entnehmen sollte, überraschte sie nicht. Marie berichtete in bemüht sachlichem Ton, dass die Hälfte der Bäche zu Rinnsalen getrocknet war. Selbst in fast dreitausend Metern Höhe lag nur noch im Winter Schnee. Zum Glück hielt er sich im schattigen Tal fast genauso lang, was den Gasthöfen bis ins Frühjahr viele Besucher brachte.
Tourismus war zur wichtigsten Einnahmequelle der Siedlungen und Bergbauernhöfe geworden. Rodelwettbewerbe und Schneewanderläufe lockten Gäste aus aller Welt in die einzigartige Schönheit des Tales. Im vorigen Jahr hatte sogar die Weltmeisterschaft im Freilandrodeln hier stattgefunden, samt internationalem Jetset und Rekordeinnahmen.
Marie erzählte dies in Stichworten, als sei sie von der Entwicklung nicht wirklich begeistert, aber trotzdem irgendwie stolz. Carola hörte halbherzig zu. Sie war auf dem Sprung, ihr altes Tal der Kindheit neu zu entdecken. Der seit der Studienzeit nicht mehr verwendete Rucksack lag ungewöhnlich leicht auf ihrem Rücken. In den letzten Jahren trug sie mindestens doppelt so viel Gewicht mit sich herum, Kinderkleider, Spielzeug, Essen, Laptop, all das, was dem Arbeitsmenschen angeblich das Leben erleichterte. In Wahrheit klebten sich die Zwänge des Alltags wie schweres Pech auf die Schultern.
Mit nur zwei Broten und Molke auf dem Rücken wurde auch der

Kopf leichter. Die frische Luft zog wie ein Swifter durch die Hirnwindungen, alles Staubige und Überflüssige herausblasend. Bis ans Ende des Tales wollte sie heute gehen, dorthin, wo es keinen Ausgang, nur den fast dreitausend Meter hohen Berg gab. Bestimmt stand unten noch die kleine, der heiligen Magdalena geweihte Kapelle, um dem Wanderer vor dem Aufstieg Segen zu spenden. Von Maries Hotel war es weiter, als der Blick von der Schwelle vermuten ließ. Spontan entschloss sie sich, zwei Kilometer per Autostopp zu fahren, bis zur kleinen Brücke, wo der Bach die Straße kreuzte.

Immer noch kam die Sonne nicht direkt über die Berge hinunter. Man musste den steilen Weg zur Alm nehmen, um den strahlenden Himmel zu sehen. An ihre kindliche Angst vor den Bergen konnte sie sich kaum noch erinnern. Die erzwungene Passivität von damals, die Unmöglichkeit, dem Heimweh zu entkommen, tauchte manchmal unvermutet auf. Ein Funke, der dem Herzen einen Stich versetzte, um sogleich von der Vernunft gelöscht zu werden. Du bist erwachsen und Herrin deines Lebens, kein Opfer der Verzweiflung. Heute weißt du, dass die weiterlaufende Zeit dem Schmerz irgendwann ein Ende bereiten wird. Du bist ihm nicht ausgeliefert.

Die Beine trugen sie automatisch auf dem unwegsamen Pfad zur Alm. Das Stolpern über die knorrigen Wurzeln glich einem Déjà-vu-Erlebnis, nur die Fallhöhe bis zum Boden hatte sich geändert. Das zehnjährige Kind war zur Frau gewachsen, sonst war alles gleich. Der breit gefächerte Farn fing sie immer noch wie ein Teppich auf, der nur zwecks Schmerzlinderung wuchs. Als Kind war ihr der Weg endlos erschienen, jetzt dauerte er kaum eine Stunde. Oben auf der sonnigen Lichtung gab es selbst gebackenes Brot, frische Butter und Milch der Almkühe. Die einst schäbige Hütte war einer etwas moderneren Behausung mit surrendem elektrischem Generator gewichen. Viel hatte sich nicht verändert, von Massentourismus keine Spur. Auf der kleinen Terrasse hielten zwei Gäste ihre Gesichter in die Aprilsonne, auf dem Holztisch vor ihnen thronte der Holzteller mit Brettljausn aus Speck, Wurst und sauren Gurken. Käse aus hauseigener Erzeugung war die Zugabe für gesunde Ernährung. Von den seitlichen Blumenkistchen hingen rote und weiße Pelargonien, ein unnötig schöner Blickfang, da auch die Aussicht ins Tal herrlich war. Die Glocken am Hals der weidenden Kühe gaben satte Klänge von sich, genau wie damals.

Am groben Holztisch sitzend trank Carola ihr Glas Sauermilch und kaute das Brot mit Anisgeschmack. Es war so einfach, sich am richtigen Platz zu fühlen. Die Großstadt mit ihren Gesetzen war in unwirkliche Ferne gerückt. Hier oben verlieh die Natur jedem Lebewesen Selbstvertrauen, um genau das zu tun, wozu es bestimmt war. Nicht zum Erfüllen gesellschaftlicher Erwartungen, zum Erstürmen virtueller Gipfel, die als Belohnung erhöhten Selbstwert versprachen. In der Natur ging es um das Wesentliche, das Wesen der Dinge, nicht um deren aufgeblasene Form. Das Dasein auf der Alm ertrug keine Äußerlichkeiten, das einfache Leben wurde von der Natur bestimmt, nicht vom Design einer schönen Verpackung. Welch Gegensatz zur digitalen Leistungswelt, wo die Verpackung den Inhalt erdrückte.

Sie fragte sich, wo das Wesentliche in ihr selbst geblieben war. Unbemerkt verloren gegangen, ohne sie zu warnen. Oder sie hatte die Warnsignale ignoriert. Die künstlichen Dinge um sie herum waren so übermächtig geworden, dass sie nicht mehr an Veränderung glaubte.

„Gibt es noch den Bergsee weiter oben?", fragte sie den kräftigen Burschen, der sie bediente. Offenbar der Almwirt, da sonst niemand zu sehen war. Das ältere Ehepaar in Bergwanderschuhen hatte sich von der Holzbank erhoben, um den Abstieg anzutreten. Die Gegend schien im Frühjahr nicht sehr gefragt zu sein.

„Bergsee würde ich die Pfütze nicht nennen", erwiderte der Bursche belustigt.

„Ich meine den See weiter oben, waren Sie noch nie dort? Der ist herrlich tief und kalt, vom Schnee auf den Gipfeln."

„Weiter oben gibt es nur die Pfütze", meinte er. „Schnee gibt's nur auf den Bildern im Prospekt."

„Unmöglich, der war mal riesengroß", sagte sie irritiert. „Sogar die kahlen Hänge rundherum haben vom Wasser gelebt. Zwischen den Steinen wuchs saftiges Gras und herrliche Blumen."

„Daran erinnern Sie sich noch? So alt können Sie gar nicht sein. Jetzt ist dort die Öde, der Aufstieg lohnt sich nicht."

„Wie weit ist es?"
„Allein sollten Sie nicht hinaufgehen", warnte er. „Das Wasser im See kann man nicht trinken. Der Weg ist steil und ohne Handy-Empfang."
Sie zog die kleine Leuchtrakete aus ihrem Rucksack.
„Wird mich das retten, wenn ich abstürze?"
„Es wird auf jeden Fall teuer, die Bergrettung schenkt Ihnen nichts, nur das Leben vielleicht."

Sie brauchte eine weitere Stunde bis zum See weit jenseits der Baumgrenze. Vom Schnee der Berge nicht mehr genährt, war er zu einer schlammigen, kaum einen Meter tiefen Pfütze ausgetrocknet. Vor dreißig Jahren hatten die Schatten der Hänge dem Wasser magischen Glanz verliehen. Als Kind hatte Carola den bösen Wassermann gesehen, der in der Tiefe seine Nixen gefangen hielt. Bei hoch stehendem Mond durften sie für wenige Augenblicke an die Oberfläche, um Luft zum Weiterleben zu holen. Kein menschliches Auge durfte die wunderschönen Antlitze der Nixen sehen. Wenn einem mutigen Wanderer tatsächlich ein weibliches Wesen mit Fischunterkörper erschien, war er verloren. Der Herrscher des Sees schickte eine Flutwelle, die den menschlichen Eindringling ertränkte. Die schöne Nixe verwandelte sich zur Strafe in eine Kröte.
Für die kleine Carola war das Leben im Gebirgssee bedrohlich und anziehend zugleich. Am Ufer hockend versuchte sie, mit den Nixen in der Tiefe zu kommunizieren. Sie war eine von ihnen, musste wie sie Dinge tun, die stärkere Wesen ihr befahlen. Anstrengende Aufstiege wagen, fette Milch auf der Alm trinken, danach mit Durchfall in den Wald laufen, alles allein durchstehen, damit niemand sie auslache. Sich den Oberen des Jugendlagers zu widersetzen, wäre lebensgefährlich. Widerstand war zwecklos, das wussten nicht nur die Nixen im See, ihre Verbündeten ohne Worte.
Jetzt, Jahrzehnte später, schien im trüben Wasser nichts Magisches überdauert zu haben. Die vielen heißen Sommer hatten den einstigen Glanz zum zähflüssigen Abbild der kahlen Hänge gemacht. Als warte der See geduldig aufs völlige Austrocknen, um den Menschen wieder

einmal ihren rücksichtslosen Umgang mit der Natur zu demonstrieren. Die zerdrückte Coladose am Ufer hatte jemand als Marke seiner zivilisierten Anwesenheit hinterlassen. Nur ein weiterer Sargnagel für diese dem Klimawandel geweihte Öde.

Carola steckte die Aludose in ihren Rucksack. Das rasch hinter den Hängen verschwindende Licht gab der ganzen Szene etwas Bedrohliches. Sobald die Dunkelheit hereingebrochen wäre, gäbe es kein Entrinnen mehr. Ohne nochmals auf den See zu blicken, trat sie den Rückweg an.

Die Almhütte hatte keine Gästezimmer. Nur eine winzige Kammer stand als Notlösung für gestrandete Wanderer zur Verfügung. Schmales Bett ohne Nachttisch, drei Haken an der Wand, kleiner Holztisch, daneben ein Stuhl. Kein Wasserhahn, nur ein Krug, der die halbe Tischplatte in Anspruch nahm. Wasser kam nur aus der einzigen Leitung in der Küche, die mit der Quelle in den nahen Felsen verbunden war. Immerhin hatte die Kammer ein kleines, mit grünkarierten Vorhängen geschütztes Fenster, damit in der Nacht möglichst wenig kalte Luft eindringen konnte. Ofen gab es keinen.

Dem jungen Almwirt schien es etwas peinlich zu sein, ihr so wenig Komfort anbieten zu können.

„Das ist ja herrlich gemütlich", kam sie seinem verlegenen Gesicht entgegen.

„Nicht zu spartanisch?", fragte er verwundert.

„Wir sind nicht in Sparta, sondern in Tirol", gab sie zurück. Tatsächlich hätte sie auch ein Laken im Stall genommen, nur um sich endlich hinzulegen. Schon auf dem Weg vom Bergsee war bleierne Müdigkeit über sie gefallen. Den Abstieg ins Tal hätte sie auf keinen Fall geschafft. Marie hatte recht gehabt, man musste die Kondition für die Berge langsam steigern. Das wusste sie selbst und hatte es absichtlich ignoriert. Sie war nicht aus dem angeblich freien, in Wahrheit beengenden Leben der Großstadt geflohen, um auf dem Land erneut Regeln zu befolgen. Das Glück musste außerhalb der gewohnten Logik liegen, und falls nicht, dann wollte sie belogen werden. Die Wahrheit lag auf einer einfachen Alm, jenseits von elektrischem Licht und Kanalisation.

Natürlich wusste sie, dass der junge Bursche kein echter Almwirt war. Gern hätte sie noch mit ihm geplaudert, um seine wahre Identität zu erfahren. Vermutlich war er ein Student, der auf der Alm seines Großvaters ein Praktikum machte. Nebenbei bereitete er sich auf sein nächstes Examen in ökologischer Bewirtschaftung von Bergregionen vor. Die Herstellung von Butter und Käse auf der Alm würden nach Abschluss des Praktikums eingestellt werden. Das Melken der Kühe machte er nur nebenbei als lustigen Gag für die Touristen.
„Sind Sie wirklich allein nach Tirol gekommen?", unterbrach er ihre Gedanken. Die dicke Daunendecke auf seinem Arm war als Schutz vor der nächtlichen Kälte in der Kammer gedacht. Dankend schloss sie die Tür, ohne seine unsinnige Frage zu beantworten. Natürlich war sie allein hergekommen, war das so ungewöhnlich? Sie brauchte keinen Gefährten, der ihr den Weg ins gesunde Leben erklärte. Der Schlaf unter den Daunen wärmte die schweren Gedanken weg.

28.
Warum Marie Hannes geheiratet hatte, war für Carola immer noch ein Rätsel. Sich an diesen mäßig gebildeten Mann zu binden, dazu noch ins abgelegene Tal ihrer Kindheit zu ziehen, sah der weltoffenen Marie gar nicht ähnlich. Er musste ein bombiger Liebhaber sein, nur so war Maries Entscheidung zu erklären. Länger als ein Jahr würde sie es hinter den Bergen nicht aushalten, bevor die Lageweile sie aufzehrte. Hoffentlich flaute das erotische Begehren noch vor der ersten Schwangerschaft ab, sonst wäre die Freundin in der Provinz begraben. Das hatte Carola ihr noch vor der Hochzeit prophezeit.
Indes bestand die Ehe seit nunmehr zehn Jahren und hatte bereits drei Kinder hervorgebracht. Was war mit Marie passiert? Dass Hannes gut aussah, konnte dieser gescheiten Frau nicht genügen. Zwar waren die beiden auf benachbarten Bauernhöfen fast gemeinsam aufgewachsen, somit von Kindheit an verbunden. Für ein gemeinsames Leben konnte das nicht reichen, zumal Marie eine für dortige Verhältnisse sehr aufgeschlossene Erziehung genossen hatte. Ihre Großmutter las viel, betete wenig und gründete im Dorf eine politische Diskussionsrun-

de. Natürlich wurde die Enkelin ins Gymnasium nach Bruneck geschickt, um später zu studieren. Während der Woche wohnte sie bei einer Familie in der Stadt und kam nur am Wochenende nach Hause. Im Tal löste dieser kostspielige Umgang mit dem Kind, noch dazu einem Mädchen, Kopfschütteln aus. Marie würde einst den Hof erben, sollte sie diesen mit einem Uniprofessor führen? Oder gar selbst als Professorin? Diese und ähnliche in neidisch bissigem Ton gestellte Fragen hörte Maries Großvater öfter am Stammtisch. Er nahm es gelassen und schwieg. Dass er die intellektuelle Überlegenheit seiner Frau bewunderte, hätte ihm unter den Trinkfreunden nur Spott eingetragen. In der katholisch gläubigen Familie war die Frau dem Mann immer noch untergeordnet, ihm Kinder schenkend, keinesfalls gebildeter als er. Auf dem Hof arbeitete sie natürlich mit, ansonsten war ihr Reich die Familie und alles, was um den Herd herum passierte. Im bäuerlichen Alltag waren die Aufgaben der Frau lebenserhaltend für alle. Aus ihnen auszubrechen, um geistige Bildung zu erlangen, galt als hochmütig, für manche sogar als Bruch des ehelichen Schwurs.

Die Großmutter kümmerte sich nicht um Schwüre und Traditionen. Noch in der Pension absolvierte sie die Matura per Fernstudium, was allerdings die Häme am Stammtisch ihres Mannes verstummen ließ. Ihre Ehe nannte sie später glücklich und erfüllend, da ihr Mann immer hinter ihr gestanden sei.

„Er brauchte keine untergebene Frau, um sich stark zu fühlen", erklärte sie den Trauergästen, die sie nach seinem Tod besuchten. „Jetzt bin ich traurig, aber glücklich, dass ich mit diesem starken Mann leben durfte."

Marie hatte den Freigeist der Großmutter geerbt. Dass Hannes ihr intellektuell unterlegen war, störte sie nicht. Er war mit vollem Herzen Landwirt, geradlinig und klar. Die Regeln der Natur waren sein oberstes Gesetz, da sie vom Menschen nicht beliebig geändert werden konnten.

„Nur die Wissenschaft ändert sich ständig, weil die Leute die Natur überlisten wollen", sagte er. „Die Gesetze der Natur bleiben immer gleich und absolut. Wenn der Mensch daran herumdrehen will, bekommt er eine böse Rechnung. Auch sie folgt genau dem Naturgesetz. Wir sind nur zu blöd, das zu kapieren."

Solch pointierte Aussagen machte er selten, meist überließ er das Reden Marie.

„Geht dir das nicht auf die Nerven, dass er so wenig redet?", fragte Carola nach dem Abendessen, zu dem Marie sie gleich am ersten Tag ihres Besuches eingeladen hatte. Sie saßen am großen Holztisch der Bauernstube, dem Lebensmittelpunkt der Familie Burger. Überall lagen Spielsachen herum, nur von den Kindern war nichts zu sehen.

„Sie haben schon gegessen", erklärte Marie. „Jetzt liest ihnen Gerda vor, das haben sie am liebsten, weil sie die Figuren lebhaft spielt."

Marie war sichtlich froh, das Abendessen einmal ohne Kinder zu verbringen. Es gab Kaninchen in Rotweinsoße, nicht trocken, wie Carola es kannte, sondern weich und saftig, als stamme das Fleisch von einer exotischen Kaninchenrasse. Mit kleinen Polentaknödeln und frischem Ruccola sah es nicht spektakulär aus, schmeckte aber wie im Haubenlokal. Hannes mochte kein Redner sein, ein exzellenter Koch war er allemal. Bald nach dem Essen erhob er sich, um, wie er sagte, noch etwas im Stall zu erledigen. Dass Carolas Besuch ihn nicht besonders freute, ließ er sich nicht anmerken.

„Willkommen bei uns, ich hoffe, es gefällt dir", küsste er sie auf die Wange und verschwand.

„Kochst du mit ihm, statt zu reden?", fragte Carola.

Marie nippte schweigend am Rotwein, als habe sie die Frage nicht gehört.

„So ist er, seit wir uns kennen", sagte sie schließlich. „Rücksichtsvoll und galant. Ich habe immer das Gefühl, dass er mich verehrt, auch wenn ich ihm manchmal auf die Nerven gehe."

„Jetzt bin eher ich es, die ihn stört", berichtigte Carola. „Ich habe nicht den Eindruck, dass du ihm auf die Nerven gehst."

„Siehst du, genau das will er erreichen. Nach unserer Heirat habe ich meine Pläne verwirklichen können, auch wenn ihm das sicher nicht immer passte. Ich war Assistentin an der Uni Innsbruck, dann Lehrbeauftragte, habe geforscht, Arbeiten publiziert und mich weiterentwickelt. Auf den Hof kam ich nur am Wochenende, und selbst da bin ich zu anderen Höfen gefahren, um Daten zu recherchieren."

„Und Hannes hat nicht protestiert?", fragte Carola ungläubig.

„Nein, er hat nur gemeint, ich sollte den Bauern keine Fragen nach Preisen und Bilanzen stellen."

Noch vor der Hochzeit hatte Hannes seinem Hof einen größeren Wohntrakt angebaut, um das Privatleben der bald wachsenden Familie gegen Touristen abzuschirmen. Immer mehr Gehöfte wurden zu kleineren Hotels umgebaut, die dem ruhigen Tal Besucher und Geld bringen sollten. Zum Glück hatten die lokalen Politiker rechtzeitig verhindern können, dass riesige Hotels mit Wellness-Anlagen entstanden.

Marie ließ das Anwesen der verstorbenen Großmutter zum Seminarhotel umbauen, streng nach dem Grundriss des ursprünglichen Hofes. Sie wollte keine mit Technik vollgestopfte Wohlstands-Oase, die Gemütlichkeit nur vortäuscht, um den naiven Gästen das Geld aus der Tasche zu ziehen. Größe und Gestaltung der Räume folgten den Gegebenheiten der Natur. Keine raumfressenden Luxusbäder, keine Riesenküche zur Herstellung exotischer Speisen mit Zutaten vom anderen Ende der Welt. Stattdessen viel Holz aus wieder aufgeforstetem Bestand, vereinzelt der nötigste Beton. Dass jeder Raum ein eigenes Badezimmer bekam, war das äußerste Zugeständnis an den modernen Konsumenten. Der Komfort im Bad blieb auf das für Hygiene Nötigste beschränkt. Die Leute sollten das Einfache wieder schätzen lernen. Miteinander Frühstück machen, reden, streiten, sich ohne aufgesetzten Status näherkommen.

Maries Konzept fand großen Anklang unter Kollegen und Studenten. Sie lud aufstrebende Architekten ein, um Seminare zu nachhaltiger Ferienarchitektur zu halten. Ihre eigenen Vorträge über die Gier des Konsumenten nach billigem Fleisch und Massenware erregten bald das Interesse der Lebensmittelindustrie. Die Streitgespräche mit Ökonomen über die wirtschaftliche Ausbeutung natürlicher Ressourcen arteten nicht selten in Schreiduelle aus. Das Seminarhotel erfreute sich regen Zulaufs, den Marie auf für die Gäste angenehmem Niveau hielt. Sie war eine kluge Geschäftsfrau.

Von Beginn an hatte Hannes ihre Pläne unter der Bedingung unterstützt, dass sein Hof und ihr Hotel völlig voneinander getrennt wären. Marie versprach es im Wissen, dass die Gäste trotzdem zu seinen nahegelegenen Ställen kommen würden. Allein der Geruch von Stallmist zog die Besucher magisch an. Egal, welche Seminare oder Tagungen stattfanden, der Besuch bei den Rindern gehörte bald zum Kursprogramm. Nach und nach akzeptierte Hannes die Störenfriede, zumal sie seine witzigen Ausführungen zur Landwirtschaft begeistert annahmen.

„Wenn es um Viehzucht geht, fehlen ihm nie die Worte", berichtete Marie. „Auf der Uni ist er als Landwirt zur kleinen Berühmtheit geworden."

„Dann seid ihr ja doch ein tolle Team", meinte Carola.

„Nicht wirklich, wir haben viel gestritten in dieser Zeit. Hannes ist keiner, der sich unterbuttern lässt. Und mich kennst du ja. Aber ich hatte immer das Gefühl, dass er meine Arbeit wichtig findet und stolz auf mich ist."

„Dass du Erfolg hast, stört ihn nicht?", fragte Carola.

„Nicht mehr. Nach unserem ersten Kind hörte ich öfter, dass es für mich zu anstrengend sei, Kinder und Hotel zu managen. Das übliche schwachsinnige Gerede, wenn Männer eine Frau nicht nach oben lassen wollen."

„Das sieht deinem Hannes gar nicht ähnlich."

„Auch er ist ein Sohn unserer Zeit. Die reagieren mit Angstreflex auf starke Frauen. Aber er hat es schnell abgelegt."

„Das habe ich alles nicht gewusst", sagte Carola.

„Wie auch?", erwiderte Marie. „Es herrschte jahrelang Funkstille zwischen uns."

„Ich dachte, du willst mit mir keinen Kontakt, weil dir das Kinderkriegen und Bauerndasein irgendwie peinlich ist."

„Vielleicht war mir peinlich, dass ich das alles Hannes zumute", sagte Marie. „Mit keinem Wort hat er sich über meine Untätigkeit auf dem Hof beschwert. Vier Jahre haben wir ausgemacht, bevor das erste Kind kommt. Als Großmutter starb, hat er ihre Hühner und Schweine übernommen, den Verwalter ausbezahlt und den Hof abgewickelt. Nur die Formalitäten mit dem Anwalt habe ich selbst erledigt, alles andere hat Hannes gemacht."

„Und deswegen liebst du ihn?", fragte Carola.

„Und der Sex mit ihm ist schön", ergänzte Marie.
„Das kommt der Sache schon näher. Sonst würde ich denken, du bist eine kalte Opportunistin."
„Aber drei Kinder sind genug, so kurz nacheinander reicht es uns beiden."
Sie hatte nach jeder Geburt nur sechs Wochen Pause gemacht, um danach wieder ihr Hotel zu managen. Hannes hatte je ein halbes Jahr Karenz von der Hofarbeit genommen, um bei den ersten beiden Kindern zu sein.
„Ein Landwirt, der in Karenz geht?", staunte Carola.
„Er hat Paulus als Vertretung angestellt, den Sohn eines früheren Schulkollegen aus dem Nachbarort. Das passte ideal, da Paulus in seinem Studium der Bodenkultur eine zusätzliche Praxisstelle suchte."
Ihr Gesichtsausdruck zeigte, dass die Vertretung gar nicht ideal gelaufen war. „Das Baby zu versorgen, während ich arbeitete, fiel Hannes leicht. Das Schwierigste für ihn war, loszulassen, die Leute auf dem Hof allein machen zu lassen, selbst wenn sie Erfahrung hatten. Die Aufsicht einem anderen männlichen Wesen anzuvertrauen, machte ihn fertig. Anfangs sah er Paulus täglich über die Schulter, bis dieser drohte, alles hinzuschmeißen."
„Danach hielt sich Hannes mit Dreinreden zurück und lud den Frust auf dir ab", vermutete Carola.
Marie nickte, ohne weiter zu kommentieren. Die Zeit der Karenz war gut vorbeigegangen, beim dritten Kind hatten sie sofort ein Au-pair-Mädchen engagiert. Ein viertes Kind kam nicht in Frage.
„Der Sex ist immer noch schön?", fragte Carola.
„Er wird immer besser." Maries strahlende Augen logen nicht. Sie sah zufriedener aus, als Carola sie in Erinnerung hatte.
„Du wirst jünger statt älter."
„Weil ich nicht kämpfen muss", meinte Marie. „Wenn eine Frau sich beruflich verwirklichen und gleichzeitig Kinder großziehen will, muss sie meistens immer noch kämpfen."
Carola sah sie fragend an. Solche Worte klangen seltsam aus dem Mund der selbstsicheren Frau, die alles bravourös zu schaffen schien, das Hotel, die Ehe, die Kinder. In Carola war leiser Neid aufgestie-

gen, da sie selbst von allem erschöpft war. Offenbar machte sie etwas falsch.

„Um erfolgreich zu sein, braucht jeder Mensch Unterstützung", fuhr Marie fort. „Nicht praktisch, sondern vor allem moralisch und emotional. Ich will einen Mann, der mir Mut macht, sich über meinen Erfolg freut, mich tröstet, wenn etwas schiefgeht. Einen, der mir Energie gibt, wenn ich müde bin, statt nur seine eigenen beruflichen Sorgen auf mir abzuladen."

Es klang, als hätte sie viel über dieses Thema nachgedacht, nachdem ihre früheren Beziehungen gescheitert waren.

„Vor Hannes war ich mit tollen Männern zusammen, strahlenden, erfolgreichen Egozentrikern. Was soll ich mit einem faszinierenden Selbstdarsteller?"

„Soll das heißen, du hast Hannes nicht als große Liebe, sondern als besten Partner geheiratet?"

„Viele meiner Studienkolleginnen haben tolle Karrieren begonnen, genau wie die Männer", sagte Marie. „All diese fähigen Frauen haben sich spätestens nach dem zweiten Kind ins Familienleben zurückgezogen. Angeblich sind sie damit voll zufrieden und ausgelastet, während die Männer beruflich weiterkommen. Mit der Familie als Rückhalt, ist das fair?"

„Die Frauen finden das offenbar in Ordnung."

„Ich glaube dieser heilen Welt nicht."

„Warum besteht sie dann so hartnäckig?", fragte Carola. „Bei den ganz Jungen kommt die Vollzeitmutter wieder in Mode."

„Weil die Frau immer noch auf Harmonie gepolt ist", erklärte Marie. „Den Mann bei seinem Lebensplan zu unterstützen, ihm emotionalen Rückhalt zu geben, ist in uns tief verwurzelt. Den Männern gefällt das natürlich. Ohne Rückendeckung kommt kein Mensch auf Dauer weiter. Jeder braucht eine Tankstelle, wenn er nach dem Arbeitstag erschöpft oder deprimiert ist. Wir Frauen werden zu Tankstellen erzogen, daran hat der Feminismus wenig geändert. Wir fühlen uns verantwortlich für Spannungen in der Familie, am Arbeitsplatz, überall dort, wo es zwischenmenschlich kracht. Das verbraucht viel Energie, die anderswo fehlt."

Diese Gedanken kamen Carola sehr bekannt vor.
„Ich bin keine Tankstelle", widersprach sie. „Und ich brauche keine. Ich habe immer gemacht, was ich wollte, kein Mann hat mich behindert."
„Und jetzt?", fragte Marie. „Brauchst du niemanden, der dir mit Job und Familie Rückendeckung gibt?"
Carola stutzte. Dass Oliver nicht hinter ihrer beruflichen Verwirklichung stand, war schon lange klar. Worte der Ermutigung oder des Ansporns entglitten ihm nie glaubhaft. Sie hatte nicht gedacht, dass dieser Rückhalt ihr fehlen würde.
„Ist Oliver deine Tankstelle?", wiederholte Marie. Carola sah ratlos drein.
„Hinter jedem erfolgreichen Mann steht eine Frau", zitierte Marie den bekannten Satz. „Zwischen Hannes und mir ist es umgekehrt. Er steht hinter mir, tat es immer schon, ohne sich unterlegen zu fühlen. Der Unterschied ist, dass es bei uns gegenseitig funktioniert. Wir sind Tankstellen füreinander, ohne es zu wissen. Deswegen liebe ich ihn."
Dass auch diese Welt nicht wirklich heil war, bemerkte Carola schnell.

Hannes und Marie hatten sich in getrennt funktionierenden Welten eingerichtet. Jeder war in seiner Welt erfolgreich und mit sich selbst zufrieden. Somit bestand kein Grund, die eigenen Bedürfnisse auf den Partner zu projizieren. Wenn etwas schiefging, unterstützten sie einander im Wissen, dass der Andere für das Problem nicht verantwortlich war. Hannes strahlte die Gelassenheit eines Menschen aus, der an seinem Ort genau richtig ist. Marie liebte diese Ruhe an ihm, während Carola ihn für bequem, sogar faul hielt. Marie hätte an jedem Ort mit jedem Mann leben können, da sie zufrieden mit sich selbst war. Der Mann an ihrer Seite sollte nur bereit und fähig sein, sie aufzufangen, falls sie einmal fallen sollte.
Ein gut eingerichtetes Leben, in dem jeder seiner Wege ging. Dass Hannes wenig redete, war eigentlich ein Vorteil. Die emotionale Verbindung zwischen ihnen waren die Kinder und der Sex. Mit wenigen Worten zu kommunizieren, schien der ideale Weg zur guten Ehe.

29.
Der Besuch in Bologna war weder geplant noch sinnvoll. Sie wollte nur nach Meran, um mit Marie in der Fußgängerzone einige schicke Sachen zu kaufen. Die hellgraue Leinenhose passte wie angegossen, das lila Top in Wickeloptik verlangte nur nach braungebrannten Schultern. Zufrieden schlenderte sie an Maries Arm zum Parkplatz hinter dem Bahnhof. Am Heck ihres Wagens zauberte Marie unvermutet eine leichte Reisetasche aus dem Kofferraum. Stumm reichte sie Carola die Tasche samt einer Fahrkarte nach Bologna. Carola zuckte erschrocken zurück.
„Was soll ich dort?"
„Dich nach zwanzig Jahren wieder mal umschauen", antwortete Marie mit harmloser Miene. „Zwei Tage lang bist du frei, ihn zu suchen. Vielleicht ist er auch frei."
Carola schüttelte den Kopf. Marie war die Einzige, der sie damals alles erzählt hatte. Diese verrückte Liebe, dieser Mann, den sie für einen Irrtum ihrer gestörten Gefühlswelt hielt. Ein Jahr lang hatte sie mit Raffaele Höhen ohne Tiefen erlebt, bis sie noch höher und in die Zukunft mit ihm wollte. In diesem Moment beschloss sie, alles abzubrechen und nach Wien zurückzukehren. Sie wollte keine Ehe, keine Kinder, kein Gefängnis der Gefühle. Die Erinnerung an diese Zeit lag in der unteren Schublade ihres Herzens, sorgfältig aufbewahrt wie ein Stoß Briefe, deren Inhalt von außen nur an der roten Schleife zu erkennen ist.
„Das ist ein völlig sinnloser Besuch", sagte sie, als Marie sie zum Bahnsteig schob.
„Genau deswegen fährst du hin", entgegnete Marie und drängte sie auf die Stufen des Zuges. „Ruf erst an, wenn du ihn gefunden hast."

Das alte Gefühl war sofort wieder da. Beim Einfahren des Zuges in die Station spürte sie jene Mischung aus Aufbruch und Vertrautheit, die sie schon vor zwanzig Jahren in freudige Erregung versetzt hatte. Die Luft südlich der Alpen gab den Lungen etwas lange Vermisstes zurück, samt prompten Signalen ans Gehirn. Damals hatte sich der riesige Rucksack auf ihrem Rücken federleicht angefühlt, als sollte er nicht das einzige Gepäckstück bleiben, das sie in dieser Stadt brauchen würde. Mindestens zwei weitere Koffer mussten über die Marmortreppen in einen der ehrwürdigen Palazzi geschleppt werden, am besten von jemandem, der sie unbedingt hier halten wollte. Die freudige Erregung war ein inneres Orakel gewesen, dessen Bedeutung sie nicht zu deuten wusste. Dass Bologna ihr junges Leben so durcheinanderbringen würde, stand nicht im Lebensplan.

Die Altstadt von Bologna hatte sich seither nicht verändert. Immer noch leuchteten die Fassaden der Häuser in Rot und Orange, als wollten sie das Herz des Besuchers sofort erwärmen. Die vielen stattlichen Palazzi demonstrierten der Welt mühelos die einst besondere Stellung dieser Stadt.

Nicht anzunehmen, dass inzwischen Aufzüge in die teils mittelalterlichen Bauwerke eingebaut worden waren. Dank des klugen Denkmalschutzes und allzeit knapper Kassen waren die Paläste vor Renovierungswahn sicher.

Vom Bahnhof führte die Via dell'Indipendenza direkt ins Zentrum der Altstadt. Die eleganten Geschäfte in der Einkaufsmeile faszinierten sie weniger als damals, als sie sich keines der tollen Stücke leisten konnte. Heute war die Geldbörse voller, die Illusion auf Glück in schönen Kleidern geschrumpft. Immer noch schlängelten sich unzählige Fußgänger durch die altertümlichen Arkadengänge. Allerdings hatte sich die Zahl jener, die Geld ausgeben konnten, in zwei Jahrzehnten verdoppelt. Die Menschenschlange machte Überholen oder Ausweichen unmöglich. Am Rand versperrten unzählige parkende Motorini den Ausweg zur Straße. Überall zu wenig Platz, zu viele Menschen, keine Lücke zum Entkommen, der Fußgänger musste sein Tempo der trägen Masse anpassen. Zumindest schützten die Arkaden vor Regen, vor allem vor der Sonne, die in zwei Monaten unbarmherzig niederprallen würde. Trotz der Lage der Stadt am Fuße des Apennin wurde die Hitze im Sommer unerträglich. Daran erinnerte sie sich gut und genoss die jetzt noch angenehm laue Luft. Die Cafés in den Seitenstraßen hatten draußen schon regen Betrieb, da für die Italiener ihr Caffè keine Jahreszeit kennt.

Sie erreichte die Piazza Maggiore schneller als erwartet. Der erste

Blick sollte der imposanten Statue des Neptun auf seinem Brunnen gelten, dem Symbol der Wiederkehr. Dass der Gott des Meeres auf sie gewartet hatte, erwies sich als naive Annahme. Der ganze Brunnen war von riesigen Plakatwänden eines Elektronikherstellers eingebunkert, hinter denen die längst überfällige Renovierung des Neptun stattfand. Die klammen Staatskassen nutzten die schonende Methode der Werbung, um den Erhalt der historischen Kultstätten Italiens zu finanzieren. Eine Win-win-Strategie, die zugleich in riesigem Format die Produkte des Konzerns den vorbeigehenden Leuten ins Unbewusste eingravieren sollte. Es waren zehntausende pro Tag. Vor zwanzig Jahren wäre das undenkbar gewesen, da sich kaum ein Italienliebhaber, geschweige denn konsumsüchtige Käufer nach Bologna verirrten. Die älteste Universität Europas war den meisten Touristen egal, sodass die Stadt inmitten der reichen Emilia-Romagna ein elitäres Leben führen konnte. Die Gelehrten hatten billige Werbung nicht nötig.

Als Studentin hatte Carola leichtfüßig die Stadt erkundet, gierig nach dem plötzlichen Funken, den sie hier zu finden hoffte. Schon nach wenigen Wochen war Wien weit entfernt. Als hätte das Orange der Hausfassaden etwas in ihr Brachliegendes aufgeweckt, das sich als hungrige Sehnsucht ausbreitete.

Es wimmelte von Studenten, die der mittelalterlichen Altstadt etwas fröhlich Paradoxes verliehen. Auf Fahrrädern und Mopeds flitzten sie durch die engen Straßen und Arkadengänge, den üblichen Verkehrsregeln zum Trotz. Nach anfänglichem Entsetzen hatte auch Carola ihr Fahrrad durch die Gassen gegen die Fahrtrichtung gesteuert. Die Autofahrer fuhren mit Vorsicht und unglaublicher Intuition für die Gefahr.

Heute flitzten die Kinder der damaligen Studenten nicht weniger frech durch die Gassen. Nichts hatte sich verändert. Der Funke der Erwartung war ihr zwanzig Jahre lang treu geblieben, trotz der Asche, die sie darüber gestreut hatte. Wieder rückte Wien in weite Ferne, als ginge sie das verstaubte Leben dort nichts mehr an. Der einzige Unterschied war, dass sie heute nicht mehr alles ausprobieren konnte, was sich dem naiven Leichtsinn anbot. Fehler waren den jungen, attraktiven Frauen vorbehalten, die alles machen durften, ohne sich zu entschuldigen. Neue Chancen leuchteten für sie an jeder Ecke, nicht gebremst von geliebten Kindern, nicht mehr geliebten Männern und solchen, die sie vielleicht nie geliebt hatte. Die Chancen von damals waren von der Realität aufgelöst worden.

Sie schlug sich mit den Fingerknöcheln auf die Stirn. Hör auf, dein Leben niederzumachen! Du hast viel erreicht, alles hat geklappt, was du angepackt hast. Der erfolgreiche Job, zwei wunderbare Kinder, tolle Nächte mit Oliver. Dass sie weniger werden, ist normal. Die Leidenschaft kommt und geht, vielleicht kommt sie eines Tages wieder. Deinen kritischen Geist hast du seit damals behalten, aufrecht und unbestechlich. Dinge und Menschen hinterfragen, sich nicht zufrieden geben mit konventionellen Erklärungen, nicht den Must-dos und Must-haves nachlaufen, die uns ständig bombardieren. Genau diesen aufmüpfigen Geist lieben deine Hörer, also sei zufrieden und gib Ruhe.

Sie setzte sich in das Café mit direktem Blick auf die Basilica San Petronio. Die Fassade des riesigen Gotteshauses war seit dem vierzehnten Jahrhundert unvollendet, da den Kirchenfürsten in ihrem Größenwahn das Geld ausgegangen war. Oberhalb des prunkvollen Eingangstores ragten die blanken Ziegel aus dem Mauerwerk. Die reichen Adelsfamilien hatten kein Geld mehr springen lassen, um sich von ihren freizügig begangenen Sünden freizukaufen. Dem armen Volk war auch nichts mehr abzupressen, somit blieben der Kirche nur nackte Ziegel übrig.

Den Cappuccino schlürfend blickte sie konzentriert über den Platz. An jeder männlichen Gestalt blieb ihr Blick für einen Moment hängen. Passte der Gang, die Körpergröße, der Schwung des Nasenrückens? Enttäuscht wanderte das Auge zum nächsten maskulinen Wesen, das den inneren Funken anfachen, vielleicht zum Glühen bringen konnte.

Er war nicht dabei. Seinen schwebenden, dennoch festen Gang hätte sie unter tausenden erkannt. Er konnte ihn nicht verloren haben, selbst wenn er schon lange nicht mehr tanzte. Kaum vorstellbar, dass sein Körper beim Stillhalten nicht explodiert wäre.

Die Männer, die den Platz überquerten, ließen sie kalt. Alle sahen gut aus, schlank, gepflegter Bart, salopp sitzender Anzug, selbstsicheres Lächeln als Köder für den sich anbahnenden Flirt. Für Carola war es nichts als schmerzhafte Erinnerung. Lebte er noch in Bologna? Dass sie damals plötzlich abgereist war, mit einem Fetzen Papier „Non ce la faccio più. Auguri." alles abgebrochen hatte, trug er ihr sicher nicht mehr nach. Die zwölf Briefe, die er ihr danach geschickt hatte, öffnete sie erst ein Jahr später.

„Wenn du so hart sein kannst, hast du ihn nie geliebt", hatte Marie damals gesagt. Eine Provokation, die Carola ihr als Vertrauensbruch übel nahm. Marie war die Einzige, der sie von dieser Liebe erzählt hatte. Danach sprachen sie nie wieder darüber. Bis vor drei Tagen im Südtiroler Hochtal. Carola war verwundert, wie klar sich Marie an die damalige Geschichte erinnerte. Bestimmt hatte sie alles schon lange geplant und die Fahrkarte nach Bologna reserviert. Vielleicht war die Einladung nach Tirol nur Teil des Plans gewesen, Carola zu ihrer alten Liebe zu lotsen. Diese angeblich spontane Idee war leicht zu durchschauen.

Hatte er sein Jurastudium beendet? Oder tingelte er als angegrauter Discotänzer immer noch durch Lokale und Frauenherzen? Gut möglich für einen verwöhnten Sohn, dessen Familie das Geld für sich arbeiten ließ. Mit Finanzen konnten die Bolognesi von alters her gut umgehen. Äußerlich bescheiden, verwalteten und vermehrten sie ihren Reichtum auf geniale Weise. Dass davon die mächtige Kirche, nicht aber das gemeine Volk profitierte, war jahrhundertelang normal.

Vom Café aus spähte sie nach den engen mittelalterlichen Gässchen seitlich der Piazza Maggiore. Man musste hineingehen, um eine Idee von den engen Verhältnissen zu bekommen, in denen die gewöhnlichen Leute damals gelebt hatten. An der Vorderseite des Armenviertels waren herrliche Palazzi errichtet worden, um den reichen Bolognesi nicht den Ausblick vom Platz zu stören. Der schöne Schein sollte leicht die Armut verdecken. Gerade mal zwei Maultiere ließen sich durch eine enge Gasse führen, heute eine Attraktion für Touristen.

In den Menschenmassen waren die Gässchen kaum zu erkennen. Un-

glaublich, wie beengt Menschen damals existieren konnten. Einige der kleinen Wohnhäuser hätten im riesigen Dom Platz gehabt.
Eine Schlange von Touristen verschwand in der Via wie im Nadelöhr, während in Gegenrichtung eine andere Schlange herauskam, bepackt mit Brot und Süßigkeiten aus der mittelalterlichen Backstube. Alle lachten befriedigt und zeigten einander, was sie an Köstlichem ergattert hatten.
Die Armut hatte sich auf den Kontinent im Süden Italiens verlagert. Über das Mittelmeer riskierten Menschen in Schlauchbooten ihr Leben, um im Norden ein besseres zu finden. Inzwischen nannte Europa sie „illegale Migranten", vor denen man die Außengrenzen schützen müsste. An der Armut änderte sich nichts. In Bologna hatten die Bettler, proportional zu den Touristen, stark zugenommen. Junge Afrikaner, die zumindest ihr Leben knapp gerettet hatten, hielten den Passanten auf der Straße bittend die Hände entgegen. Die Bolognesi nahmen es gelassen, da Mitgefühl den Menschen hier nicht fremd war. Wenn ein junger Schwarzer draußen einen Gast des Cafés um Geld bat, kam der Lokalchef, um ihn ruhig und freundlich wegzuweisen. Es funktionierte in beiderseitigem Respekt.
Ändern sich die Zeiten wirklich? Heute haben die Mächtigen ein anderes Kleid angezogen, ihre Haltung zu Geld und denen, die es nicht haben, ist geblieben. Früher galt das Missverhältnis zwischen der reichen Kirche und dem armen Volk als normal, sogar gottgewollt, da die sündige Plebs nichts Besseres verdiente. Sich mit der letzten Kuh freizukaufen war immer noch besser, als in die Hölle zu kommen. Gar nicht erst zu sündigen, anständig oder gar keusch zu leben, kam nicht in Frage. Das wäre ein Verlustgeschäft für die Kirche, deren Macht mit den menschlichen Sünden stetig wuchs. Immerhin haben wir der katholischen Pracht die Fresken Michelangelos zu verdanken. Und Prunkbauten an jeder Straßenecke Bolognas.
Vor zwanzig Jahren war der jungen Carola all dies nicht aufgefallen. Sie hatte nicht kritisch gedacht, nichts hinterfragt, geschweige denn protestiert. Staunend war sie durch diese herrliche Stadt gelaufen, naiv, unwissend, glücklich verliebt in den Mann, dessen blauschwarzes Haar nicht zu den hellgrünen Augen passte. Diese Farben zu ver-

gessen war ihr lange nicht gelungen. Sein Blick, als er ihr ein gutes neues Jahr wünschte, erschien ihr noch heute manchmal im Traum.
Dort am Neptunbrunnen standen sie, inmitten der feiernden, tanzenden Menschenmenge, wenige Meter vom Café entfernt. Auf dem Balkon des Palazzo Communale schmetterte der berühmte Sänger seinen Hit „Ti amo!", alle johlten begeistert mit. Wenige Lieder seines Silvesterkonzerts reichten, um den Platz zum Kochen zu bringen. Trotz der Eiseskälte tanzten einige Burschen mit nackten Oberkörpern, die Mädchen in schulterfreien Tops. Von irgendwoher rieselte feiner Sprühregen auf die glühenden Köpfe. Ob Neptun ihn von seinem Brunnen oder aus einer Sektflasche schickte, war der schwitzenden Menge egal.
An das Feuerwerk konnte sich Carola nicht mehr erinnern. Nur an das Glücksgefühl, als Raffaele die Arme um ihren taumelnden Körper legte.
„Ti amerò sempre." Sein Flüstern an ihrem Ohr konnte sie im Getöse der Menge deutlich hören. Der schwindlige Moment grub sich tief in ihre Seele. Seine Augen logen nicht, es wurde ein unbeschreiblich glückliches Jahr.

30.
Torri, tette, tortellini - die drei Ts lernte sie im verwöhnten Bologna schnell. „La Grassa" hatte den Studenten viel mehr als Türme, üppige Brüste und ebensolches Essen zu bieten. Die berühmte Universität gab ein Alibi für wilde Partys und groovige Feste.
Carola blieb nicht lange die unwissende Neue aus dem Norden. Fast jeden Tag hörte sie in der Studentenbude: „Ce una festa stasera, vieni?" Natürlich wollte sie zu jeder Fete mitkommen, um alles Neue in sich aufzusaugen. Später wurde sie wählerischer, da das Tolle nicht wirklich prickelnd war. In einer kalten Scheune zu blecherner Musik zu hüpfen, aus Plastikbechern schalen Spumante zu trinken, belangloses Zeug oder gar nichts zu reden, wurde schnell langweilig.
Die Einladung zur Party in einem der Befestigungstürme an der alten Stadtmauer klang jedoch verlockend. Dass der Abend sie derart um-

hauen und ihre Erinnerung auslöschen würde, war nicht geplant. Am nächsten Morgen wachte sie mit steifen Beinen und leerem Kopf auf. Wie war sie nach Hause gekommen? Hoffentlich hatte sie es allein ins Bett geschafft, aus dem sie morgens nicht herauskam. Am Abend war mehr Alkohol als Wasser geflossen, das ahnte sie. Sicher war sie nicht betrunken gewesen, da wäre ihr vorher übel geworden. Sie kannte ihre Grenzen und blieb in fremder Gesellschaft immer wachsam. Die Schwere der Beine am Morgen musste andere Ursachen haben.

Verschwommen erinnerte sie sich an die zerfurchte Handfläche, die aus dem Nichts unter ihrer Nase aufgetaucht war. Im schummrigen Licht glänzte ein Häufchen hellblauer, ovaler Pillen. Hatte sie eine genommen? Jedenfalls war das Tanzen danach herrlich. Noch nie war sie so über den Boden geschwebt, leicht wie Nebel, überzeugt, sich durch kleinste Öffnungen des Raumes schleichen zu können. Der Körper schien sich aufzulösen, während der Geist nüchtern blieb. Typisch für sie, selbst im größten Chaos nie die Kontrolle zu verlieren. Ihre einzige Sorge war, dass sie für diesen schwerelosen Zustand die falsche Kleidung trug. Neben ihr schwebten die Mädchen mit freien Bäuchen und makellosen Rücken. Unter den winzigen Miniröcken wippten ihre nackten Pobacken wie Früchte, die den lüsternen Zuschauer zur Ernte einluden.

Carola fühlte sich in ihrer langen Hose wie ein Eskimo in der Wüste. Der Stringtanga wäre das passendere Outfit in diesem schwülen Schuppen. Irgendwo hatte sie so ein Ding in der Seitentasche ihres halb ausgepackten Koffers. Das Geschenk ihres Exfreundes war so unbequem, dass sie es noch nie getragen hatte. Nur als Symbol der unbegrenzten Möglichkeiten durfte das Tangahöschen aus Wien mitkommen. Jetzt bot sich so eine Möglichkeit, das sagten die Blicke der um sie tanzenden Männer.

War sie von vorgestern, dass sie nackte Outfits in der Öffentlichkeit geschmacklos fand? Es waren die neunziger Jahre, die sexuelle Revolution längst geschlagen, den Frauen alles erlaubt, was sie zeigen wollten, den Männern alles zugänglich, was sie offen sehen konnten. Sie fand den Stringtanga trotzdem widerlich. Wie konnte sich eine selbstbewusste Frau mit so einem unbequemen Dessous quälen?

Freiwillige Selbstdiskriminierung war das, um den Männern zu gefallen. Ein feiger Rückschritt in Richtung Abhängigkeit, in dem keine Spur von Selbstwert, geschweige denn Revolution lag. Wütend presste sie die Hände an ihre lange Hose, bis jede Empfindung im Schweiß des Tanzens erlosch. Beißender Durst trocknete alle Gedanken aus, dann Filmriss.

Jetzt am Morgen war der Kopf ein unerträglicher Betonklotz, der Magen eine Steppe. Sie musste trinken, vor allem etwas essen, um wieder klar denken zu können. Zum Glück war die Mensa nur einen Häuserblock entfernt, zumindest diese Erinnerung leuchtete klar in ihrem Kopf. Auch, dass ihr Fahrrad vor dem Haus geparkt sein musste. Es heute zu benutzen, wäre allerdings zerstörerisch, vor allem für die Passanten, die sich die Fußwege unter den Säulengängen mit den Radfahrern teilen mussten.

Sie vermied den Blick in den Spiegel. Dieser hätte sie bestimmt gehindert, auszugehen. Katzenwäsche reichte völlig. Das Gesicht unter kaltes Wasser, die Haare blind durchkämmen, ein unauffälliges T-Shirt über die bleichen Jeans, genau richtig, um möglichst keine Blicke anzuziehen. Lass dich nicht von deiner Eitelkeit terrorisieren, schon gar nicht, wenn du dich elend fühlst. Das hatte sie sich als junges Mädchen geschworen, als der Blick in den Spiegel sie wieder einmal zu fett fand.

Die frische Luft tat zumindest den Beinen gut. Der dumpfe Kopf leitete sie zielsicher zur Mensa. Irgendwie schaffte sie es, den Teller Spaghetti Bolognese von der Ausschank zum langen Holztisch zu tragen. Mechanisch drehte sie die dünnen Nudeln um die Gabel, genervt vom Selbsterhaltungstrieb, der irgendwas Essbares in sie reinstopfen musste.

Dem Studenten, der sich ihr gegenüber an den großen Holztisch setzte, schien es nicht besser zu gehen. Mit geschlossenen Augen verschlang er gierig den von Tomatensoße gefärbten Inhalt seines Tellers. Etwas Atemberaubendes musste aus seinen Ohrknöpfen dröhnen, das ihm jegliches Interesse an der Außenwelt nahm. Eigentlich war er ein hübscher Junge. Oder war sie immer noch so zugedröhnt, dass sie ein Phantom sah? Mit dem pechschwarzen Haar und der verklärten Miene sah er wie ein mysteriöser Gott aus. Das weiß er auch, dachte sie, sicher will er vor mir angeben, typisch Italiener. Hoffentlich verschluckt er sich an seinen Nudeln.

„Sei la mia ballerina", sagte er plötzlich. Seine blaugrünen Augen strahlten sie an wie riesige Leuchtkugeln. Sie öffnete den Mund und verschluckte sich.

„Come …?", hustete sie heraus. Diese Augen raubten ihr die Sprache. Sie passten nicht zu dem arroganten Jungen mit Gel im Haar und Schallknöpfen in den Ohren.

„Si, la mia ballerina", wiederholte er. Sein freundliches Lachen war so irritierend wie seine Augen. Kein Alkohol, keine Drogen waren in ihnen zu entdecken. Sie hoffte, dass ihre Blutfette endlich steigen würden, um den Kopf klar zu machen. Die schlagfertigen Sprüche, die sie auch auf Italienisch immer parat hatte, wollten nicht kommen. Sie hätte morgens duschen und einen Blick in den Spiegel werfen sollen. Zumindest Wimperntusche hätte die Augen weniger stumpf gemacht. Nach der letzten Nacht sah sie bestimmt grässlich aus. Egal, sollte sich der schwarzhaarige Gott ruhig über sie lustig machen.

Das tat er nicht, sah sie nur erwartungsvoll an. Keine Anmache, was sie ihm schließlich glaubte. Er suchte wirklich eine Tänzerin für die Performance, die er mit drei weiteren Paaren einstudieren wollte. Er war der Titelheld, Carola sollte seine Partnerin sein.

„Wir tanzen die Schlüsselszenen des Musicals, an dem ich gerade schreibe, der absolute Hammer", schwärmte er mit glänzenden Augen. „Jeder Song ein Ohrwurm, du wirst nicht mehr aufhören wollen, zu tanzen."

Sie konnte nicht aufhören, ihn anzusehen. Mit jeder Betonung der Worte änderte sich das Flackern in seinen Augen. Unglaublich, wie viele Schattierungen von Blau es geben konnte. Er redete in einem Strudel weiter, als würde ihm der Ohrknopf alles vorsagen. Falls die Aufführung der Szenen erfolgreich sein sollte, wollte er das ganze Stück herausbringen. Sponsoren waren schon an Bord und total begeistert.

Alles war plausibel, machbar, kalkuliert und geplant. Plötzlich klang der mysteriöse Gott wie ein realistischer Geschäftsmann, der nichts dem Zufall überließ. Carola war von seinen Worten zunehmend gefesselt. Rhetorisch war er gut, das hörte die zukünftige Moderatorin in ihr sofort.

War das einer dieser Zufälle, die keine sind? Irgendwie hatten seine inneren Antennen sie in der großen Mensahalle als Tänzerin geortet. Wieder versprach eine der unbegrenzten Möglichkeiten in Bologna, wahr zu werden.

Dabei war sie gar keine Tänzerin. In Wien war sie oft um das Tanzstudio herumgeschlichen, das auf dem Heimweg von der Uni lag. Durch die große Glasscheibe sah sie die Tänzer in federleichter Akrobatik übers Parkett gleiten. Genau so wollte sie schweben, leicht und kontrolliert zugleich. Mitgemacht hatte sie nie.

Ihre erste längere Beziehung zu einem Mann brachte den ersehnten Gewichtsverlust von zehn Kilo samt gutem Gefühl zu ihrem Körper. Endlich traute sie sich ohne Selbstvorwürfe ins enge Tanztrikot. Es stand ihr gut, die ersten Stunden im Tanzstudio machten riesigen Spaß. Die Trainerin ermutigte sie zu immer komplizierteren Schritten, die sie mit Bravorufen anfeuerte. Ein halbes Jahr lang tanzte sie mehrmals pro Woche, als hätte sie Jahre aufzuholen. Dann kam das Stipendium für Politikwissenschaft in Bologna. Es auszuschlagen, um weitertanzen zu können, wäre das Wegwerfen ihrer beruflichen Zukunft. In Bologna ging sie nur ein Mal zum Jazztanzen, da der Trainer unsympathisch, seine Choreografie hart und unsensibel war. Ihr vom Umzug gestresster Körper kam nicht in Harmonie.

In dieser Stadt musste man viel herumrennen, um die einfachen Dinge des Alltags zu organisieren. Internet war noch nicht für alles anwendbar, sodass wichtige Papiere gefaxt werden mussten. Das bedeutete endloses Warten auf dem Postamt, weil meist eines der Faxgeräte kaputt und niemand da war, um es zu reparieren. Die Leute in der Warteschlange nahmen es gelassen, Carola aus dem Norden war gestresst.

Zum Tanzen hatte sie weder Zeit noch Lust. Das Sitzen über den Büchern und im Hörsaal machte die Beine taub. Sie sehnte sich nach Bewegung als Ventil für den überforderten Geist. Der herrlich glatte Marmorboden in ihrem Studentenzimmer war zu eng zum Tanzen.

Einige schmale Pirouetten schaffte sie dennoch, indem sie sich vorstellte, ein Panther im Käfig zu sein. Den Körper über den blanken Boden fegen, sich zum Sprung hochspannen, mit einer Pirouette abbremsen, kontrolliert und doch im Rhythmus, mit Vernunft, aber ohne Grenzen, ohne schlechtes Gewissen.

Der Jüngling in der Mensa öffnete unvermutet ihren Käfig. Dass sie kein Tanzprofi, sondern bestenfalls eine begabte Anfängerin war, sagte sie ihm nicht. Falls seine Sponsoren ihn wegen Vortäuschens falscher Tatsachen verklagen sollten, war das sein Problem. In diesem unberechenbaren Land schien alles möglich.

„Bene allora, come faciamo?", fragte sie selbstsicher. Als ob er nichts anderes erwartet hätte, lud Raffaele sie für den nächsten Tag zur Probe ein. Mit dem Zug fuhr sie nach Rimini, wo das Spektakel unter freiem Himmel am Meer stattfinden sollte. In der Ferne, hoch oben auf dem Monte Titano, thronten die Festungen des Zwergstaates San Marino, als seien sie die rechtmäßigen Wächter der herrlichen Küste. Kein Wunder, dass die Menschen in dieser Kulisse kreativ sein mussten.

Sie bekamen das Gelände am Strand für zwei Wochen. Von wem und zu welchem Preis, darüber schwieg Raffaele. Fünf Proben würde es geben, dann musste die Performance stehen. Das tat sie auch, dank seiner effektvollen, alle mitreißenden Choreografie. Mit Leichtigkeit und Eleganz setzte er die einfachsten Bewegungen geschickt in Szene. Als Regisseur war er ein Naturtalent, mit Feingefühl für die motorischen Fähigkeiten jedes einzelnen Tänzers. Ihre Begeisterung machte wett, dass sie alle Amateure waren.

Carola tanzte mühelos die außerirdische Königin, die im futuristischen Lederkostüm das Leben des Prinzen bedroht. Fast vernichtet sie ihn, indem sie seine Erinnerung auslöscht. Hilflos irrt er durch die Schar seiner Freunde, die den einst treuen Gefährten nicht wiedererkennen. Nach lebensgefährlichen Kämpfen erobert der irdische Prinz schließlich das Herz der herzlosen Königin. Nicht mit protzigem Gehabe, sondern mit kluger Empathie. Er bringt ihr das verlorene Gefühl zurück, das sie auf ihren Kampfzügen durch die menschliche Welt verloren hat. Es ist in der goldenen Kassette eingeschlossen, ver-

steckt in einem mysteriösen Jaguar Coupé Oldtimer. Natürlich findet der Prinz die magische Kassette und bringt seiner Königin ihre Gefühle zurück.
Der Jaguar war das einzige Requisit, das sie zur Verfügung hatten. Für ein richtiges Bühnenbild gab es kein Geld und keinen Profi, der es zum Nulltarif gestaltet hätte. Das sündteure Prachtstück mit der langen Kühlerhaube hatte Raffaele einem Liebhaber als Leihgabe für die Premiere abgeschwatzt. Eher waren es die exzellenten Geschäftskontakte seines Vaters, die alles möglich machten. Die dramaturgische Bedeutung des Jaguars blieb unklar und unwichtig. Das Publikum johlte vor Begeisterung, als der Prinz den rot glänzenden Überwurf vom Oldtimer riss. Der spendable Gast stand während der ganzen Aufführung in der ersten Reihe, ganz nah an seinem Jaguar, die tanzenden Paare argwöhnisch beäugend. Carola fragte sich, ob er einen Revolver in der Tasche hatte, um jeden Kratzer an der Karosserie sofort zu ahnden. Zum Glück geschah nichts außer tosendem Applaus, als Prinz Raffaele seine Königin Carola triumphierend auf die Kühlerhaube des Jaguars setzte. Die sich drängenden Zuschauer waren völlig aus dem Häuschen, tanzten mit, küssten einander, als wäre die Story ihr eigenes Schicksal.
Trotz Dacapo für die Tanzszene bekam der Jaguar keinen einzigen Kratzer ab. Die Show war ein triumphaler Erfolg mit Berichten im lokalen Fernsehsender und Einladungen zu weiteren Auftritten.
Sie verliebte sich in Raffaeles Gelassenheit. Er lächelte in die Kameras, als stünde ihm der Erfolg von Geburt an zu. Alles andere wäre völlig absurd. Neben ihm fühlte sich Carola als echte Königin, die unverhofft, aber verdient ein Reich geschenkt bekommen hatte. Ob Raffaele oder Bologna der eigentliche Schatz war, fragte sie sich nicht. In den folgenden Monaten tanzte sie mit ihrem Prinzen und seinem Gefolge unzählige Abende in Diskotheken der Emilia-Romagna. Die Tanzflächen und Lichtspiele boten der Show das ideale Bühnenbild. Auch ohne Jaguar war die Choreografie ein Hit. Das Publikum kam in Scharen und johlte tanzend die Ohrwürmer der Show. Carolas Bewegungen wurden immer professioneller, bis sie nur noch improvisierte. Raffaele ging auf jede ihrer Figuren ein, als ob er deren Rhyth-

mus schon eine Sekunde früher ahnen würde. Mit fortschreitendem Abend änderte sich das Blau seiner Augen zum leuchtenden Türkis. Um zwei Uhr früh machte die Disco Schluss, die übrige Nacht samt dem Morgen gehörten nur ihnen beiden. Der Sturm der Körper dauerte ein Jahr lang.

31.
Was wollte sie hier? Etwas zurückbekommen, was sie einst für ewig gehalten hatte? Nach einem Jahr hatte sie die Ewigkeit abrupt weggeworfen, um sich dem realen Leben zuzuwenden. Schwarze Haare passten nicht zu hellen Augen, das war ihr schmerzlich klar geworden. Das Feurige an ihm war heiße Luft, die bei der kleinsten Feuerprobe verpuffte. Ein leichtes Wölkchen, das niemals zur stabilen Wolke wachsen konnte. Zwanzig Jahre hatten daran sicher nichts geändert. Mit den mediterranen Typen aus Norditalien war sie durch.
Also was willst du hier? Etwas finden, was du zuhause immer schmerzlicher vermisst? Oliver ist blond mit braunen Augen, nicht so feurig, dafür ehrlicher. Dass er kein Prinz auf dem weißen Pferd ist, wusstest du von Anfang an. Diese kindische Illusion wird nur im Märchen erfüllt, und auch da nur nach größten Entbehrungen und Gefahren für die schließlich erlöste Prinzessin. Was nach dem Happy End geschieht, erzählt das Märchen nicht.
Im einundzwanzigsten Jahrhundert brauchst du keinen Typen, der dich rettet. Seelenfrieden gibt es für dich nicht in Wien, nicht in Bologna. Das Gefühl des Glücks entsteht in jener Region des Kopfes, die für Einbildung zuständig ist. Jugendliche Gemüter bauen sich tolle Pyramiden der Einbildung, wo sie sein, wen sie lieben, wie sie die Welt nach ihren Wünschen umdrehen werden. Die Welt hat sich von selbst anders herumgedreht, dein Kopf ist älter geworden, sonst nichts. Die grau werdenden Haare speichern zwanzig Jahre zusätzliches Leben, was sie dünner, aber schwerer macht. Die Leichtigkeit von damals wird nicht wiederkommen.
Ihr Magen begann zu knurren. Seit zwei Stunden saß sie im Café am Rand der Piazza Maggiore mit Blick auf die Basilica San Petronio.

Viele attraktive Männer hatten schon die Piazza passiert, ohne in ihr den Funken der Erinnerung zu wecken. Dennoch spürte sie, dass Raffaele in der Stadt sein musste. Irgendetwas hatte sie zu dieser Reise getrieben. Falls es so etwas wie telepathische Wellen gab, hatten sie ihn erreicht.

Sie bestellte den dritten Cappuccino mit einem Glas Campari Soda, dazu zwei Tramezzini, um dem Magen Arbeit zu geben. Die mit Gemüsesalat gefüllten Dreiecke aus dünnem Toastbrot waren eine unbefriedigende Vorspeise, die nur einen Junkfood-Esser satt machen konnte. Sie sehnte sich nach ihrem ersten Teller Tortellini und einem Glas leichten Soave. Viel Zeit blieb nicht mehr, da in Bologna Mittagszeiten eingehalten wurden.

Vielleicht gab es noch die kleine Trattoria hinter dem alten Markt. Inzwischen war er sicher von hungrigen Touristen zur Fressmeile umgewidmet worden. Immer noch kamen Schlangen von Menschen aus den mittelalterlichen Gässchen, deren Flair in den Massen unterging. Sie klemmte einen Geldschein unter das Campariglas und bahnte sich den Weg durch die runden Tischchen in Richtung Via Rizzoli. Eine Schar asiatischer Touristen zog mit gezückten Kameras an ihr vorbei. Gleich würde das Wahrzeichen Bolognas vor ihnen auftauchen, wie die schon heisere Stimme der Reiseführerin verkündete. Und da waren sie, die beiden schiefen Türme, von den Kameras sofort gestellt und auf ewig konserviert. Torre degli Asinelli, Torre Garisenda, letzterer in noch bedrohlicherer Schieflage. Erbaut im zwölften Jahrhundert von zwei mächtigen Familien, die um die Vorherrschaft in der Stadt konkurrierten. Im Mittelalter war Bologna voll von solchen Türmen des demonstrierten Reichtums. Die Stadtherren von damals hatten ihren eigenen Begriff von Nachhaltigkeit, als ein der Nachwelt zu hinterlassendes, unzerstörbares Zeichen der Größe. Von den beiden Türmen liefen strahlenförmig fünf Straßen zu Toren der mittelalterlichen Stadtmauer, dem mächtigen Schutzwall gegen gierige Eindringlinge.

Sie blickte die Schräge des Torre Garisenda hinauf. Als wenig betuchter Bürger konnte man da schon Ehrfurcht bekommen, vor allem Angst, eines Tages als armer Schlucker ins Turmgefängnis gesperrt zu werden. Was hätte die Geschichte der Menschheit ohne Machtkämpfe und Gier zu bieten? Friedfertige Langeweiler, die weder Stadtmauern noch Wehrtürme und unterirdische Fluchtwege bauten. Geschichtsbücher brauchten rivalisierende Clans mit ins Unermessliche wachsenden Türmen. Dass die Fürsten in ihrer Machtgier die Statik missachtet hatten, machte die Bauten heute umso spannender.

Die Zeiten haben sich nicht geändert, die Politik lebt immer noch von Konkurrenz, Macht und Sieg. Selbst unser friedfertig gewordenes Europa bringt Machtmenschen hervor, deren Türme in gefährliche Höhe schießen dürfen. Sich gegen äußere Feinde abgrenzen und verteidigen zu müssen, ist das allzeit wirksame Credo, dem Gefolgschaft sicher ist. Der Weg nach oben wird von Trittbrettfahrern geebnet, die ein Plätzchen in der Turmstube ergattern wollen. Von oben auf die unten Gebliebenen hinabzuschauen, ist ein erstrebenswertes Ziel, gestern wie heute.

Sie dachte an ihre Schulung als Moderatorin, als ihr die Überhöhung als wichtiges Mittel der Sprache eingebläut worden war. Du darfst alles, nur nicht langweilen! Die Leute wollen Großes hören, tolle Geschichten, überschwängliche Sätze. Das Schlimmste ist das Gewöhnliche. Gib dem Alltäglichen Glanz, lass Illusionen wahr werden. Es sind nur Worte, sie kosten nichts, alles Weitere passiert im Kopf des Zuhörers.

Sie hatte den Ratschlag beherzigt und die Einschaltquoten nach oben getrieben. Der Turm ihres Erfolges war nicht als schiefe Protzerei, sondern als stabile Säule nach oben geschossen. Viele Zuschriften der Hörer bestätigten es, aufgebaut, wütend, euphorisch, aber niemals gelangweilt.

Im Bologna des Mittelalters hätte sie den höchsten Turm bauen dürfen, besser gesagt, ihr Ehemann hätte ihren Turm als seinen Ruhm verkauft. Zumindest das hatte sich seither im christlichen Abendland ein wenig geändert. Heute durften auch die Frauen protzen, sich die einst männlichen Spielregeln aneignen, als wären es ihre eigenen. Das müssen sie sogar, wenn sie im Wettlauf um das höchste Wachstum mitmischen wollen.

Sie erinnerte sich an die Jobannoncen, die sie während der Babypause gelesen hatte. Nur die Höchsten und Besten waren als Bewerber gefragt. Sei exzellent, sei etwas Besonderes, ein High Potential, schneller, höher, weiter! Make a difference! Unterscheide dich von der Masse, der Superlativ ist das Mindeste. Das Normale ist minderwertig, der Durchschnittsmensch ein Versager.

Der Haken ist nur, dass die meisten Menschen durchschnittlich sind, normal intelligent, mit mäßigem Fleiß gesegnet, selten wirklich begabt. Exzellente Leistungen gibt es nur bei extremer Anstrengung. Das ist auch gut so, da die Natur den Superlativ nur für Ausnahmesituationen gemacht hat, wenn Gefahr und Not herrschen. Auf Dauer funktioniert der Superman nicht, auch nicht die neu geklonte Superfrau. Ständige Extreme führen zu Erschöpfung und Unlust. Gewinnen kann man nicht mit dauernder Höchstleistung, sondern mit dauerhaftem Mittelmaß.

Die tollen Slogans des Erfolges sind nur die neu errichteten Türme des Mittelalters. Schnell hinaufgewachsen, übergroß, imponierend für alle anderen. Erst nach längerem wird sichtbar, dass der schnelle Bau das Fundament zerstört hat. Oder es gibt gar kein Fundament, nur weichen, schlammigen Boden. Oder Schotter. Macht nichts, die Person ist ohnehin weg, bevor ihr Fundament einbrechen kann. Dann redet keiner mehr darüber, heute ist ja jeder und alles austauschbar. Welch angenehmer Unterschied zu den mittelalterlichen Türmen, deren Machtprotze bis heute als historisches Juwel überdauert.

Sie bog, dem Geruch nach Fisch folgend, scharf nach rechts in Richtung Mercato di Mezzo ab. Den alten Fischstand vor dem Markt gab es noch, damals von Einwohnern, heute von Touristen umlagert. Von Fisch hatten sie keine Ahnung, umso lauter surrten die Kameras und Smartphones. Im Schaufenster der daneben liegenden Salumeria lud eine riesige Schweinshaxe zum Kauf des berühmten Schinkens Prosciutto San Daniele ein. Sie kaufte zweihundert Gramm, um das unerträglich werdende Gähnen des Magens zu stillen. Kauend betrat sie den Mercato di Mezzo, der als Durchgang die beiden mittelalterlichen Gässchen verband. Anstelle der früheren Stände mit Obst, Gemüse und handgemachter Pasta waren Fressbuden getreten, die mit regionalen Köstlichkeiten die müden Besucher lockten. Kleine Tischchen mit Stühlen und karierten Tischdecken vermittelten italienisches Flair als platzsparenden Ersatz für Esskultur. Die Geschäftsleute hatten schnell erkannt, dass den Touristen vor allem Nahrungsaufnahme wichtig war. Schnell, möglichst viel, möglichst billig.

Sie flüchtete aus der überdachten Fressmeile ins Freie. Der Strom der Touristen riss nicht ab, von der ersehnten Trattoria war nichts zu sehen. Die enge Gasse fühlte sich an wie ein stehengebliebener Aufzug ohne Licht, ohne Sauerstoff, ohne Ausweg. Plötzlich fand sie das mittelalterliche Flair unerträglich. Nach Luft ringend stolperte sie über das Kopfsteinpflaster in Richtung des erhofften Ausgangs. Endlich öffnete sich die Piazza Maggiore mit der riesigen Plakatwand um den versteckten Neptunbrunnen. Hastig überquerte sie den Platz, ohne einem einzigen entgegenkommenden Menschen ins Gesicht zu sehen. Sie waren alle gleich, hektisch, selbstbezogen, hungrig wie sie

Beim Abbiegen nach links hinter den Dom stolperte sie fast über den jungen Mann, der das schwarze Brett vor seiner Trattoria abwischte. Das Mittagsgericht gab es nicht mehr, es war zwei Uhr nachmittags. „Pesce è finito, ma c´e altro", wies er sie mit freundlicher Handbewegung ins Lokal. Sie setzte sich an ein Tischchen nahe dem Ausgang, um sofort flüchten zu können, falls das Essen grässlich und lärmende Touristen lästig sein sollten. Sie war misstrauisch, obwohl die Gegend heller und eleganter war als das Armenviertel auf der anderen Seite des Platzes. Die einheimischen Gäste mischten sich unter die Fremden, als wollten sie die Atmosphäre gemütlicher machen. Irgendwie kam ihr das Restaurant bekannt vor, vielleicht auch nicht, die Suche nach dem verflossenen Geliebten schien dem Gehirn auch kleinste Fasern der Erinnerung zu entreißen.

Die Speisekarte sah handgeschrieben aus, um das täglich gleiche Angebot hochwertiger erscheinen zu lassen. Ausländische Fremde wollten alle das Gleiche, Tortellini in brodo, Spaghetti Bolognese, grüne Tagliatelle, natürlich Schnitzel mit Pommes. Sie wäre am liebsten wieder gegangen, um irgendwo außerhalb des Stadtzentrums als normaler Bürger zu essen. Ihr sinkender Blutzucker zwang sie zu bleiben Sie bestellte Tortelloni con burro e salvia. Das Gericht kam binnen we-

niger Minuten, frischen Salbeigeruch verströmend. Sie durchschnitt die Teigtasche, sodass die Ricottafüllung wie ein weißer Schatz herausquoll. Sie liebte diese völlig unprofessionelle, des Italieners unwürdige Prozedur. Schon lange hatten ihre Geschmacksknospen nicht so heftig reagiert. Ob die Erinnerung oder der gestillte Hunger ihr Tränen in die Augen trieben, war unwichtig. Sie ließ die Nase in den Teller tropfen wie ein von Gefühlen überrollter Teenager. Natürlich war es kitschige Idiotie gewesen, hierher zu kommen.
Der Kellner stellte unaufgefordert ein Glas Weißwein neben den Brotkorb. Ihrem prüfenden Blick begegnete er mit leicht mitleidigem Lächeln, das er vermutlich nur für allein reisende Damen eingeübt hatte. Oder kannte er sie? Vielleicht war er der Sohn des einstigen Trattoriabesitzers und verdiente jetzt Geld mit Touristenmenüs. Sie erinnerte sich an kein Kind, das durch dieses voll besetzte Restaurant gehuscht wäre.
So oft war sie nicht essen gegangen, da die Mensa den ausländischen Studenten als Stammlokal genügte. Die Einheimischen verschmähten den öffentlichen Fraß zugunsten Mammas unübertroffener Tortellini zuhause. Carola war von der Mensa begeistert, endlich das Zuhause, das sie in ihrer Schulzeit so vermisst hatte. Zwölf Jahre lang hatte sie die Suppe aufwärmen müssen, die ihre berufstätige Mutter am Abend zuvor gekocht hatte. Oft genug landete die Suppe im Klo, da das Schulkind nicht allein essen wollte. Den Hunger stillte sie mit Schokolade, Lernen und Bravsein. Später, als Jugendliche, bekam sie Essstörungen, von denen niemand erfuhr. Ihre Mutter war froh, abends nicht mehr Suppe vorkochen zu müssen. Carola ernährte sich offenbar gut, das sagte ihr rasch zunehmendes Gewicht. Der Speck verschwand erst mit ihrem ersten Freund, da war sie schon zweiundzwanzig. Mit Christian wurde sie zu einer schönen Frau, die sich an ihre frühere Essgier nicht erinnern konnte. Zehn Kilo Gewichtsverlust merkte sie gar nicht, Fotos von früher, die eine vollbusige Jugendliche mit runden Wangen zeigten, wanderten in eine Schachtel und diese in den Keller.
Das neue Aussehen brachte neues Selbstbewusstsein. Sie wollte weg aus Wien, weg aus der immer noch engen Beziehung mit ihrer Mutter,

schließlich auch weg von Christian, der es plötzlich mit dem Heiraten eilig hatte. Seine Worte über ein Haus im Grünen und gemeinsames Altwerden versetzten sie in Panik. Erst Jahre später wurde ihr klar, dass sie ihre eigene Familie nie als Ort der Geborgenheit erlebt hatte, obwohl ihr dies immer suggeriert worden war.
Bologna verwischte die alten Erlebnisse zu unwirklichen Bildern. Die Mensa fungierte als Symbol der Freiheit, die nährte, ohne zu fordern. In die Trattoria lud Raffaele sie manchmal ein, um mit seiner Freundin aus dem Norden anzugeben. Das unterstellte sie ihm, zumal seine Eltern mit allen Lokalbesitzern befreundet zu sein schienen. Was war aus ihnen geworden? Vielleicht hatten sie in den vergangenen zehn Jahren alles verkaufen müssen, nachdem die Finanzkrise sie ruiniert hatte. In Bologna hatten etliche Geschäftsleute Geld in amerikanischen Wertpapieren angelegt und verloren. Die Verhältnisse hatten sich für alle geändert, nicht nur für die einst verliebte Studentin.
Am Soave nippend überlegte sie, ob sie die Nacht in Bologna verbringen oder gleich mit dem Nachtzug zurück nach Wien fahren sollte.
„Signorina Carola?", fragte eine Stimme hinter ihr.

32.
Die blaugrünen Augen lagen etwas tiefer, von der randlosen Brille leicht verschattet. Das Strahlen hatten sie behalten, auch wenn es hinter den Gläsern nicht gleich zu erkennen war. Vielleicht hatte das Leben seine Iris gedämpft, um dem Gegenüber nicht sofort den Blick in die Seele zu gestatten. Die Gedanken hinter dem Augapfel sollten harmlos scheinen, auf keinen Fall genial, schon gar nicht verspielt wie in jungen Jahren.
Sie musste nur kurz in seine Augen sehen, um das Wesentliche zu erkennen. Er hatte sich nicht verändert. Seelenruhig stand er an ihrem Tisch, als wäre er pünktlich zur verabredeten Zeit gekommen.
„Sei venuta in ritardo da vent'anni", grüßte er lächelnd.
„Zwanzig Jahre zu spät wofür?" Sie wollte aufstehen und ihn umarmen, als wäre nichts gewesen. Die versagenden Beine ließen sie auf den Stuhl zurücktaumeln. Alles Italienische, was sie ihm hatte sagen

wollen, entfiel ihrem Sprachzentrum. Die erste Begegnung, falls sie
ihn irgendwo in der Stadt aufgespürt hätte, sollte ganz anders ablaufen. Chic angezogen, geschminkt und gut gelaunt wollte sie ihm entgegentreten, ohne einen Hauch der Traurigkeit, die sie in den letzten
Monaten niedergedrückt hatte. Stattdessen saß sie da, erschöpft von
der Zugfahrt, verschwitzt vom Rennen durch die Stadt, alles andere
als die attraktive junge Frau seiner Erinnerung.
„Stai bene", sagte er mit bewunderndem Blick. Ob er es ernst meinte,
verrieten seine Augen nicht.
„Grazie, anche tù." Endlich stand sie auf und reichte ihm die Hände.
Sie küssten einander auf die Wangen, anders als alte Schulkollegen,
die sich nach langem wiedersahen. Für eine Minute blieben ihre Unterarme aneinander geheftet, als wollten sie durch die Kleidung die
Haut des anderen erspüren.
„Ist das ein Zufall?", fragte sie, ihren Arm von ihm lösend.
„Natürlich." Es sollte lässig klingen, nur die ruckartige Bewegung,
mit der er sich zu ihr an den Tisch setzte, verriet seine Nervosität.
Der Kellner brachte ungefragt ein zweites Glas Soave, als wollte er die
Spannung auflösen.
„Siete amici?", fragte Carola, um Zeit zu gewinnen. Was sollte sie
sonst sagen? Banale Floskeln überdeckten die Unsicherheit beider,
ob sie sich über das Wiedersehen freuen, vor allem die Freude zeigen sollten. Immer noch überlegte sie, wie ihr Gesicht auf ihn wirken
mochte. Zwar hatten sich in Tirol die Dämonen von der Seele verzogen, aber gerade heute fühlte sie sich nicht danach, einem ehemaligen
Lover zu begegnen. Eigentlich hätte sie ein paar Schuhe kaufen, gut
essen und abends mit dem Zug zurück nach Wien, Bozen oder ganz
in den Süden Italiens fahren wollen. Stattdessen hatten die Beine sie
wie in Trance hierher getragen.
Dass irgendjemand in der Trattoria sie erkannt und Raffaele gerufen hatte, grenzte an Vorsehung. Realistisch betrachtet sah es nach
Absprache von Geheimdiensten aus. Oder hatte Marie wieder ihre
Hände im Spiel? Ihr war alles zuzutrauen.
„Wie lange bleibst du?", fragte Raffaele und hob sein Glas. Das leichte
Zittern seiner Hände ließ den Wein hin und her schwanken.

„Eigentlich wollte ich am Abend zurück nach Wien", entgegnete sie. „Nein, du willst zurück nach Rimini." Sein spärliches Deutsch hatte den Akzent behalten, samt Charme der falschen Grammatik. „Meine Wagen parkt bei Porta San Vitale, molto vicino." Natürlich parkte sein Wagen zufällig ganz in der Nähe. Über die Autostrada gelangten sie in weniger als zwei Stunden an die Küste. Rimini mit seinen Hotels und Bars schien sich seit zwanzig Jahren nicht verändert zu haben. Die Strände sauber, der Eintritt teuer, aber alternativlos, wenn man die Füße halbwegs sicher ins Meer tauchen wollte. Die Festung von San Marino thronte noch immer in der Ferne als herrliche Theaterkulisse. Schweigend wanderten sie den Strand entlang, erzählten einander dies und das, ohne die anfängliche Spannung lösen zu können. Die Nacht im Hotel verbrachten sie mit zaghaftem Abtasten und viel unnötigem Reden, wie Teenager, denen die Sprache als Umweg zu den unerfahrenen Körpern dient. Erst am nächsten Tag, nach dem Frühstück und einigen Caffè in einer der Strandbars, ließen sie die Spannung langsam los. Der Nachmittag und die Nacht zerflossen in einer nicht enden wollenden Erlösung der Gefühle. Sie liebten sich im Rausch der versäumten Jahre, als gäbe es auch jetzt keine Zukunft. Am Morgen sprachen sie wenig, um den Zauber nicht zu verlieren. Was gäbe es auch zu sagen? Raffaele lebte getrennt von seiner Frau, aber nicht geschieden, des Vermögens wegen, wie er knapp erzählte. Carola war das egal, sie erwartete nichts von ihm. Das sagte sie sich immer wieder, nachdem sie mit ihren kleinen Töchtern in Wien telefoniert und ihnen versichert hatte, sehr bald nach Hause zu kommen. Nur noch zwei Tage, da es heute und morgen keinen Flug nach Wien gäbe. Warum sie nicht heute mit dem Zug kommen könne, fragte Valerie. Das hatte ihr sicher Oliver eingeflüstert, dem Carola am Telefon nur beiläufig von einem Ausflug nach Bologna erzählte. Aus Nostalgie sei sie hergekommen und nun vom Herumrennen in der Stadt total erschöpft. Sie brauche zwei Tage Pause, um einigermaßen fit den Heimweg antreten zu können. Er glaubte ihr nicht, das hörte sie an seiner metallischen Stimme. Immer, wenn er wütend, aber eigentlich verletzt war, klang er wie eine Kettensäge. In dieser Stimmung würde er sie niemals fragen, wo sie war und warum.

Es war nicht wichtig, was er oder sonst jemand über sie dachte. Ihre hungernde Seele hatte das schlechte Gewissen längst abgelegt. Die Stunden mit Raffaele strömten wie eine reinigende Flut über ihr ganzes Wesen und verbanden den Körper mit der Seele zum unendlichen Kreis. Montag früh brachte er sie zum Flughafen Bologna. Vor dem Boardingschalter küssten sie einander ohne Umarmung.
„Ci vediamo?", fragte er.
Wortlos nahm sie ihm die randlose Brille von der Nase. Das Trübe in seinen Augen war verschwunden. Sie wischte eine Träne von ihrer Wange und legte sie auf sein Augenlid.
„Ci vediamo presto."

33.
Oliver stellte keine Fragen. Das war schlimmer als eine Eifersuchtsszene. Wenn er getobt, ein Möbelstück zertrümmert, zumindest die Tür zugeschlagen hätte, wäre die Reise nach Bologna vielleicht ein Neuanfang für ihre Ehe gewesen.
Er öffnete die Haustür, nachdem sie mehrmals geklingelt hatte. Ihr Schlüssel war irgendwo in der riesigen Handtasche verschollen.
„Entschuldige", sagte sie, ohne zu wissen, wofür sie sich entschuldigen sollte. Sein Kuss auf ihren Mund schien beiläufig wie immer. Hatte ihm das seine Mutter geraten? Sich nichts anmerken zu lassen, vor allem keine Wut, so zu tun, als wäre ihre zweiwöchige Abwesenheit eine wohltuende Pause für ihn gewesen.
„Wie wars?", fragte er.
„Wie war was?"
„Der Flug zum Beispiel."
„Ich bin geflogen, zwei Wochen lang."
„Das freut mich für dich."
„Wo sind die Mädchen?"
„Bei meiner Mutter."
Die Stille im Haus war bedrückend. Er war verletzt, das hörte sie an seiner heiseren Stimme. Es zuzugeben, war unmöglich. Seine Gefühle hatte er digitalisiert, alles Traurigmachende in einem Algorithmus

logisch weggerechnet. Schweigen war die beste Strategie, um sie auszugrenzen. Soviel wusste er aus ihren Erzählungen über die Sprachlosigkeit ihrer Mutter. Das Schlimmste, was er ihr antun konnte, war, sie von sich wegzuscheuchen wie eine unbedeutende Person, die ihn belästigte.

Diesmal schlug diese Strategie ins Leere. Carola spürte keinen Zwang mehr, etwas gutmachen zu müssen. Sie sah Oliver befremdet an. Warum reagierte er so, hatte das wirklich nur der Job mit ihm gemacht? Vielleicht war er immer schon kalt gewesen, und sie hatte es mit ihrem eingelernten Selbstbewusstsein einfach ignoriert. Manchmal hatte sie einen Streit losgetreten, nur, um sich nicht niedermachen zu lassen. Verbal war er ihr immer unterlegen, jetzt machte die Abwesenheit der Kinder sie angreifbar, und er wusste es.

Sie spürte die alte Wut in sich hochsteigen. Diesmal wollte sie nicht warten, bis das Brodeln in ihrem Bauch in lähmende Depression umschlug. Die Nacht mit Raffaele hatte ihr einen Anker zugeworfen.

„Oliver, ich will so nicht weitermachen."

„Das werden wir nicht", erwiderte er prompt.

„Schön, dass du darüber nachgedacht hast. Was schlägst du vor?"

„Du wirst in die obere Etage ziehen", sagte er. „Ich bleibe unten, bis du weißt, was du willst. So ist es für die Mädchen am besten."

„Bis ich weiß, was ich will?", rief sie. „Das kann ich dir sofort sagen. Ich will einen Mann, der seine Gefühle nicht mit Arbeit erstickt. Der sein Selbstwertgefühl nicht an seinem Konto misst. Dessen wichtigster Antrieb nicht die Lobeshymnen seiner Bosse sind. Ich will einen Mann, mit dem ich reden kann, lachen, schlafen wie früher."

„Dazu müsstest du erstmal mit dir selbst klarkommen", meinte er. „Ohne Tabletten."

Zum ersten Mal erwähnte er ihre Medikamente.

„Schön, dass sie dir aufgefallen sind", erwiderte sie. „Ich habe sie gebraucht, um das Leben mit dir zu ertragen. Ist dir das auch aufgefallen?"

„Du warst schon vorher depressiv. Ich habe mit deinem Arzt gesprochen."

Sie starrte ihn an. Unmöglich, dass Dr. Reither ihm etwas erzählt hatte. Sie hatte ausdrücklich verfügt, dass der Neurologe mit niemandem aus der Familie über ihren Zustand sprechen durfte.

„Du bluffst", sagte sie ruhig.

„Das sieht der Kinderarzt unserer Töchter anders. Er nennt den Zustand der Mutter wesentlich für das Kindeswohl. Die Mädchen brauchen ein ruhiges Zuhause. Sie haben in den letzten Monaten genug Unruhe ertragen müssen. Auch im Kindergarten ist aufgefallen, dass zuhause etwas nicht stimmt."

Carola versuchte, innerlich ruhig zu bleiben. Ihr Arzt hatte bestimmt dichtgehalten, Oliver redete einfach drauflos, um sie zu verunsichern.

„Du redest Unsinn", sagte sie „Ich spreche regelmäßig mit der Pädagogin. Seit wann interessierst du dich für den Kindergarten?"

„Immer schon. Jetzt muss ich es allerdings öfter tun, da ich sehe, dass du es nicht zum Besten der Kinder machst."

Sie schnappte nach Luft. Griff er tatsächlich zu den Kindern als Waffe seiner Eifersucht? Sie spürte, wie ihr angespannter Rücken sich nach vorne krümmte.

„Die Mädchen sind uns heilig, richtig?", presste sie hervor.

„Für mich auf jeden Fall", gab er zurück. „Bei dir sieht es nicht danach aus."

„Ich habe die zwei Wochen gebraucht, um wieder klar denken zu können."

„Offenbar bringen kleinste Probleme dein Denken so durcheinander, dass du vor den Kindern weglaufen musst."

„Oliver, hör auf, mich zu erpressen. Du weißt, dass unsere Kinder alles für mich sind."

„Genau das kannst du jetzt beweisen. Also machen wir es, wie ich vorgeschlagen habe, du oben, ich unten."

Das war kein Vorschlag, sondern ein Ultimatum. Er musste schon länger daran gearbeitet haben, ihre Zeit in Tirol und Bologna war nur der letzte Auslöser.

„Wirst du mir jetzt gleich die rechtliche Situation erläutern?", fragte sie.

„Ich denke, das muss ich nicht. Meine Sachen sind schon unten im Gästezimmer."

Es klang, als hätte seine Mutter ihm den Text diktiert. Lisbeth rächte gnadenlos die Untreue an ihrem Sohn. Niemand durfte ihn vom Thron herunterstoßen, als größten Ehemann, Manager, Liebhaber. Er war alles, was sein Vater nicht gewesen war, obwohl sie ihn unterstützt und angetrieben hatte. Schließlich hatte er sich eine Jüngere genommen, dieser Schwächling. Die jungen Frauen waren das Übel der Menschheit. Mit straffen Hüften und breiten Schenkeln machten sie die Männer hirnlos, wehrlos und ausgeliefert. Diesem erotischen Schwachsinn musste mit aller Härte begegnet werden. Lange genug hatte ihre Schwiegertochter Oliver am Gängelband gehalten, ihren Ehrgeiz auf seine Kosten durchgesetzt. Auf dreiste Art zeigte sie in Gesprächen ihre Überlegenheit, indem sie ihn mit Argumenten einfach niederredete. Er war zu gutmütig, um sich zu wehren, das hatte er von seinem Vater. Carolas angeblicher Zusammenbruch war nur eine Ausrede gewesen, um sich aus den familiären Pflichten herauszustehlen. Sogar ein Au-pair-Mädchen hatte sie ihm ins Haus gesetzt, um sich in Italien eine schöne Zeit zu machen. Jetzt reichte es, auf ihre Schwiegermutter brauchte sie nicht mehr zu zählen.

Carola überschlug die Situation binnen weniger Sekunden. Es war klar, was sich in den zwei Wochen ihrer Abwesenheit zuhause abgespielt hatte. Das Ergebnis sah für sie nicht gut aus. Langsam richtete ihr gekrümmter Rücken sich auf.

„Gut", sagte sie mit fester Stimme. „Die Mädchen sind das Wichtigste."

Sie holte ihren kleinen Rollkoffer aus dem Vorzimmer und stieg die Treppen hinauf.

Die folgenden Wochen verliefen überraschend reibungslos. Das eheliche Schlafzimmer im ersten Stock gestaltete sie zum persönlichen Wohn- und Arbeitszimmer um. Endlich gab es genug Platz und freie Luft zum Nachdenken. Olivers Anwesenheit im Erdgeschoß bemerkte sie kaum, da er spät, manchmal gar nicht aus dem Büro nach Hause kam. Ob er inzwischen eine Geliebte hatte, fragte sie nicht. Die Wortwechsel zwischen ihnen beschränkten sich auf knapp gerufene Grußworte, um den Kindern das Gefühl von zuhause zu lassen.

Melanie und Valerie gewöhnten sich schnell an die neuen Wohnzustände. Zwischen Papas und Mamas Reich zu pendeln, wurde zur Normalität, die sogar Spaß machte. Zwei Mal pro Woche, wenn das Au-pair-Mädchen frei hatte, aßen sie alle gemeinsam am großen Küchentisch. So lautete die Vereinbarung, die Oliver festgelegt und Carola ohne Widerspruch akzeptiert hatte. Alles verlief wie früher, die Mädchen halfen fleißig beim Kochen, als wollten sie den Familienfrieden mit aller Kraft erhalten. Die Gespräche bei Tisch drehten sich um den fad werdenden Kindergarten, die Vorschule und die Leute, die man im Alltag ertragen musste. Streit bei Tisch wurde von allen sorgsam vermieden, obwohl die Anspannung manchmal gefährlich knisterte. Valerie und Melanie warfen panische Blicke zu Papa und Mama, als erwarteten sie jeden Moment einen gewaltsamen Schlag. „Wollen wir ‚Mensch ärgere dich nicht' spielen?", entschärfte Oliver meist den Krampf. Johlende Zustimmung war ihm sicher, ebenso der gerettete Tag. Dass alle unter der Situation litten, blieb unausgesprochen. Zumindest nach außen gab Olivers Regelung ein gutes Bild der Familie ab. Für Carola bot sie Freiraum und Schutz vor sinnlosen Diskussionen.

Ein Mal im Monat flog sie nach Bologna. Zwei Nächte mit Raffaele genügten, um die Energie für weitere Wochen aufzuladen. Das Strandhaus nahe Rimini, das Raffaeles alter Schulfreund ihm überlassen hatte, wurde zur körperlichen und seelischen Tankstelle. Im kleinen Vorgarten blühten die Rhododendronbüsche als üppiges Symbol für das scheinbar Unmögliche. Als wollten sie bestätigen, dass Liebe jedem Lebewesen zusteht, wie Wasser nach einer langen Durststrecke. Carola fragte nicht, ob Raffaele das Haus bezahlen musste, um dort die Zeit mit ihr verbringen zu können. Welche Rolle sie tatsächlich in seinem Leben spielte, ob seine Ehe in der Krise oder beendet war, interessierte sie nicht. Das Leben jenseits der gemeinsamen Nächte besprachen sie nur oberflächlich. Wie geht's den Kindern, alle gesund, macht der Job Spaß?
Beide wussten, dass es nicht ewig so weitergehen konnte, da ihre Gefühle mit jeder Begegnung stärker wurden. Carola achtete darauf, je-

des Mal zurück in ihr altes Leben zu fliegen, bevor sie an ein neues mit Raffaele denken konnte. Die Spannung im Herzen konnten beide für einige Wochen ertragen, bis zum nächsten gemeinsamen Höhenflug. Wohin das alles führen sollte, wussten sie nicht. Klar war nur, dass sie einander nicht mehr loslassen würden.

Raffaele schien die Situation nicht so locker zu nehmen. Dass nicht Liebe seine Ehe begründet hatte, erzählte er Carola einige Male. Die Verbindung zweier wohlhabender Familien war seit seiner Jugend vorbestimmt gewesen, einschließlich des sorglosen Lebens, das ihn erwarten würde. Er beendete das Jurastudium ohne Begeisterung, aber immerhin mit einem Doktorat. Dass ihn nach der Heirat die Sippschaft seiner Frau nicht als echtes Familienoberhaupt anerkannte, störte ihn erst allmählich. Die gut gehende Kanzlei seines Vaters übernahm sein Cousin, dessen gutes Gespür fürs Immobiliengeschäft ihnen gute Aufträge brachte.

Raffaele durfte als Juniorpartner kleinere, vom Cousin eingefädelte Geschäfte abschließen. Entsprechend traf dieser alle wichtigen Entscheidungen in der Firma, die Raffaele ohne Widerspruch unterschrieb. Nur ein Mal weigerte er sich, den Verkauf eines Grundstücks zu unterstützen, auf dem ein überdimensionales Hochhaus entstehen sollte. Die umliegenden Wohnhäuser, allesamt in niedrigem, orangerotem Stil errichtet, hätten den riesigen Klotz ständig vor den Fenstern. Hinter dem Bauvorhaben standen ein mächtiger Baulöwe und vermutlich die Mafia.

Raffaele schloss sich der Bürgerinitiative der Bewohner an, die das Projekt schließlich verhinderte. Die Kanzlei verlor hohe Provisionen und einen potenten Kunden, Raffaele fast seinen Job. Sein Cousin verdächtigte ihn der Mitgliedschaft in einer linksextremen Gruppe, die sämtliche große Bauprojekte in Bologna sabotierte. Mit dem Ziel, die Bewohner in Genossenschaften nach kommunistischem Modell zu zwingen, notfalls mit Gewalt. So lautete die Interpretation von Lenins Vermächtnis. Raffaele liebäugelte mit den sozialistischen Ideen, ging sogar ein Mal zur Versammlung der Truppe. Natürlich merkte er schnell, dass sie ihn nur eingeladen hatten, um ihn später als Vertreter der Kanzlei zu erpressen. Er ging nie wieder hin, dennoch

bezichtigte ihn sein Cousin des Verrats. Es war seine Frau, die ihn damals vor dem Rauswurf bewahrte, indem sie der Frau des Cousins ins Gewissen redete. Ob bei der Unterredung auch finanzielle Entschädigung für Raffaeles Missetat eine Rolle spielte, erfuhr er nicht. Es sind die Frauen, die am Ende das Sagen und das Geld haben. Raffaeles Frau ließ ihn beides spüren. Dass ihm seine untergeordnete Rolle ein angenehmes Leben samt Ausüben seiner Tanzleidenschaft ermöglichte, gab er nur ungern zu. Die meiste Zeit widmete er seinen Choreografien, die in einem Blog per Video mit Amateuren einstudiert wurden. Die Schar der Follower vermehrte sich stetig und international, samt Wettbewerben und gekrönten Champions. Die Medaillen wurden ein Mal im Jahr bei einer Tanzparty am Strand von Rimini vergeben. Zur letzten riesigen Fete lud Raffaele Carola ein.
„Alle werden da sein", verkündete er. „Du wirst sie wiedererkennen, sie tanzen alle noch und wollen dich unbedingt sehen."
Zunächst lehnte sie dankend ab, da sie nicht ihrer Jugend nachtrauern wollte. In Wahrheit fürchtete sie, dass die Gefühle von damals sie überrollen und die Gegenwart zuhause unerträglich machen würden. Schließlich flog sie mit klammem Herzen nach Bologna. Am Bahnhof von Rimini erwartete sie eine Schar johlender, ihr unbekannter Gesichter.
„Viva, Regina Carola!", schrien sie. Es waren die Tänzer von damals, zwanzig Jahre älter und immer noch verrückt. Alle in Tanzmontur und schlanker Topform, nur Pino hatte ein kleines Bäuchlein angesetzt, das von seinem Trikot geschickt zusammengepresst wurde. Aus dem kleinen Recorder am Boden ertönte die berühmte Melodie aus dem Musical „Grease". Raffaele stellte sich vor die Runde und schnalzte vier Mal mit der Zunge.
„Andiamo, uno, due, tre …"
Sie bildeten einen tanzenden Kreis um Carola, um sie mit ekstatischen Posen zu begrüßen.
„Bellissima, perche sei andata via?", sangen sie. Carola begann vor Rührung zu weinen.
„Ihr seid irre!", schluchzte sie. „Siete matti, wollt ihr jetzt, dass ich tanze?"

Sie zogen sie mit sich vor den Bahnhof, wo Raffaele hinter einer Reihe von Oleanderbüschen verschwand. Nach einer Weile kehrte er am Steuer eines ziemlich vergammelten Pick-ups zurück.
„Den alten Jaguar haben wir nicht bekommen", entschuldigte er sich. Carola kletterte auf den Beifahrersitz, immer noch ließ sie den Tränen freien Lauf. Die anderen sprangen johlend auf die Ladefläche des Wagens. Das Tanzfest wurde zur internationalen Strandparty, die von Teenagern bis zu Omas und Opas alle zur vibrierenden Masse vereinte. Ekstase ganz ohne Alkohol, nur vereinzelten Softdrinks, dafür literweise aus mobilen Tanks ausgeschenktem Wasser. Als Champion wurde eine Gruppe spontan aus Dänemark angereister Rollstuhltänzer gewählt, die ihre Choreografie dem Publikum beibrachten. Mit gehenden Beinen konnte man die nicht gehenden kaum übertreffen. Es wurde ein atemberaubendes Spektakel, das bis zur Morgendämmerung dauerte. Carola tanzte mit ihren früheren Kumpanen, als wäre für keinen von ihnen fast eine Generation vergangen. Alles funktionierte wie früher, nur die Straßen von Rimini waren noch voller.

34.
„Ich werde dich verlassen, wir werden diesen unnatürlichen Zustand beenden.", sagte sie. Oliver war gerade nach Hause gekommen und suchte im Kühlschrank nach etwas Essbarem.
„Du bist nicht mehr in Italien?", fragte er scheinbar erstaunt.
„Als ob du nicht genau kontrolliert hättest, wann ich zurückgekommen bin", erwiderte sie.
Diesmal war die Rückkehr nach Wien schmerzhafter gewesen als die Male zuvor, keine nüchterne Dusche bei gleichzeitiger Erleichterung, dass das alltägliche Leben in berechenbarer Struktur verlief. Dank der Kinder musste über die täglich wiederkehrenden Entscheidungen nicht nachgedacht werden, sodass grundsätzliche Brüche ausgeschlossen waren. Diesmal war es anders. In Rimini war das alte Leben wie eine Lawine in das neue hereingebrochen. Keine Herausforderung mehr, der sie sich aus vielen Kilometern Entfernung irgendwann stellen konnte, sondern eine reale Gefahr.

„Ich kann nicht mehr jeden Abend mit dieser beruhigenden, in Wahrheit verlogenen Gewissheit einschlafen", sagte sie.
„Ich dachte, es reicht, wenn du nicht neben mir einschlafen musst", entgegnete er. „Ist das Joghurt noch in Ordnung?"
Er nahm einen angebrochenen Becher aus dem Kühlschrank und setzte sich an den Tisch. Carola blieb stehen.
„Ich weiß, du bist überrumpelt und machst auf witzig. Aber ich meine es ernst."
„Dass du hier ausziehen willst?" Er rührte im Joghurt, ohne sie anzusehen.
„Ich weiß nicht genau, wie wir es machen werden, jedenfalls nicht mehr so."
„Wir werden gar nichts machen", meinte er. „Du kannst tun, was du willst, aber ich empfehle dir, vorher über die Konsequenzen nachzudenken. Schaffst du das?"
Sein spöttischer Ton konnte seine Wut nicht verbergen. Carola setzte sich ans Kopfende des Tisches und ergriff seine Hand.
„Begreifst du, dass wir in diesem Zustand alle draufgehen?", fragte sie.
„Du vielleicht." Er entzog ihr seine Hand. „Kein Wunder mit diesem Typen, der dich als Hure ausnutzt."
„Sicher weniger, als du mich benutzt hast", sagte sie ruhig. „Aber darum geht es jetzt nicht. Es geht vor allem um unsere Töchter."
„Tatsächlich? Dann geh zu deinem Ragazzo, die Kinder bleiben bei mir."
Es klang nicht aggressiv, eher wie die resignierte Erkenntnis, dass Kämpfen um sie sinnlos war. Carola sah ihm direkt in die Augen.
„Wenn ich dir noch irgendetwas bedeute, dann lass uns gemeinsam eine Lösung finden."
Er erwiderte nichts, stand auf und verließ mit dem Joghurtbecher die Küche. Den Rest der Woche sah sie ihn nicht. Am Freitagabend ließ stürmisches Läuten sie erschrocken die Stufen hinunterstolpern. Oliver stand vor der Haustür, als wäre er ein fremder Besucher. Carola war so überrascht, dass sie die vielen roten Rosen in seinen Armen übersah.
„Hast du keinen Schlüssel?", fragte sie unfreundlich. Sein absurdes

Läuten kam völlig unpassend, da sie sich für das Wochenende intensives Schreiben vorgenommen hatte. Nach Tagen der Unruhe spürte sie endlich wieder Lust, ihre chaotischen Gedanken auf andere Pfade zu lenken. Der Artikel für die Online-Zeitschrift ihres alten Kollegen Micha sollte der erste Aufhänger sein, ein pointierter Kommentar zur unsozialen Politik der Regierung. Micha war der Einzige aus der Redaktion, mit dem sie nach ihrer Kündigung Kontakt hielt. Er wusste über ihre Trennung von Oliver Bescheid und stellte keine Fragen. Auch nicht über Raffaele, von dem sie ihm nur flüchtig erzählte. Sein Angebot, mit den Kindern etwas zu unternehmen, wenn sie mal weg und Oliver verhindert wäre, nahm sie dankend als Geste eines Verbündeten an.
Dieses Wochenende verbrachten die Kinder samt Au-pair-Mädchen Adèle bei der Großmutter. Inzwischen war deren Haus zum beliebten Ausweichquartier geworden, wenn Carola ungestört arbeiten oder nur nachdenken wollte.
Olivers Läuten an der Haustür kam wie eine störende Drohne. Sein Gesicht kam ihr sonderbar fremd vor. Über dem riesigen Rosenstrauß lugte sein blonder Haarschopf wie eine Sonnenblume hervor. Auf die Schwelle niederkniend hielt er ihr die Rosen entgegen.
„Was soll das?", schoss sie heraus.
„Zieh dich an, bitte."
„Was?"
„Egal was, es muss nicht chic sein."
Sein Kniefall schien ihr wie die verlegene Geste eines Schauspielers, der den Text vergessen hat. Allerdings lag in seinem offenen Blick nichts Witziges. Sie erkannte jenen Oliver, der ihr im fahrenden Paternoster der Universität einen Heiratsantrag gemacht hatte, entschlossen, keine Ablehnung zu akzeptieren. Er wollte mit ihr leben, Kinder haben, alt werden, in guten wie in schlechten Zeiten.
„Damals hast du nicht fünfzig Rosen gebraucht." Sie nahm ihm lächelnd den Strauß ab.
„Vierundvierzig", verbesserte er. „Die sind nur als Ersatz, falls du mich nicht zu deinem Geburtstag einlädst."
„Ich werde ihn nicht feiern. Bist du deswegen hier?"

„Ich bin doch nicht kitschig."
Sein Knie auf der Schwelle tat sichtlich weh. Sie legte die Rosen auf den Boden und reichte ihm beide Hände. Beim Hochziehen roch sie seinen Körper nach langem wieder. Es war angenehm und irritierend.
„Die Vase ist in der Küche", erklärte sie, als wäre er ein Gast im eigenen Haus. Warum sie seiner Aufforderung folgte und sich rasch eine Hose und den schicken Pulli anzog, konnte sie später nicht mehr sagen.
Sie fuhren an den Neusiedler See im Osten Wiens, wo sie seit ihrer Studienzeit nicht gewesen war. Die flache pannonische Landschaft hatte sie schon als Kind melancholisch gemacht. Ihre letzte Erinnerung an die gemeinsam lebenden Eltern war beim Segeln mit dem Finn-Dingi, der kleinsten olympischen Klasse. Die starken Winde am See waren für Segler ideal. Carola erinnerte sich an ihre Angst vor dem Wasser und den Geruch des Campingplatzes. Seither war ihr der Anblick von Klappstühlen und Luftmatratzen zuwider. Unter so ein aufgeblasenes Ding war sie als Kind gerutscht und im flachen See fast ertrunken. Danach musste sie sich stundenlang im Zelt ausruhen, wo es nach verbranntem Essen und erhitztem Plastik roch. Widerlich, seither hatte sie keine Verlockung zum Surfen oder Grillen an den See gebracht.
Es war an der Zeit, alte Ängste und Gewohnheiten abzulegen, dachte sie beim Einsteigen in Olivers Kombi. Beim Fahren durch die flache Landschaft legte sich erneut ein sonderbarer Schleier über ihr Gemüt. Die Trockenheit der letzten Monate hatte den grünen Feldern stark zugesetzt. Am Ufer des Neusiedler Sees sah das Schilf ausgedörrt und vergilbt aus, als bettle es mit letzter Kraft um Regen, bevor die Sonne es anzündete. Der seichte Steppensee verdunstete langsam zur braunen Lache.
Im Städtchen Neusiedl änderte sich die öde Stimmung radikal. Das verschlafene Nest, das Carola in Erinnerung hatte, sprühte vor Leben wie eine kleine Jetset-Oase. Am Freitag Nachmittag kam der erste Schwung der Surfer, die den guten Wind für rasante Wettbewerbe nutzten. Abends strömte ein buntes Heer von Schirmkappen durch den Ort, alles Ess- und Trinkbare einwerfend, was es zu kaufen gab.

In den letzten Jahren waren Restaurants und Bars aus dem Boden geschossen, die Carola nur von den Stränden Italiens kannte. Die Küchenchefs hatten sich einiges einfallen lassen, um Gäste aus Wien und den wenige Kilometer entfernten Nachbarstaaten anzulocken. Tafelspitz und Apfelstrudel waren längst keine Favoriten mehr. Spezialitäten aus dem nahen Ungarn und der Slowakei mischten sich in die Speisekarte, als gehörten sie zur heimischen Küche.

Oliver hatte einen Tisch im Lokal direkt am Wasser reserviert. Die Terrasse ging nach Westen, wo die Sonne sich langsam zum Abschied bereit machte. Als Aperitif bestellten sie zwei Martini rosso, passend zum Himmel, der im hellrosa Dunst und schließlich im dunkelroten Vorhang unterging. Das Schauspiel verschlug Carola den Atem, gerade heute war sie auf Sonnenuntergänge über spiegelndem Wasser nicht gefasst. Ihr Glas umklammernd mied sie den Blick zu Oliver, der ihre Gefühle vielleicht ahnen, aber nicht nachvollziehen konnte. Dass sie nicht mit ihm, sondern mit ihrem Geliebten hier sitzen wollte, war ungerecht, aber passend. Raffaele würde ihre Ergriffenheit schweigend teilen, weil sie die seine wäre.

„Warum hast du mich eingeladen?", fragte sie, nachdem der letzte rote Zipfel am Horizont verschwunden war.

„Weil wir wieder einmal in Frieden reden sollten, findest du nicht?" Es klang harmlos und etwas unbeholfen, als könnte er nicht zugeben, dass er einfach einen Abend mit ihr verbringen wollte. Sie war innerlich auf der Hut, um nicht in die Falle des Wohlbefindens zu geraten, die ihre Gefühle immer angreifbar machte.

Die Fischplatte für zwei war mit opulenten Beilagen und Salaten garniert, jeder mit einem extra Schälchen Dressing.

„Du musst die Soßen nicht identifizieren, iss einfach", beruhigte Oliver. Sie goss einfach Essig und Öl über sämtliches Grünzeug.

„So schmeckt es am besten", erklärte sie.

Das Essen glich einer Entspannungsdroge gegen das frostige Klima zwischen ihnen. Die Flasche Weißburgunder tat das Übliche, um die Spannung zu lösen. Sie redeten über alte Zeiten, erfüllte Wünsche, gemeinsame Siege und durchgestandene Pleiten. Im Geiste des Weines wurden sogar die Enttäuschungen zu witzigen Anekdoten.

Nur das Thema Ehe sparten sie aus. Kein Wort über Raffaele und Bologna, das seit Wochen wie ein Geist zwischen ihnen schwebte. Die Wochenenden des Alleinseins schienen Oliver nicht zu stören. Er fragte nach Carolas beruflichen Plänen, bot ihr Unterstützung an, falls sie als Journalistin wieder voll einsteigen wollte. Wenn die Mädchen bald in die Schule kämen, wollte er zwei Nachmittage pro Woche mit ihnen digitales Lernen trainieren. Ansonsten sollte alles analog und kreativ sein, wie Carola es sich vorstellte.
Sie fragte nicht, woher er die Zeit nehmen wollte, sich mit den Kindern zu beschäftigen. Immerhin tat sein Interesse gut und löste ihr anfängliches Misstrauen. Seit langem sprach sie wieder ausführlich über ihre beruflichen Wünsche, die nicht unbedingt zurück zum Radiosender führen sollten. Falls doch, wollte sie mit den Hörern über persönliche Probleme sprechen, vor allem zuhören. In der neuen Arbeitswelt fühlten sich viele einsam und ohne einfühlsame Partner zum Reden.
Von ihrem Geliebten sprach sie bei all diesen Plänen nicht. Ob aus Rücksicht auf Oliver oder aus Angst vor einer Zukunft mit Raffaele, wusste sie nicht. Der Abend flog dahin, als wäre er das erste Rendezvous. Bei der zweiten Flasche Wein hatte der See unter ihnen längst den Glanz des nächtlichen Himmels angenommen.
„Und wie läuft´s bei dir?", fragte sie. Als hätte Oliver auf die Frage gewartet, begann er zu erzählen. Welch gewaltigen Aufschwung seine Kariere in den letzten Monaten genommen hatte, vor welchen wichtigen Leuten er Vorträge hielt, wie die Digitalisierung zu seiner Lebensaufgabe geworden war. Sein Redeschwall sprühte vor Begeisterung und Stolz, samt dazwischen gestreuter amüsanter Geschichten über alle möglichen Leute, denen er in den letzten Wochen begegnet war.
„Die gebärden sich als Führungskräfte, sind aber digital völlig inkompetent", erzählte er.
„Wie das?", fragte sie.
„Ja, unglaublich", lachte er. „In der heutigen automatisierten Welt ist das so absurd, dass es schon wieder witzig ist." Weitere Storys wurden nachgeschossen, als stünde eine ganze Runde Zuhörer um ihn herum, nur darauf aus, seine strahlende Inszenierung zu bewundern.

Carola fühlte sich in die Zeit versetzt, als sie im Kreise von Bekannten seinen Reden gelauscht hatte, bemüht, ihm eine Bühne zu lassen, gleichzeitig genervt von seiner Selbstdarstellung. Hatte er seither etwas dazugelernt?

„Du hast echt ein tolles Arbeitsleben", bemühte sie sich um einen bewundernden Ton. „Hat es dich empfindlicher für menschliche Reaktionen gemacht?"

Ihre Müdigkeit und Enttäuschung schienen ihm nicht aufzufallen.

„Na klar, und weißt du was?", fuhr er fort.

„Na?", fragte sie, während ihr Körper langsam im Stuhl zusammensank.

„Sie haben mich zum Chief Executive Officer der neuen Tochterfirma bestellt. Im Herbst übernehme ich die Position direkt unter dem obersten Boss des internationalen Konzerns."

Sein Gesicht leuchtete.

„Das wollte ich heute mit dir feiern."

Er schenke die Gläser nochmals voll. Für diese Krönung des Abends hatte er sie mit roten Rosen gewonnen. In seinen Augen lag nicht Stolz, sondern Triumph. Sieg über die Frau, die ihn nicht liebte. Sie hob zögernd ihr Glas, sich fragend, was er eigentlich von ihr wollte. Sollte sie sich gedemütigt fühlen? Es bereuen, ihn betrogen zu haben? Er konnte nicht so dumm sein, sich als Boss einer Firma begehrenswerter zu finden als Raffaele, der sein Geld als mittelmäßiger Teilhaber einer Anwaltskanzlei verdiente. Oder es ging gar nicht um sie als Person, sondern um seine verletzte Eitelkeit. Seinem Ego tat es gut, einer Frau, die er nicht mehr haben konnte, zumindest seine berufliche Überlegenheit zu zeigen. Weiter schien sein Selbstwertgefühl nicht zu reichen.

Sicher war ihm gar nicht bewusst, was er mit dem unaufhörlichen Gerede bei ihr auslöste. Der Stich der Enttäuschung, den sie anfangs gespürt hatte, wich dem lauen Gefühl der Mutlosigkeit. Es war sinnlos, ihm das Absurde dieses Abends zu erklären. Er würde ihr Neid vorwerfen, Missgunst, weil ihre eigene Karriere zum Stillstand gekommen war. Dass diese Karriere sie immer weniger interessierte, würde er nicht verstehen. Sie selbst begriff die Veränderung nicht, die seit Monaten in ihr vorging. Der Wunsch, alles loszulassen und ganz neu anzufangen, floss wie klares Wasser durch ihre Gedanken. Die einzige trübe Strömung darin waren die Kinder. Dieses Thema mied sie den ganzen Abend sorgfältig.

35.

Sie fuhren getrennt nach Wien zurück. Carola war unfähig, sich neben Oliver ins Auto zu setzen. Kein einziges zusätzliches Wort von ihm wollte sie ertragen. Als hätte das Essen sie allergisch gegen seine Stimme gemacht, würde jeder neuerliche Satz sie explodieren und Dinge sagen lassen, die sie hinterher bereute.

„Bitte entschuldige, ich muss nachdenken", verabschiedete sie sich mit einer kurzen Umarmung, seinen fragenden Blick ignorierend.

Die Fremdenzimmer des Gasthauses wurden im Foyer als tolle Suiten mit Seeblick angepriesen, inklusive Tribünenaussicht auf die Surfrennen. Carola genügte ein Bett und der Babysekt aus der Minibar. Am Fenster sitzend starrte sie in den nächtlichen Himmel, der zuvor so magisch die Sonne in sich aufgenommen hatte. Die durch die Luft blitzenden Lichter des weltlichen Rummels stahlen der Nacht einiges von ihrem Zauber. Auch Olivers Anwesenheit hatte den Abend entzaubert. Alles fühlte sich irgendwie schal an. Dass sie sich von seinen darstellerischen Sprüchen immer noch irritieren ließ, erstaunte sie selbst. Sie kannte ihn zur Genüge und hätte wissen sollen, was sie erwartete. Er konnte und wollte nicht anders, da seine innere Uhr immer nach Dominanz strebte.

Vor zehn Jahren wäre der Abend anders verlaufen. Nicht, weil Oliver damals ein anderer Mensch gewesen wäre. Auch Carola war dieselbe Person gewesen, nur nicht zu sich selbst gestanden. Ganz automatisch hatte sie sich an jeden Gesprächspartner angepasst, um zu gefallen und als etwas Besonderes gesehen zu werden. Sie hätte Olivers Selbstdarstellung mit bewundernden Blicken gelauscht, ihn mit Fragen zu weiterem Erzählen angespornt. Danach hätte er sich mit Energie aufgeladen gefühlt, ohne die Gründe dafür zu analysieren. Es reichte, einen tollen Abend mit einer interessanten Frau verbracht zu haben, die er unbedingt wiedersehen wollte.

Die von klein auf geübte Anpassung hatte Carola lange gute Dienste geleistet. Das Paradoxe war, dass sie nach außen durchsetzungsstark und unangepasst wirkte. Sie galt als attraktiv, gescheit, eine gute Gesprächspartnerin, die zu jedem Thema etwas zu sagen hatte. Jeder Mann, der sich ihr anders als in beruflicher Absicht nähern wollte, wurde unsanft abgewiesen. Bewunderung war ihr einziger Gefährte, auch später mit Dreißig, als sie einige flüchtige Liebschaften einging, die sie nicht wirklich berührten. Das Problem war, dass kein Mann ihr das Wasser reichen konnte.

„Die unerreichbare Carola" resignierten die abservierten oder selbst zurückgetretenen Werber. Nach einigen eher frustrierenden Beziehungen und vielen Jahren des Single-Daseins ließ sie Oliver näher an sich heran. Seine unaufgeregte Art vermittelte den Eindruck, dass Hetze nach Erfolg ihm nichts bedeutete. Bei ihm konnte sie sich als die Person ausruhen, die sie in Wirklichkeit war. Endlich würde die von klein auf eingeimpfte Ambition ihre Auflösung finden. Dafür war sie sogar bereit, ihre Freiheit zu opfern und eine Familie zu gründen. Mit Olivers Unterstützung wäre das Muttersein kein Risiko.

Dass ihr während der Babypause zuhause die Decke auf den Kopf fallen würde, war nicht vorgesehen. Der Plan, schon nach drei Monaten Karenz in den Job als Journalistin zurückzukehren, erwies sich als unmöglich. Die Schuld für ihre Erschöpfung fand sie bei sich selbst. Den anderen Müttern ging es gut, warum nicht ihr? Wenn sie alles haben wollte, auch noch Kinder, bei all den Vorgaben, die sie in jungem Leben schon erfüllt hatte, musste sie gefälligst durchhalten. Zum Wohle der Kleinen, die eine engagierte Mutter verdient hatten.

Wieder würgten sie die Pflicht und das schlechte Gewissen. Sie tat alles für die Mutterschaft, unterdrückte die Traurigkeit, machte Sport und Meditation. Sogar einen Job als Moderatorin ergatterte sie, samt gewohntem Erfolg. Erst, als die Erschöpfung durch Familie und Job sie aufzuzehren begann, schaffte sie die Anpassung nicht mehr. Leider war es zu spät. Die unaufhaltsame Depression zog sie wie ein Strudel nach unten. Das war gar nicht so lange her, obwohl es ihr wie ein anderes Leben schien.

Und Oliver, wo war er in dieser Zeit? Er verstand nichts von alledem, weil er längst selbst auf das Vehikel der Karriere aufgesprungen war. Etwas Besonderes zu sein, hatte ihm seine Mutter von klein auf suggeriert. Be special, make a difference! Bis heute glaubte er an diese Schlagworte, ohne zu überlegen, was sie eigentlich bedeuteten. Den fruchtbaren Boden für diese Sprüche bildete sein einfaches, aber stabiles Seelenhaus. Er glaubte an sich selbst und verstand nicht, dass Carola dieses Selbstvertrauen nicht hatte. Insgeheim nahm sie ihm seine Ignoranz übel. Wenn er sie wirklich liebte, musste er in ihrer Seele lesen und sie irgendwie trösten können. Stattdessen quatschte er über alles Mögliche, was ihn gut dastehen ließ.

Dass er nicht böse, sondern einfach oberflächlich war, hatte sie erst allmählich verstanden. Menschen, die scheinbar geradlinig durchs Leben gehen, haben keine Antennen für diejenigen, die auf ihrem Weg nach links und rechts schauen müssen. Wer sehr früh Schrammen ins Selbstwertgefühl eingerammt bekommt, muss Wege suchen, diese zu reparieren. Der Vorteil dieser Suche ist, dass man sich in andere einfühlen kann, falls man es will. Diese Dimension fehlte Oliver, somit die Empathie, um Stimmungen jenseits des Gewöhnlichen wahrzunehmen. Sie kamen ihm sonderbar, ja überdreht vor, nicht nachvollziehbar für den normalen Menschen, als den er sich betrachtete.

Das sogenannte Normale, den geradlinigen Mainstream, beherrschte er besser als alle anderen, sodass der Strom des Erfolges ihn trug. Er schien nichts zu vermissen, solange er an Carolas kompliziertem Gefühlsleben mitnaschen konnte. Sie analysierte, regte sich auf, schlief schlecht, lebte auch seine deprimierte Seite. Jetzt hatte sie keine Lust mehr, ihm Seelenfutter zu spenden. Sein munteres Gequatsche über all das, was er bisher erreicht hatte, langweilte und ermüdete sie.

Wie hätte ihre Beziehung anders laufen können? Wenn zwei Menschen einander begegnen, kommt es zu einer chemischen Reaktion. Bei gegenseitigem Wohlgefallen beginnen die Hormone zu springen, die Körperflüssigkeiten streben zueinander wie magnetische Wellen. Wenn die Liebenden sich für längere Zeit, vielleicht ein ganzes Leben zusammentun, geschieht viel mehr als die Mixtur der Körpersäfte.

Die beiden Seelen reagieren wie zwei chemische Substanzen, deren Gemisch etwas völlig Neues ist und jeden der beiden Partner nachhaltig beeinflusst. Im Idealfall mobilisiert es im jeweils Anderen dessen beste Fähigkeiten, macht ihn/sie mutig, scharfsinnig und kreativ für das eigene persönliche Wachstum. Gleichzeitig entfaltet es automatisch den Wunsch, im Anderen Mut und Kraft zu fördern.

Jene Fähigkeiten zu entfalten, die einem die Natur innerlich und äußerlich mitgegeben hat, ist der eigentliche Sinn des Menschseins. Kinder zu bekommen, ist nur der materielle Sinn der Natur, um den Planeten zu erhalten. Für unsere Kinder sind wir die Vehikel ins Leben, nicht der Sinn des Lebens an sich. Dieser liegt in der Bedeutung des einzelnen Menschen für die gesamte Schöpfung. Dafür hat sie jedem Einzelnen spezielle Fähigkeiten verliehen.

Talente bekommt man nicht zur Selbstbefriedigung der Eitelkeit, sondern zum Erreichen des Besten für alle Menschen. Zwei Liebende sollen einander verstärken, um aus jedem das Beste herauszuholen und der Menschheit zur Verfügung zu stellen. Man könnte es auch Opportunismus der Natur nennen. Extreme Charaktereigenschaften wie Dominanz oder Abhängigkeit sollen ausgeglichen und zur Harmonie geführt werden. Ganz nebenbei entsteht dabei persönliche Zufriedenheit, manchmal sogar ein leises Gefühl von Glück.

In diesem Idealfall könnte die Ehe zwei lebensfrohe Partner mit ebensolchen Kindern hervorbringen. Dass oft genau das Gegenteil passiert, hat etwas tragisch Absurdes. Der Partner soll den eigenen Mangel kompensieren, den man selbst nicht beheben will. Aus Unwissenheit, Schwäche oder einfach Bequemlichkeit. Die Folge ist, dass der Willensschwache jemanden heiratet, der ihm fortan seinen Willen aufzwingt. Der Mut und die Fähigkeit, an der eigenen Willenskraft zu arbeiten, gehen zunehmend verloren. Dies passiert langsam und subtil. Der Schwache wird immer schwächer, der Starke wird unverschämt. Zwei zunächst freudig zueinander geneigte Pfeile schießen mit den Jahren immer weiter auseinander.

Das gleiche Spiel lässt sich für Selbstvertrauen anwenden. Die Liebe kann es wachsen oder zu Abhängigkeit verkommen lassen, die den Selbstwert weiter niedertrampelt. Immer geht es um die ungleiche

Verteilung von Macht. Opfer dieses Machtspiels sind die Kinder, das schwächste Glied der familiären Kette. Oft müssen sie als Ventil für den Frust des unterlegenen Partners herhalten. Dass sie die Muster von Machtmissbrauch unbewusst übernehmen, ist logisch.
Meist haben die Partner gar keine böse Absicht, erkennen die Fehlentwicklungen nicht einmal, weil sie sich ihrer eigenen Motive nicht bewusst sind. Die innere Stimme drängt sie, die eigene gestörte Harmonie wiederherzustellen. Wenn diese sich nicht einstellen will, macht man nicht die eigenen Muster, sondern den einst geliebten Partner verantwortlich. Er/Sie wird bestraft und rächt sich seinerseits. Ungeduld, Streit, Unlust zum Sex sind selbst gesäte Früchte des Zorns. Nach Jahren des Zusammenseins können die Substanzen zwischen den Partnern so weit reagiert haben, dass nur noch lähmendes Schweigen möglich ist. Carola fragte sich, was Oliver in ihr gesucht hatte. Die starke Frau, die er bezwingen wollte? Den Katalysator für sein eigenes Weiterkommen? Oder die Mutter seiner Kinder, die all das tat, was seine Mama für ihn getan hatte? Carola war keine dieser Gestalten, das hatten sie inzwischen beide verstanden. Auch er hatte sich nicht als Retter ihrer inneren Unruhe entpuppt, den sie unbewusst aus ihm herausholen wollte. Nicht mal als Partner für die berufstätige Frau und Mutter hatte er sich als geeignet erwiesen. Stattdessen blockierten sie einander mit ihren Erwartungen.
Es war klar, dass sie ihr bisheriges Lebens grundlegend ändern musste, bevor sie innerlich erstickte. Der letzte Besuch in Rimini hatte sie noch mehr aufgewühlt. Die Liebesgeschichte mit Raffaele musste ein seelischer Puffer bleiben, nicht mehr. Das musste sie sich einreden, um ihre Existenz mit den Kindern nicht zu gefährden. Melanie und Valerie wünschten sich nichts sehnlicher, als mit den Eltern wieder in gemeinsamen Stockwerken zu wohnen. Raffaeles Kids waren etwas älter, aber genauso verwundbar. Niemand würde den Eltern solchen Egoismus verzeihen. In zehn Jahren konnten sie vielleicht ihre Liebe ausleben, aber jetzt? Vor allem war nicht sicher, dass sie sich mit Raffaele an ihrer Seite anders fühlen würde als mit Oliver. Der Alltag machte aus den schillernden Diamanten nach einiger Zeit blasse Kieselsteine.

Sie sah in den Nachthimmel über dem See, hoffend, dass die reflektierten Lichter ihr einen Strahl der Erkenntnis schicken würden. Sie taten es nicht.

36.
Die Entscheidung kam völlig unerwartet. Nach einem Wochenende mit Carola in Rimini fand Raffaele seine Koffer vor der Haustür in Bologna.
„Keine Lügen mehr", lautete der simple Abschiedsgruß seiner Frau, hingekritzelt auf einen am Koffergriff klebenden Zettel. Sie liebte schon lange einen anderen und hatte mit der Trennung nur gewartet, bis beide Kinder die Reifeprüfung bestanden hatten.
„Sie hat mich jahrelang belogen", wetterte er am Telefon, noch bevor Carola erfuhr, worum es eigentlich ging.
„Hast du vergessen, dass sie längst einen anderen hat?", fragte sie vorsichtig.
„Ja, diesen Schmarotzer, der nichts ist, nichts hat, ihr nichts bieten kann."
„Außer Liebe vielleicht", entgegnete Carola mit kaum hörbar freudigem Schnaufen. Dass seine Frau die Entscheidung herbeiführte, machte alles viel einfacher.
„Du solltest es ihr gönnen", sagte sie. „Oder verletzt die Trennung deinen Besitzerstolz?"
„Blödsinn", polterte er. „Wir wollten mit der Trennung warten, und was tut sie? Kaum ist gestern unsere jüngere Tochter siegessicher von der Abiturprüfung heimgekommen, landeten meine Koffer vor der Tür. Ist das anständig?"
„Es ist konsequent", meinte Carola. „Oder sie nimmt dir mehr übel, als sie zugibt."
Er schnaubte verächtlich in den Hörer.
„Sie wusste über dich und mich Bescheid. Es hat ihr nichts ausgemacht, das hat sie immer wieder gesagt. Unsere Ehe existierte nur noch zum Schein. Wir hatten vereinbart, alles diskret zu behandeln, bis wir uns über die Modalitäten der Scheidung geeinigt haben."

Laut Raffaele war dies in Italien nichts Ungewöhnliches. Es gab genügend Paare, die als „separati in casa" in diesem Zustand jahrelang verharrten, wegen der Kinder oder materieller Abhängigkeit. Dass die Wochenenden mit Carola im Strandhaus seines Freundes alles andere als diskret waren, schien ihm nicht einzuleuchten. Ebensowenig die öffentliche Demütigung, die er damit seiner Frau zufügte.
„Wir hätten vorsichtiger sein sollen", meinte Carola.
„Weißt du, wie offen, geradezu unverschämt sie mich betrogen hat?", gab er wütend zurück. „Zuletzt hat sie ihren Geliebten sogar in meinem, in unserem Haus getroffen, wenn die Kinder nicht da waren."
Er war sicher, dass sie hinter seinem Rücken schon mit dem Scheidungsanwalt gesprochen und alles arrangiert hatte. Die Koffer vor der Tür waren nur der letzte Tritt.
„Sie wird mich vor vollendete Tatsachen stellen und die Ehe zu ihren Bedingungen kündigen", stellte er mehr resigniert als kämpferisch fest. Carola war erleichtert, dass seine Stimme nicht wirklich berührt klang. Insgeheim hatte sie immer befürchtet, dass die schönen Tage in Rimini für ihn nur die Flucht aus dem Alltag seiner Ehe waren. Vielleicht hingen er und seine Frau weit mehr aneinander, als er zugeben wollte. Die gesellschaftlichen Zwänge konnten so viel Sicherheit geben, dass eine Affäre sie niemals auseinanderbringen konnte. Solche Beziehungen kannte sie zur Genüge aus ihrem Bekanntenkreis. Die Eheleute hatten sich nichts mehr zu sagen, konnten aber das Scheitern ihrer Liebe nicht zugeben. Vor allem dann, wenn nie wirklich starke Gefühle, sondern praktisches Kalkül sie verbunden hatte. Der Wunsch nach Sicherheit und Erfüllen äußerlicher Erwartungen konnten die Ehe lange zusammenhalten. Jeder war mit dem persönlichen Weiterkommen beschäftigt, die Frau zusätzlich mit Kinderkriegen. Im günstigen Fall stand dies den weiblichen Berufswünschen nicht im Wege, da Geld keine Rolle spielte. Um Personen für Haushalt und Kinderbetreuung kümmerte sich natürlich meist die Frau. Die alltäglichen Sachzwänge entwickelten ein verlässliches Korsett, in dem keine Zeit für Gefühle blieb. Ansonsten hätten sich beide der gähnenden Leere stellen müssen, die sich zunehmend zwischen ihnen auftat. Spätestens als die Kinder aus dem Haus waren, ging das Verdrängen

nicht mehr. Manchmal schon früher, wenn ein Partner Migräne, ein Magengeschwür oder Depressionen bekam. Trotzdem wagten beide nicht, die gemeinsame Lüge loszulassen. Das gemeinsame Haus stand als Bollwerk gegen jede Erwägung einer Scheidung. Selbst Seitensprünge konnten teuer werden. Falls sie doch passierten, musste absolute Geheimhaltung herrschen. All dies lief und läuft unter verschwiegenem Konsens der ehrenwerten Gesellschaft.
Carolas Mutter hatte sie oft vor verheirateten Männern gewarnt. „Pass auf, wenn sie dich ins Bett kriegen wollen, erzählen sie alles Mögliche."
Vor jeder neuen Flamme sollte sie sich erstmal in Acht nehmen, der Typ sei bestimmt verheiratet und erzähle Märchen, um sexuelle Abwechslung zu bekommen. Dass auch Frauen schöne Lügen beherrschen, wenn sie einfach nur Lust erleben wollen, lernte Carola später aus eigener Erfahrung. Solange es nicht wirklich um Gefühle ging, konnte sie nichts Schlechtes daran finden. Wenn beim Sex tatsächlich Liebe dabei war, fand sie Lügen unerträglich.

Dass Raffaeles Ehe von Beginn an keine Herzenssache gewesen war, hatte er ihr des Öfteren erzählt, auch wenn sie nicht danach fragte. Jetzt konnte sie sich eigentlich freuen, dass endlich ein Stein der Ungewissheit aus dem Weg gerollt war. Stattdessen stieg sonderbare Beklommenheit in ihr hoch. Würde auch Oliver ihr einfach die Koffer vor die Tür stellen? Vielleicht besprach er bereits mit dem Scheidungsanwalt das Sorgerecht für Melanie und Valerie. Mit den Mädchen nicht mehr leben, sie vielleicht nur jedes zweite Wochenende sehen zu dürfen, würde sie nicht ertragen. Olivers Erziehungsstil wäre ein Desaster, das zwei Smartphone-süchtige, zu einfühlsamer Kommunikation unfähige Jugendliche heranziehen würde. All ihre Bemühungen, die Mädchen als selbstständig denkende und fühlende Wesen zu belassen, würden verpuffen.
„Bist du noch dran, tesoro?", kam Raffaeles Stimme aus dem Hörer.
„Ich muss nachdenken, entschuldige", antwortete sie und legte auf.

Die Tage des Nachdenkens brachten keine Lösung. In einer Nachricht über WhatsApp bat sie ihn um etwas Abstand, um mit ihrer Familie vernünftig sprechen zu können. Unklar blieb, worüber sie reden wollte. Plötzlich schienen ihr die Gefühle zu Raffaele wie eine Brechstange, mit der sie die Seelen ihrer Töchter zerschmettern würde. Eine Mutter verlässt ihre Kinder nicht, schon gar nicht wegen eines anderen Mannes. Dieser nur scheinbar altmodische Befehl ist in unserer weiblichen Moral fest verwurzelt. Die Mutter gehört zum Kind, alles andere machen nur Huren. Oder Männer, aber für die gelten sowieso andere Regeln.

Sich bei der Familienarbeit nicht unterstützt zu fühlen, gibt der Frau nicht das Recht, ohne die Kinder zu gehen. Sich in der Ehe ausgebeutet zu fühlen, ist seit jeher Frauensache, na und? Natürlich wollen auch Männer Kinder haben, aber es ist nun mal so, dass Frauen sie bekommen. Wenn ihr schon dieses heilige Privileg habt, kümmert euch gefälligst darum, samt unbezahlter Arbeit und Altersarmut.

Dieses ewig gleiche Thema kann keiner mehr hören, weil sich daran sowieso nichts ändern wird. Bekanntlich gibt niemand gern seine Vorteile her. Solange die Wirtschaft nach männlichen Spielregeln funktioniert, werden Frauen an den Vorteilen mitnaschen, diese aber nie gestalten dürfen. Die geltenden Regeln sind zu akzeptieren, eigene Bedürfnisse zu verleugnen. Oder jene der Kinder, bei denen es am leichtesten geht.

Das unsichtbare, gleichwohl mächtigste Druckmittel auf die Frau ist ihr schlechtes Gewissen. Bevor die Kinder zu kurz kommen, strengt sie sich dreifach an, um ihrer Familienrolle gerecht zu werden. Selbst bei gutem Management fehlt die Zeit, um sich konzentriert dem Job zu widmen. Dass sie meist auf die Führungsposition verzichtet, ist klar, auch wenn sie weit besser als ihre männlichen Konkurrenten qualifiziert wäre. Die sehen das alles naturgemäß anders und verbünden sich in männlichen Netzwerken. Eliten fördern Eliten, in denen weibliche Einzelkämpferinnen nicht erwünscht sind.

Sich vom eigenen schlechten Gewissen frei zu machen, ist der eigentliche Feminismus. Carola war noch nicht so weit. Sie bat Oliver um einen gemeinsamen Neuanfang, um das Familienleben zumindest bis zum Eintritt der Kinder in die Schule zu erhalten. Er stimmte

ohne Bedingungen zu. Einige Monate lebten und schliefen sie wieder miteinander, als wäre es nie anders gewesen. Carolas Ängste und Schlafstörungen kamen nicht wieder zurück.
Der Kontakt zu Raffaele beschränkte sich auf wöchentliche Telefonate, die schließlich aufhörten. Auf seinem Handy war er nicht mehr erreichbar. Ob er sie auf diese Weise zwingen wollte, nach Bologna zu kommen, wollte sie nicht erfahren. Die Wochenenden ohne ihn waren leichter als befürchtet. Sie genoss die Stunden mit ihren Töchtern, als hätte es nie etwas Wichtigeres gegeben. Als sich nach Monaten ihr alter Kollege Micha von Radio Beta 8 meldete, war sie nicht überrascht.
„Sie haben Specht gefeuert", lautete sein Gruß.
„Endlich, na und?", gab sie zurück.
„Hier war die letzten Monate die Hölle los", fuhr er fort. „Willst du wieder moderieren?"
„Mit dir als reinquatschendem Trittbrettfahrer? Nein, danke."
„Es ist die Abendsendung, ganz was Feines, hab ich für dich rausgeschlagen."
Der Sender hatte turbulente Zeiten hinter sich. Die Ermittlungen der Staatsanwaltschaft wegen angeblicher Geldwäsche hatten viel medialen Wirbel erzeugt. Obwohl die Vorwürfe sich nicht erhärten ließen, hatte sich der Eigentümer Müller-Cerussi in die USA zurückgezogen. Die Lizenz war an eine österreichisch-deutsche Mediengruppe übertragen worden, die schon länger auf den Sender spekuliert hatte. Über die genauen Umstände der Übernahme schwiegen sich alle Beteiligten aus. Die neuen Bosse machten Micha zum Chefredakteur, da er mit all den Machenschaften nichts zu tun hatte.
„Sie halten dich für sauber, haha", spottete Carola.
„Oder für so unfähig, dass ich ihnen nicht gefährlich werden kann", meinte er.
Seine tiefe, sonore Stimme beruhigte sie. Mit ihm zu sprechen hatte immer etwas Aufbauendes, egal, wie schlimm die Lage sein mochte. Als sie ihm vom abrupten Ende der Beziehung zu Raffaele erzählte, meinte er nur: „Es ist nicht zu Ende, das weißt du selbst. Es kreist nur abwartend um dich herum. Kein Grund zur Panik, irgendwann wird

das Richtige passieren. Wie ein Küken kriecht es aus dem Ei, ohne dass du etwas tun musst. Jetzt moderierst du erst mal und gewinnst Abstand zu allem, ich freue mich auf Sie, Miss Melchior."
Dass die Chefs ein Casting der neuen Moderatorin forderten, störte sie nicht. Arbeiten war genau das, was sie jetzt für ihr Selbstvertrauen brauchte. Den Job bekam sie samt doppelter Gage des vorherigen Vertrages, darauf hatte Micha bestanden. Zwei Abendsendungen in der Woche reichten, um einige der alten Hörer wiederzugewinnen.
„Caro, wo waren Sie so lange, echt eine Frechheit, uns hängen zu lassen", lautete der Willkommensgruß eines Hörers.
„Sei froh, dass sie weg war", konterte ein anderer. „So konnten wir hören, was für Pfeifen die dort sonst noch haben."
Die Abendsendung konnte sie entspannter moderieren als den gestressten Mittag. Keine Studiogäste, keine Tagespolitik, keine reißerischen Wortgefechte mit den Hörern. Sie unterhielten sich über den ganz normalen Alltag, der die Menschen immer mehr unter Druck setzte. Konkurrenz, Kampf, Angst, zu versagen. Abends zuhause brach die Einsamkeit herein, für die sich viele schämten. Das Radio aufzudrehen, um in „Caro´s Aperitif" ganz unverbindlich vom Alleinsein zu erzählen, gab ihnen Zuversicht und Trost vor dem Schlafengehen. Carola hörte zu, stellte Fragen und verstand das Unausgesprochene. Manchmal reichte es, das Gehörte mit anderen Worten zu wiederholen.
„Haben Sie das auch erlebt?", fragte eine Hörerin erstaunt. „Dass niemand Ihre Arbeit wertschätzt, obwohl Sie sich so anstrengen?"
„Dann habe ich mich noch mehr angestrengt", antwortete Carola. „Hat auch nichts gebracht, außer Erschöpfung. Also habe ich beschlossen, drauf zu pfeifen."
„Das kann ich nicht", klagte die Hörerin. „Wenn ich mich nicht anstrenge, geht die Familie den Bach runter."
„Ist das nicht ein großer Irrtum?", fragte Carola. „Zu glauben, dass die anderen ohne Sie untergehen? Vielleicht ist das nur das Halsband, das wir uns freiwillig anlegen. Damit machen wir uns zu passiven Opfern der Umstände."
Die Hörerin schluckte hörbar.
„Was schlagen Sie vor?", fragte sie.

„Ich habe keine Ratschläge", erwiderte Carola. „Ich weiß nur, dass passives Ertragen der Umstände mich deprimiert. Ich muss etwas ändern, und sei es nur eine Kleinigkeit."
„Ein Tropfen auf den heißen Stein, der gar nichts bringt", seufzte die Hörerin.
„Oder sehr viel", verbesserte Carola. „Er ist der erste Schritt zur Besserung meiner Laune. Aktiv zu sein hebt das Selbstwertgefühl. Dann kommt vielleicht eine Idee, wie ich das Leben verbessern könnte. Probieren Sie es, nur so zum Spaß."
Die Hörerin legte dankend auf. Carola war nicht sicher, ob sie die Botschaft angenommen hatte.

Die neue Hörerklientel schien vor allem aus Verlierern der liberalen Wirtschaftsordnung zu bestehen. Carola war sicher, dass auch Topverdiener anriefen, um sich als unbedeutende Rädchen des Systems darzustellen. Offenbar wurden sie von gleichen Ängsten geplagt wie ihre Untergebenen, besonders dann, wenn sie auf der Karriereleiter jemanden geschädigt hatten. Niemand konnte sich vor den anderen sicher fühlen, das Raster zum Durchfallen lauerte überall.
Carola wusste, dass auch ihr Studiosessel nicht auf ewig stabil sein würde. Ihr neues Lebensgefühl konnte schnell einen Dämpfer bekommen, wenn irgendein Hörer beginnen sollte, sie im Internet zu mobben. Die sogenannten Freunde in den Social Media verteilten ihre Postings je nach der Chance, damit Aufmerksamkeit zu erregen. Freundliche Worte waren langweilig, außer, man konnte damit als Influencer ein Produkt bewerben. Oder eine neue Stimme am Mikrofon einfordern, die besser zum beworbenen Label passte. Natürlich lief alles nicht offen ab, um die Wettbewerbshüter ruhig zu halten. Die Bosse des Senders folgten lediglich den Werbezahlen, egal, wie dämlich die Produkte sein mochten.
Der Markt war eine geistlose, gleichwohl mächtige Arena. Carola hatte entschieden, einstweilen darin zu kämpfen, um ihr privates Gleichgewicht zu erhalten. Die Abende im Studio waren Stunden der Freiheit, die sie ohne schlechtes Gewissen genießen konnte. Zuhause warteten weder Oliver noch das Glück auf sie.

Wieder mal streikte die Rolltreppe. „Fahren Sie nicht mit dem Aufzug, Signora?", fragte eine Stimme hinter ihr. Gerade war sie aus der schweren Tür des Radiosenders getreten und wandte sich fluchend in Richtung des seitlichen Treppenaufgangs. Sie ignorierte die Stimme, da ihr die Sinne in letzter Zeit täuschende Streiche spielten. Im Studio hörte sie manchmal aus den Kopfhörern, statt der Anweisung des Regisseurs Raffaeles Stimme mit einer Liebesbotschaft. Völliger Schwachsinn, da sie diesen Mann aus ihrem Bewusstsein gestrichen hatte. In ihren Träumen kam er ungebeten und regelmäßig vor.
„Kein Grund zur Panik, Signora, wir werden allein im Aufzug sein.", kam die Stimme von hinten. Seine Berührung an ihrem Ellbogen fühlte sich echt an.
„Sind wir auf dem Bahnhof von Rimini?", fragte sie vorsichtig.
„Noch nicht, amore, aber wir können morgen fahren."
„Wie hast du mich gefunden?"
„Ich war schon öfter hier", antwortete er. „Unten in der Halle, du warst so mit dir beschäftigt, dass du mich nicht bemerkt hast. Ich wollte warten, bis dein Gesicht entspannt ist."
„Jetzt ist es gestresst", erwiderte sie. „Ich muss nach Hause, meine Töchter warten."
Niemand wartete, da die Mädchen bei der Schwiegermutter schliefen und Oliver die Nacht wieder im Seminarhotel verbrachte.
Sie reichte Raffaele die Mappe mit ihrem Laptop, als wollte sie die Last des ständig denkenden Kopfes ablegen. Mit Vernunft konnte sie die wirklich wichtigen Probleme nicht lösen, die Gefühle arbeiteten in ihr weiter, egal, wie sie sich wehrte.
Gemeinsam schritten sie am Aufzug vorbei, die Treppen zur Einkaufshalle hinunter. Carolas Beine liefen immer schneller, sodass Raffaele Mühe hatte, ihr zu folgen. Sie spürte die Lawine der Änderung, die sie längst mitgerissen hatte, ohne dass sie es wahrhaben wollte. In ihrem Inneren wurde es ganz ruhig, als stellte sich langsam das Gleichgewicht des bald erfüllten Traums ein. Das Glück wird kommen, weil es dir gehört. Halte dich offen und mache das Beste aus dem, was gerade da ist. Ohne dein Zutun arbeitet die Vision für dich. Die Zukunft ist nur das Vergrößerungsglas deiner inneren Gegenwart.

Weitere Titel von Anja Krystyn im Verlag

Als die schöne und erfolgreiche Nora an Multipler Sklerose erkrankt, bricht ihre Welt zusammen. War die heile Welt eine Illusion? Als Nora ihr Leben radikal ändert, stößt sie auf massiven Widerstand ihrer Umwelt. Viele sind von ihrem Leben überfordert, aber niemand will in Wahrheit etwas ändern. Nora bleibt mit ihrer Krankheit allein. Sie ist überzeugt, dass schwere Krankheiten vor allem durch psychosoziale Umstände entstehen. Ihre Suche nach dem rettenden Funken wird zum Wettlauf zwischen Hoffnung und Verzweiflung. Wird sie es am Ende schaffen?
Eine Geschichte, die Mut macht, über das eigene Leben nachzudenken.

244 Seiten, Broschüre
ISBN 978-3-9502916-5-0
Euro 19,90
www.der-verlag.at

Rebellen, Gutmenschen, Opportunisten, Lebenskünstler – keiner ist das, was er/sie auf den ersten Blick scheint. Genaues Hinsehen wäre gut, passiert aber selten. Entsprechend wirr gestalten sich unsere Beziehungen. Ist der Selbstoptimierer in Wahrheit eine lahme Ente?
Der Versager ein Held?
Mit Witz und spitzer Feder zeichnet die Autorin eine Landkarte menschlicher Charaktere.

120 Seiten, Broschüre
ISBN 978-3-903167-00-1
Euro 14,90
www.der-verlag.at